LAURA MORALES

Más allá de los sueños

EDICIONES KIWI, 2019
Publicado por Ediciones Kiwi S.L.

Primera edición, mayo 2019
IMPRESO EN LA UE

ISBN: 978-84-17361-53-2
Depósito Legal: CS 387-2019

Corrección: Mercedes Tabuyo

www.edicioneskiwi.com

Nota del Editor

Tienes en tus manos una obra de ficción. Los nombres, personajes, lugares y acontecimientos recogidos son producto de la imaginación del autor y ficticios. Cualquier parecido con personas reales, vivas o muertas, negocios, eventos o locales es mera coincidencia.

NOTA DE LA AUTORA

Esta novela está inspirada en la cultura nativa americana (sioux, lakotas , cheyennes, crows, pawnees, etc.).

Es una obra de ficción en la que se incluyen algunas leyendas, mitos o rituales de dichas culturas. Otras son de mi propia invención, como la tribu a la que pertenecen algunos protagonistas: los powanis.

Sioux Falls es una ciudad real, ubicada en los condados de Minnehaha y Lincoln, en el estado de Dakota del Sur.

Los nombres y personajes son producto de mi imaginación. Cualquier parecido con personas reales, vivas o muertas, es mera coincidencia.

Para mis chicos, a los que seguiré amando más allá de los sueños, la muerte y el tiempo. Sois el aire que respiro y la magia que alegra mis días.

Juró no volver a amar nunca. No volverían a romperle el corazón.

PRÓLOGO

La pequeña y encantadora Sioux Falls se preparaba para las fuertes nieves del invierno. El río Big Sioux, que atraviesa esta ciudad de Dakota del Sur, comenzaba a congelarse; las cascadas ya no rugían, los bosques recibían un manto invernal, las mejillas se sonrojaban y los armarios escupían prendas de gran grosor.

El Queen Bee Mill ya estaba cubierto con una pequeña capa blanca que creaba un halo romántico sobre las ruinas del antiguo molino. Incluso el parque japonés Terrace Park estaba oculto bajo la nieve.

Ashenee se encontraba en la cocina de su hogar, preparándose el desayuno. Estaba sola, pues su madre, Mapiya, y su abuela, Wakanda, se habían marchado al Pow Wow.

El silencio le pareció maravilloso, aunque las echaba de menos. Sin ellas todo era distinto: la casa ya no olía a especias ni a hierbas de los remedios caseros de su abuela, ya no se oían las historias de la anciana, ni se olían los guisos de su madre ni veía sus ásperas manos haciendo manualidades. Llevaban menos de una semana fuera y, por suerte, regresarían enseguida.

De pronto, el recuerdo de Kamali le vino a la mente.

Se juró a sí misma que no volvería a pensar en él, pero nada, ahí estaba aquel maldito nativo, grabado en su mente.

Maldito Pow Wow.

Mapiya, su madre, había llevado a su abuela en una vieja caravana de su propiedad, en la que las tres vivían antes de mudarse a Sioux Falls, al Pow Wow, el encuentro de tribus nativas. Tradicionalmente, era una ceremonia donde los guerreros se reunían para bailar y celebrar sus logros dentro de su comunidad.

Ahora, después de tantos años, continuaban reuniéndose y celebrando lo orgullosos que estaban de su ascendencia. Ellas solían ir en caravana; Wakanda ya no tenía edad para seguir durmiendo en el suelo de una tienda de campaña o en los típicos tipis que allí montaban para los más ancianos.

Ashenee asistió a una de esas ceremonias hacía ya cuatro años, cuanto contaba con diecisiete. En ellas, los ancianos de cada una de las tribus nativas que existían, les enseñaban su modo de vida al resto de los nativos. Mapiya, Wakanda y ella participaban junto a otro lakota en cánticos, rezos e incluso bailes, pero a la hora de hacerlo, la muchacha se escabullía, fingiendo sentirse cansada. No le gustaba en absoluto llamar la atención, pues era más bien tímida.

Recordó que aquel día ella llevaba un bonito vestido de su abuela, uno que le llegaba hasta la rodilla. Acababa en pico y estaba adornado con flecos. Le hizo gracia. Era el típico traje que se veía en las películas del oeste. También llevaba al cuello varios collares hechos con huesos y dos largas trenzas con dos plumas en cada una de ellas. Su madre y su abuela vestían trajes idénticos al suyo.

Tras las presentaciones de las tribus, los ancianos y líderes de las comunidades encabezaban la procesión, hasta sentarse, algunos de ellos, alrededor de un gran tambor, que, tras una oración a Wakan Tanka, el gran espíritu, tocaban a la vez, iniciando así los cánticos.

Pero eso no fue lo único que entusiasmó a Ashenee. Cada poblado llevaba sus vestimentas hechas con pieles curtidas, adornadas con bordados, pinturas e incluso algunos con pedrería (lapislázuli y turquesas). Los bailes y la música los invitaban a todos, incluso a los *blancos*, a imitar aquellos pasos tan primitivos.

Según su abuela, el Pow Wow se hacía para celebrar fechas especiales y duraba varios días; si había demasiadas tribus, la fiesta podía alargarse una semana entera. Así había ocurrido cuando ella fue: la semana más maravillosa de su vida. Allí lo conoció.

Kamali era un muchacho cheyenne tres años mayor que ella. Llevaba el pelo largo hasta la cintura, negro como el carbón, adornado con unas plumas de pavo real. Sus ojos también eran negros, tan oscuros que apenas se podía distinguir el iris de la pupila. Era alto, le sacaba una cabeza y media. Llevaba puestos unos pantalones y una casaca hasta las rodillas, confeccionado todo de pieles curtidas, con pinturas rojas.

Kamali estuvo un rato mirándola mientras ella estaba al lado de su madre. Ambas sonreían al ver a su abuela sentada junto a algunos de los ancianos que entonaban aquellas canciones nativas.

Cuando su tribu era la siguiente en mostrar sus bailes, Kamali pasó al lado de Ashenee, y la golpeó fingiendo un tropiezo.

—¡Oh, perdona! —dijo con voz grave—. ¿Estás bien?

Ella lo miró. El tono de su voz profunda le llamó la atención.

—Sí, gracias —respondió ella, con el rostro ardiendo.

Avergonzada, se apartó y volvió con su madre, que hablaba sin parar con su abuela.

Durante el baile de Kamali y su familia, la joven no pudo dejar de mirar al nativo. Había algo extrañamente irresistible en él, pero, en cuanto acabó su exhibición, perdió de vista al chico. Lo buscó por todas partes, aunque no tuvo suerte. Suspiró decepcionada. Entonces, sintió la mano de su madre sobre el hombro.

—¿Bailas conmigo? —preguntó Mapiya—. La abuela ya no puede acompañarme en los bailes.

—Mamá, sabes que no sé bailar... Y me da vergüenza. Además, no sé cantar esas preciosas canciones. —Agachó la cabeza, avergonzada por no haber aprendido las letras después de tanto tiempo.

—No hace falta que sepas cantar ni bailar, solo tienes que dejarte llevar por el corazón. —Mapiya se llevó el puño al pecho.

Pero Ashenee negó una y otra vez las peticiones de su madre.

—¿Bailarías conmigo? —le pidió alguien a su espalda.

La chica se volvió y vio que frente a ella estaba aquel cheyenne tan guapo que no dejaba de mirarla.

—No sé bailar... Además, tengo que quedarme con mi madre —respondió ella, más avergonzada aún.

—Oh, vamos, ve a bailar con él —dijo Mapiya con una sonrisa, mientras le colocaba las trenzas a su hija.

—Pero...

—Vamos, ¡no seas vergonzosa! —La empujó hacia el chico.

Ashenee miró a Kamali, que le ofreció la mano. Después, desvió la mirada hacia su madre y esta le hizo aspavientos con la mano.

—Ve y diviértete.

Aceptó la mano del muchacho y juntos se unieron a los demás bailarines en la improvisada pista de baile. El chico la agarró con fuerza y no la soltó en ningún momento, lo que incomodó a la powani. El corazón comenzó a latirle con fuerza, avergonzada. Sintió la mirada de todos sobre ella, como si estuvieran pendientes de lo que hacía. No estaba segura de si era cosa de su imaginación o era verdad, así que, más roja que un tomate, se inventó una excusa para alejarse un poco y dejar de ser el centro de atención.

—Lo siento, no sé bailar. —Se apartó de él.

—Es fácil. Tan solo tienes que dejarte llevar. Fíjate en mí.

Tras unos minutos de descanso, los tambores volvieron a sonar y Kamali comenzó a mover los pies al ritmo de aquel sonido. Hacia adelante y hacia atrás, de izquierda a derecha. Ella trató de seguir sus pasos poco a poco, hasta que consiguió relajarse un poco. Cuando el sol se ocultó, prepararon una gran barbacoa para todos. Kamali había invitado a Ashenee, a su madre y a su abuela a que cenaran con él, sus padres y sus abuelos; ellas aceptaron en el acto, encantadas con su amabilidad.

Wakanda se pasó horas hablando con Migisi, la abuela del muchacho, pues se conocían de hacía muchísimos años, pero, por circunstancias de la vida, no habían podido reencontrarse antes.

—Qué lástima que el Gran Espíritu se llevara a nuestros seres queridos tan jóvenes —dijo Migisi mirando al cielo.

—Cierto. Aunque lo hizo por una razón. Piensa que ahora nos protegen desde las estrellas. —Wakanda señaló el firmamento.

—¡No te he presentado a mis nietos! —soltó la primera, de repente—. Son los dos chiquillos que juegan con esa muchachita —indicó—. Kamali y Magaki.

—Esa otra —comentó Wakanda— es mi nieta, Ashenee. ¡Mira! —Se dio cuenta de que los tres estaban juntos—. ¡Parece que han hecho migas!

Las ancianas, junto a Mapiya, siguieron hablando, mientras que Ashenee se apartó un poco con Kamali y su hermana Magaki, que era dos años mayor que él. Acababa de nacer una inseparable amistad entre ellos tres.

Durante la semana que estuvieron allí, las dos familias compartieron comidas y charlas, momentos únicos; incluso movieron sus caravanas para estar más cerca los unos de los otros. Kamali no había dejado de mirar a la joven en ningún momento y Magaki se dio cuenta de que su hermano se sentía atraído hacia su nueva amiga powani y parecía que esta también estaba interesada en él. ¿Sería un flechazo?

Esa noche se encontraban en la caravana de la familia de los hermanos viendo una película en un viejo reproductor de VHS, comiendo palomitas y bebiendo refrescos de cola. Kamali, disimuladamente, rozaba con los dedos la mano de Ashenee, que lo miraba de soslayo mientras sonreía.

Magaki confirmó sus sospechas: se había enamorado de ella.

Estaba feliz por su hermano pequeño, pues al fin parecía que se había fijado en una chica que era simpática y guapa, que parecía interesarse en él, así que se escabulló sin que ellos se dieran cuenta, para dejarles algo de intimidad.

Kamali, agradeciendo la fuga de su hermana, cuando terminó la película le pidió a su nueva amiga que lo acompañase a pasear. Caminaron cogidos de la mano a través del campo, iluminado tan solo por la luna que brillaba en lo más alto del cielo, cortejada por millones de estrellas.

El chico había cogido una pequeña manta que su abuela siempre llevaba de repuesto y la extendió en el suelo. La muchacha volvió la vista atrás para comprobar que no se habían alejado demasiado. A tan solo unos metros, podía ver las enormes e incombustibles llamas de las fogatas. Él se tumbó y ella lo hizo a su lado.

—Es nuestra última noche juntos —comentó él, acercándose un poco a ella.

—Querría que no acabara nunca. Ha sido una semana muy especial para mí —respondió ella, sonriendo.

—Para mí también. —Colocó el brazo bajo la nuca de Ashenee—. Mira el cielo. ¿Sabes qué son esos miles de millones de lucecitas?

—Claro que sí. Son estrellas.

—No solo eso. Cada una de ellas son las almas de nuestros antepasados.

—Lo sé. Mi abuela es una contadora de historias. Me ha contado muchísimas leyendas fascinantes.

—Mi tatarabuela también lo fue. Debe de ser maravilloso tener a alguien así. Me habría gustado escuchar alguna de sus historias.

—Si quieres, podemos regresar y le diré a Wakanda que nos cuente alguna.

—Prefiero que me cuentes tú una —le pidió.

—Como prefieras. —Sonrió—. ¿Conoces la leyenda del atrapasueños?

—Mmmmm... No.

—Hace mucho, mucho tiempo... —comenzó su relato—: cuando el mundo era joven, un viejo líder lakota estaba en una montaña alta, desprovisto de agua y comida. Tras buscarlas con ahínco durante días, tuvo una visión. En ella, Iktomi, el gran espíritu de la Sabiduría, se le apareció con forma de araña. Iktomi le habló en el lenguaje sagrado, que solo los líderes espirituales de los lakotas, como lo era él, podían entender.

»Mientras Iktomi, la araña, hablaba, tomó una rama de sauce, plumas, cuentas, crin de caballo y comenzó a tejer una telaraña.

»El espíritu hablaba con el anciano acerca de los círculos de la vida, de cómo empezamos la vida siendo bebés, la niñez, la edad adulta y, finalmente, nos convertimos en ancianos. También le habló de las fuerzas buenas y las malas del mundo e incluso de uno mismo. Si te apoyas en las buenas energías, estas te guiarán hacia el camino correcto, mientras que si escuchas a las malas, estas te harán daño y te llevarán en la dirección equivocada.

»La araña hablaba mientras continuaba entretejiendo su telaraña, empezando desde fuera y trabajando hacia el centro.

»Cuando Iktomi terminó de hablar, le dio al anciano lakota la red y le dijo:

»—¿Ves esta telaraña? Es un círculo perfecto, pero en el centro hay un agujero. Usa la telaraña para ayudarte a ti mismo y a tu pueblo para alcanzar vuestras metas. Debes hacer buen uso de sus sueños y visiones y si tú crees fielmente en Wakan Tanka, el Gran Espíritu, la telaraña atrapará tus buenas ideas y las malas se escaparán por el agujero.

»El anciano lakota explicó su visión a su gente, usando el atrapasueños como la red de su vida, la que sostenía el destino del futuro de todos y cada uno de ellos.

—¡Qué fascinante! —dijo Kamali—. ¿Sabes? Serías una buena contadora de historias.

—No digas tonterías, no valgo para ello. No nací con ese don.

—Claro que sí. Por cierto... —cambió de tema.

—¿Sí?

—¿Crees en el Gran Espíritu y en el destino?

—Por supuesto que sí. Desde que nací, me han inculcado las creencias de Wakan Tanka.

—Yo no creía en el destino hasta que te vi por primera vez.

La muchacha se incorporó y lo miró. No estaba segura de lo que significaban aquellas palabras, pero, al ver el rostro del chico, sintió que su corazón palpitaba más deprisa de lo habitual. En sus diecisiete años nunca había sentido nada parecido.

Kamali se sentó sin dejar de mirarla.

—Creo que me he enamorado de ti. Sé que es algo raro y nada habitual, pero es como si supiera que estamos hechos el uno para el otro —confesó él.

—Creo... Creo que siento exactamente lo mismo por ti —dijo ella, avergonzada.

El chico cogió una de sus trenzas y jugó con las plumas.

—¿Qué te parece si salimos juntos? —comentó él.

—Kamali, vives a muchos kilómetros de Sioux Falls...

—Tengo coche, iré a verte cada vez que pueda. Ya somos adultos, podremos mantener una relación así, ¿no crees?

Ashenee, que nunca había tenido novio formal, se sintió feliz. En cuanto su abuela se enterase, comenzaría los preparativos de la boda, de eso estaba segura. Aunque no le importaba, pues no tenía intención de contárselo por el momento, hasta que no estuviera segura de que él era su alma gemela.

—¿Ashenee?

La chica había estado absorta y en silencio, sin darle una contestación. Lo miró, acercó el rostro al de él y lo besó a modo de respuesta.

Y así comenzó su noviazgo.

Kamali la visitaba al menos una vez por semana y se escribían correos electrónicos a diario, sin importar lo lento que iba internet en Sioux Falls; así no tendrían que gastar un dineral en llamadas telefónicas. El primer año todo fue maravilloso para los dos. Ashenee se había enamorado como nunca lo había hecho. Se pasaba las noches soñando con Kamali. En sus sueños se casaban, se iban a vivir a una bonita casa y formaban una gran familia. Incluso su abuela y su madre aparecían en sus pensamientos: ambas jugaban con sus nietos y les contaban historias.

Pero aquellos deseos fueron frustrándose con el paso del tiempo, pues poco a poco su relación fue enfriándose. Las visitas eran una vez cada dos semanas, los correos cada vez eran más escasos, hasta que, al final, no supo más de Kamali. Ni siquiera se despidió de ella. Magaki, que aún mantenía una estrecha relación con Ashenee, le contó la verdad: su hermano había conocido a una americana con una larga melena dorada y unos ojos azules como el cielo, que estudiaba con él, y acabaron juntos, enamorados, o, al menos, eso era lo que él aseguraba.

Ashenee pasó días llorando por lo ocurrido. Sentía rabia y mucho dolor por la cobardía de Kamali, ¡ni siquiera había tenido el valor de cortar la relación cara a cara! En un arrebato, la joven se cortó las largas trenzas; necesitaba deshacerse de todo aquello que Kamali hubiera tocado. Guardó los mechones en una gran caja de cartón esperando que algo en su interior le dijera qué hacer con ello.

Wakanda puso el grito en el cielo al ver que su nieta cerraba la caja; se había cortado tanto cabello que parecía un chico.

—¡Por Wakan Tanka, niña! —gritó su abuela—. ¡Acabas de perder parte de tu alma!

—¡No me importa! —se defendió la joven, pateando la caja que encerraba tiempos aparentemente felices—. ¡No quiero saber nada de mi alma!

Wakanda tomó aire y guio a la muchacha hasta la cocina. Preparó una infusión mientras Ashenee se secaba la cara con las mangas del jersey. Una vez que puso delante de ella una taza humeante, se sentó esbozando una mueca de tristeza.

—Ay, mi pequeña… —Le acarició el rostro—. El alma se encuentra en nuestro cabello; por eso, incluso los hombres tienen el pelo largo. Aunque… —al ver el rastro de tristeza que dibujaban sus ojos, trató de calmarla— pronto recuperarás tu alma; el pelo crece rápido; además, tu corazón también se curará. Cuando menos lo esperes, aparecerá la persona indicada para ti, la que te hará ver que el pasado no importa y con la que desearás pasar el resto de tu vida. ¿Acaso sentías eso por Kamali?

Ashenee sopesó las palabras de su abuela. Desde el momento en el que se habían declarado su amor, la muchacha habría jurado ante Wakan Tanka que Kamali era la persona con la que debía estar y, a pesar de cómo se había portado con ella, seguía sintiendo algo por él; el pensamiento de que su amor volvería a ella todavía era fuerte en su corazón.

Ashenee quiso asentir con energía, pero, a mitad del gesto, el dolor por la pérdida volvió y las lágrimas le fluyeron de nuevo por las mejillas.

Wakanda la dejó tranquila; su nieta tenía mucho en que pensar.

Esa misma noche, la chica quemó todas las cartas, las fotos, los regalos de Kamali e incluso su propio cabello, mientras su abuela entonaba una de sus canciones. Aquellas palabras hablaban del olvido, de corazones rotos y de superación, de mujeres fuertes e independientes. Esas letras se clavaron en lo más profundo de su ser y, mientras miraba fijamente las llamas, juró ante el fuego que jamás volvería a amar a un hombre, que nunca volvería a sentir necesidad de tener a uno a su lado. Sería como las mujeres de los cánticos: libre.

Después de aquella promesa, su abuela le dio otro de sus tés especiados y, al día siguiente, era como si nunca hubiera ocurrido nada con Kamali. Su abuela y su madre creyeron que era mejor así, aunque le doliera. Con el tiempo, acabaría olvidando por completo, de eso ambas estaban seguras.

Sin embargo, el amor resistió a la desilusión: Magaki y Ashenee se volvieron inseparables más allá de la distancia. La hermana de Kamali pasó de intentar disculparlo a, simplemente, centrarse en su amiga, a la que apoyó y consoló siempre que le fue posible. Desde entonces, su amistad jamás se rompió.

CAPÍTULO I

Ashenee, tras la barra de la cafetería en la que trabajaba como camarera desde hacía más de cinco años, secaba las tazas de café que acababa de sacar del lavavajillas. El local no era ni mucho menos conocido o frecuentado, pero al menos lo poco que ganaba era suficiente para pagar el alquiler de su casa, donde vivía con su madre y su abuela.

Se había acostumbrado muy pronto a aquellas miradas de indiferencia de los clientes: sabían que era india; piel morena, ojos oscuros y cabello negro, descendiente de aquellos guerreros que se adornaban la larga melena con plumas y el cuerpo con pinturas tribales.

Las tres mujeres pertenecían a una de las últimas familias sioux lakota que habitaban en aquel condado, aunque no eran los únicos nativos de la zona, ya que en aquel pueblo habitaba gente de otras muchas tribus: cheyennes, crows, pawnees...

Wakanda, su abuela, era una contadora de historias. El significado de su nombre, «La que posee poder mágico», le venía como anillo al dedo, pues muchas de esas historias que contaba se habían hecho realidad. Ashenee sabía que eran visiones, un gran don que le había entregado Wakan Tanka. Antes de que su nieta naciera, soñó que Mapiya, su hija, traería al mundo a una niña. Y así fue. Cuando su marido, Hohanzee, se enteró de que estaba embarazada, desapareció como una sombra. Jamás volvieron a saber de él.

Wakanda le decía que aún seguía vivo, que la visitaba en sueños, arrepentido de haberse marchado y, al mismo tiempo, temeroso de reaparecer y no ser aceptado... algo que Mapiya y su nieta tenían muy claro, puesto que las abandonó a las dos y eso nunca se lo perdonarían.

Su turno acababa en una hora y se le estaba haciendo demasiado pesado. Había dormido mal y estaba cansada. Miró a Daniel, que la acompañaba en sus largas jornadas. Lo había visto crecer durante aquellos años que ella llevaba allí trabajando y tenía que reconocer que el chico había crecido mucho, tanto que ahora era mucho más alto que ella. El cabello dorado que antaño llevaba corto ahora era más largo, desenfadado, lo que le daba un aspecto de *chico malo,* con un aro en la nariz que lo hacía parecer más gamberro, algo que Margaret, su madre, odiaba; no le gustaba en absoluto. Sus ojos azules la miraban con cariño. Desde que falleció el padre del muchacho, hacía ya seis años, se había vuelto independiente, y de ahí su rebeldía. Él nunca le decía a su madre adónde iba o qué hacía, y ella tampoco se lo preguntaba a él. Trabajaba en la cafetería para poder pagar el alquiler de un pequeño estudio en el pueblo, cercano a la cafetería. Aquello no interfería en absoluto en la relación que mantenía con su madre, maravillosa hasta el momento.

Daniel ayudó a la chica para que terminara cuanto antes, hicieron caja y se repartieron las propinas con una sonrisa: había sido un muy buen día, ambos adornaban la cartera con unos cuantos dólares de más. Margaret había dado su consentimiento para que ambos se llevaran a partes iguales las propinas, algo que a Ashenee le gustó, pues cuando entró a trabajar allí, no esperaba en absoluto algo así, ya que Daniel le había contado que dirigía el negocio con mucha mano dura. Y así era, ella lo había comprobado desde el primer momento. Sí, podía llegar a ser un poco seria, pero siempre la veía con una sonrisa y se dirigía a ella con gran amabilidad. Además, en ningún momento la juzgó por su raza; como trabajadora era excelente.

Sobre las siete de la tarde, la cafetería cerraba hasta las seis de la mañana del día siguiente. Por suerte, tenía muchas horas por delante para descansar.

Tras abrigarse bien, regresó al pequeño piso donde vivían su madre, su abuela y ella. Por el camino, vio a los voluntarios que se encargaban cada navidad de colocar luces de led por todo el parque, que se convertía así en Winter Wonderland: árboles decorados, figuras de animales y cataratas con luces de colores. Un paseo precioso, como si fuera el pueblo de Santa Claus.

Cuando entró en casa, notó el calor de la calefacción. Todo estaba en silencio, tan vacía como hacía cinco noches, aunque su madre y su abuela no tardarían en volver del Pow Wow. Se sentía sola; si no hubiera sido porque quedaba a veces después del trabajo con Daniel, se habría muerto de aburrimiento. Dejó las llaves en la entrada y, tras quitarse el abrigo y la bufanda, se descalzó. Vivían en un pequeño apartamento de tan solo dos dormitorios. Su madre y su abuela dormían juntas en el mismo cuarto, con dos pequeñas camas y un baño, mientras que Ashenee tenía una habitación para ella sola. Era mucho más pequeña que la otra, pero lo suficientemente amplia para una cama, un sencillo escritorio y un armario. No necesitaba nada más. Al lado tenía un baño también para ella. La cocina era pequeña y vieja, aunque bastante útil; además, conectaba directamente con el salón comedor, donde muchas noches veían juntas la televisión. Lo que más le gustaba era el patio, pequeño, pero acogedor, con unas sillas y una mesa plegables. Allí se sentaba cuando quería leer algún libro, escuchar música o simplemente estar sola.

Se dirigió a su dormitorio rezando para quc su madre hubiera conseguido vender muchos de los productos artesanales que entre las tres hacían a mano (cuencos de barro, cestas de bambú, prendas de vestir, objetos de decoración, platos y vasos de madera...) y que su abuela, que además bailaba y cantaba, llevara algo más gracias a los cuentos e historias que contaba. Eso se le daba muy bien y le daban muy buenas propinas por contarlos.

Se dejó caer en la silla de ruedas que tenía en el pequeño escritorio y encendió el viejo ordenador que había conseguido gracias a una vecina; su hija se había mudado y ya no lo quería para nada, y ella lo arregló un poco. Después, se tumbó en la cama mientras este daba señales de vida. Era tan lento que podría echarse una siesta y despertar, y todavía estaría encendiéndose.

Y así pasó: se quedó dormida.

Cuando abrió los ojos, se incorporó en la cama y miró el precioso atrapasueños que le había regalado su abuela el día que nació, para que sus pesadillas desapareciesen durante sus sueños. Y la verdad era que funcionaba bien, aunque, una vez más, había soñado con aquel lugar, tan seco que parecía un desierto: iba caminando entre aquellos áridos parajes en busca de ayuda, pero una manada de búfalos se interponía en su camino. Asustada, se tapó los ojos y, al abrirlos, se encontró frente a un árbol entre cuyas ramas colgaba un gran atrapasueños con hermosas plumas de águila. Cuando acercó la mano para cogerlo, despertó.

Ese sueño se repetía al menos tres veces por semana.

Tras desperezarse, se sentó en la silla frente al ordenador y abrió el correo, donde había algunos de publicidad; otros, de Daniel, que le enviaba imágenes y vídeos divertidos de animales, e incluso fotos suyas poniendo caras, y uno de Magaki. Contenta de haber recibido un correo de su amiga, lo abrió de inmediato e ignoró los demás.

Tenía una gran noticia para darle: estaba de vacaciones e iba a pasar una larga temporada con ella en Sioux Falls. Ashenee se alegró tanto de que su amiga fuera a visitarla que se puso a dar saltos por la habitación. ¡Por fin podría hablar durante horas con ella sin la lentitud de internet! ¡Necesitaba contarle con pelos y señales sus sueños! Ella siempre se interesaba por ellos, al igual que su abuela, que la escuchaba cada mañana sin decir nada; tan solo asentía. Después, le explicaba qué pensaba de sus sueños.

¡Qué contenta estaba! ¡Llevaba meses sin ver a su mejor amiga! Le preocupó el descenso de las temperaturas y la nieve acumulada; no iban a poder salir mucho de casa, así que ya tenía en mente varias cosas para no aburrirse, como escuchar las historias de su abuela, preparar ellas mismas el pan, hacer galletas y cocinar un delicioso pollo frito con verduras y salsa de soja, la comida favorita de Magaki.

Se levantó rápido y comenzó a recoger su cuarto; tenía que hacer hueco como fuera en su habitación para que pudieran colocar en el suelo el colchón hinchable que habían comprado entre las dos amigas, por si alguna de ellas tenía que dormir en él.

A Magaki le encantaban las historias que la abuela Wakanda contaba, y Ashenee sabía que su amiga le pediría que le hablara de esos cuentos de amor que le llegaban al corazón. Era una romántica empedernida. Soñaba con un buen hombre, algo mayor que ella, que la cuidara, que la quisiera por quien era y la hiciera feliz. Quería tener muchos hijos, a los que les enseñaría las costumbres de los cheyennes.

Ella vivía en una reserva, lejos de la ciudad. Magaki y los cheyennes que allí vivían seguían cultivando su trigo y criando sus animales, e incluso algunos hombres salían a cazar. Usaban rifles, pero los más jóvenes, entusiasmados, fabricaban sus propios arcos y flechas.

Ashenee había visitado en varias ocasiones a su amiga y a su familia, a pesar de arriesgarse a encontrarse con Kamali después de que la dejara sin explicación; como lo tuviera frente a frente, le daría tal bofetada que la cabeza iba a darle tres vueltas sobre el cuello. Magaki se partía de risa cada vez que la escuchaba decir eso. Por suerte, Magaki la invitaba a ir cuando tenía la certeza de que su hermano iba a estar fuera por trabajo. La primera vez que fue, cuando ella y Kamali aún eran pareja, se quedó fascinada: los más ancianos todavía creaban sus propios fuegos sin necesidad de usar mecheros o encendedores, y construían tipis para los juegos de los más pequeños. Sus casas eran de madera y el triple de grandes, y en ellas podrían vivir al menos entre doce o quince personas. Siempre que iba, compartían habitación con dos primas gemelas de Magaki.

Lo compartían todo, pues lo que poseían lo repartían a partes iguales, excepto si una mujer estaba embarazada. Cada noche, tras la cena, se reunían en el centro de la reserva y, alrededor de una gran fogata, los jóvenes cantaban y bailaban dando las gracias a los espíritus por aquello de lo que la naturaleza les proveía.

Y cuando regresaba a Sioux Falls se sentía triste, como si algo de ella se quedara en ese lugar. Quería formar parte de lo que era, de su cultura, pero su madre se negaba una y otra vez, poniendo como excusa a Wakanda, que ya era muy mayor, y siempre acababan discutiendo. Ashenee sabía que era mentira. Su abuela deseaba seguir con las tradiciones que le enseñaba a su nieta a escondidas.

—No insistas, hija. No iremos a ninguna reserva.

—Todos los años me dices lo mismo. —La muchacha trataba de convencerla como fuera—. No sé de qué tienes miedo. ¡Son como de la familia! ¡Y yo quiero continuar con nuestras costumbres!

—¡He dicho que no!

El peor temor de Mapiya era que su hija se alejara de ella para siempre.

Ashenee estaba cansada de discutir siempre por lo mismo con su madre, así que, al menos, le quedaba Magaki, su «tribu» y las maravillosas historias de su abuela.

Cogió la agenda que su madre solía regalarle todos los años para apuntar sus turnos de trabajo y vio que pronto tendría unos días libres. Aún tenía pendientes sus vacaciones de invierno y así podría aprovecharlos con su amiga. Comprobó las fechas e hizo un *planning* de todo aquello que quería hacer con Magaki.

Después respondió al correo de su amiga para decirle que cuando quisiera ir, le mandara un *e-mail* o un mensaje al viejo móvil de su madre; ahí seguro que lo recibía sin problemas.

Miró el reloj despertador de su mesita de noche, que marcaba casi las nueve. Su madre y su abuela estarían a punto de llegar y aún no había preparado la cena.

Cuando apenas se había puesto a preparar pollo salteado con verduras, la puerta se abrió. Su madre, entre risas, gritó que ya habían llegado. «Como para no oírlas», se dijo a sí misma.

Las dos mujeres siguieron el exquisito olor que llegaba de la cocina y allí encontraron a Ashenee, que, al verlas, aún vestidas de nativas, con trenzas y pinturas de guerra en la cara, corrió a abrazarlas.

—¡Niña! ¡Estás raquítica! —La regañó su abuela—. ¡Hasta el gato de la vecina está más gordo que tú! Ay, si te viera mi tatatatarabuela, ¡te hinchaba a comer!

—Abu, estoy como siempre. Lo raro es que no engorde con tanta grasa como comemos en la cafetería —respondió la muchacha besando a la anciana en la frente—. Además, solo han pasado unos días desde la última vez que me viste. —Sonrió.

—Wakanda tiene razón —dijo Mapiya, que nunca llamaba *madre* a la mujer—. Necesitas comer algo más y no trabajar tanto.

—Mamá, necesitamos el dinero, así que trabajaré mientras pueda. —La besó también.

—Ojalá encontremos a alguien que quiera echarnos una mano para ayudarnos a montar un puestecito —rezó Mapiya—. Así no tendría que ir con la caravana de un lado para otro.

—Sabes que eso es complicado… —confesó su hija, que soñaba con lo mismo que ella: tener su propio negocio de artesanía.

—Habrá que seguir intentándolo. Mientras, seguiré vendiendo los productos que hacemos en el pueblo y los alrededores.

Ashenee sonrió. Hacía ya dos años que su madre le había «concedido» parte de lo que ella deseaba: hacer cestas de mimbre, platos y cuencos de arcilla, coser bordados en las pieles y otros trabajos manuales, para no olvidar sus costumbres.

Con una sonrisa, y feliz de tenerlas sanas y salvas en casa, terminó de preparar la cena y dispuso la mesa, donde su madre y su abuela ya se habían acomodado. Sirvió la comida y llenó de agua los tres vasos.

Antes de dar el primer bocado, Wakanda comenzó a entonar una dulce canción en powani y Mapiya la imitó. Ashenee, después de tantos años, por fin se había aprendido aquel salmo y su significado. En raras ocasiones, rezaba en lakota o cheyenne, dependiendo de su estado de ánimo. Después, la anciana empezó a comer, dando por finalizados los agradecimientos al Gran Espíritu.

La cena fue rápida y amena, pues Mapiya y Wakanda le contaron a la muchacha todo lo que habían hecho en el Pow Wow.

—Tendrías que haber venido con nosotras. Había muchos chicos guapos de tu edad —comentó Mapiya, tratando de convencerla para que las acompañara la próxima vez.

—Mamá, sabes que no puedo permitirme tener un novio ahora… ¡Los novios son unos pedigüeños! ¡Gastaría todo el dinero ahorrado! —Más valía que, tras decir eso, su madre no se enterara de que estaba completamente colada por Daniel y que gastaría su dinero más que encantada en salir por ahí con él.

—¡Niña! ¡No te quejes! ¡Yo a tu edad ya estaba casada y con tres hijos! —la regañó su abuela—. No hay nada más bonito que alguien te quiera y te haga feliz. Y gastar el dinero en alguien que quieres no es nada malo.

—Pero, abu, vosotras me hacéis feliz; además, me importáis más vosotras que tener pareja —respondió Ashenee con sinceridad. Por muy enamorada que estuviera, su familia era lo más importante para ella.

—Creo que la abuela no se refiere a ese tipo de felicidad... Quiere decir el amor de un hombre, el roce, el...

—Lo he entendido, mamá —la cortó la muchacha—. Aún no he encontrado al hombre ideal —mintió de nuevo. Ni ella ni su abuela sabían que ya no era virgen y, por el momento, no tenía intención de contárselo.

—¿Qué hay de Daniel? A él le gustas —le dijo su madre.

—¡Un hombre blanco! ¡Ni hablar! —gritó Wakanda—. Debes encontrar a uno de los nuestros para continuar con el linaje powani; si no, lo perderemos para siempre.

—Madre, ¿le estás diciendo a mi niña que se ponga a hacer hijos como una coneja? —le espetó Mapiya, algo enfadada y con los brazos en jarras.

—Yo di a luz a diez niños y a una niña —la señaló—, y no me dirás que no lo hice bien. Lástima que ninguno sobreviviera ... —dijo con un deje de tristeza.

Su abuela decía que era una maldición del Gran Espíritu por haber olvidado las tradiciones de su tribu, por eso se preocupaba tanto por que conociera la cultura de su pueblo. También solía decir a menudo que, por culpa de aquella condena, el padre de Ashenee se había marchado, temeroso de perecer también; pero la muchacha no la creía, estaba convencida de que se había asustado al enterarse de que Mapiya estaba embarazada y directamente quiso librarse del problema.

La muchacha dio por finalizada la discusión al levantarse y retirar los platos. No quería seguir escuchando historias tristes o volvería a llorar. Veía en los ojos de su abuela el dolor que padeció al ver morir uno a uno a sus hijos, no haber podido hacer nada por salvarlos debía de ser horrible. No podía ni imaginarse qué podría sentirse en una situación así. Sintió que se le humedecían los ojos y se los frotó para evitar derramar alguna lágrima.

—Anda, ve a ayudar a tu abuela. —Mapiya se había dado cuenta de que su hija estaba agotada, así que ella misma se encargó de la cocina.

—Vamos, abu, ya es tarde y tienes cara de cansada —dijo Ashenee cogiendo de la mano a la anciana.

La mujer se dejó ayudar. Después cambiarla de ropa y lavarle bien la cara para eliminar cualquier resto de pintura, la tumbó en la cama y la arropó.

—Buenas noches, abuela, que descanses. Mañana me contarás más historias del Pow Wow. —La besó en la frente.

—Tengo tantas que no sabría por dónde empezar —respondió con una gran sonrisa.

La muchacha salió del cuarto y entró en su habitación. Estaba agotada. Se tiró sobre el colchón y, sin poder evitarlo, cayó en brazos de Hotaka[1], el espíritu de los sueños.

---

1 Espíritu invención de la autora.

CAPÍTULO 2

Ashenee despertó sobresaltada. Otro nuevo sueño, que le pareció más real que todos los que había tenido, se había colado en su subconsciente.

En esta ocasión, una flecha había volado tan cerca de su mejilla que pensó que moriría en aquel momento. No pudo ver quién había disparado el proyectil, pero se giró para ver dónde se había clavado y, para su horror, descubrió una serpiente cuya cabeza, con los colmillos asomando a tan solo unos centímetros de ella, estaba ensartada por la flecha y clavada en el tronco del árbol que había a su espalda. Se acercó para observarla, pero el reptil no estaba muerto y se lanzó a morderla. Tal fue la impresión que le produjo, que se despertó de inmediato.

Estaba envuelta en sudor. Miró su despertador y vio que le quedaba una hora para comenzar su turno de trabajo. Decidió darse una ducha para olvidar esos sueños tan raros y cuando terminó, se preparó el desayuno. Por lo general desayunaba en la cafetería, aunque necesitaba un café en ese mismo instante.

Se entretuvo más de lo previsto, así que se calzó, se puso el abrigo y la bufanda, y salió de casa con prisa. Por suerte, no estaba muy lejos, ya que se encontraba a tan solo un par de manzanas de su casa.

A pesar de lo temprano que era, ya había muchos trabajadores por la calle. Los conocía a casi todos, más de la mitad de ellos desayunaban en su cafetería, pues servían las mejores tortitas de todo Sioux Falls, hechas por ella, por supuesto.

A su paso saludó a varios vecinos y conocidos, incluso a algunos ancianos nativos, como ella, que todos los días la paraban para saludarla y echarle piropos, cosa que agradecía mucho; nunca se había considerado una chica guapa.

Cuando llegó a la cafetería, tal y como pensaba, estaba cerrada. Buscó en el bolso sus llaves y se dio cuenta de que se las había dejado dentro la noche anterior, al lado de la caja.

Se sentó en el borde de un gran macetero que adornaba la entrada del local. Observó los rosales, que se habían estropeado por el frío. Le dio mucha pena, pues ella era la que se encargaba de regarlos y cuidarlos todos los días.

De repente, se sobresaltó; una rosa amarilla apareció frente a sus ojos. Se giró hacia la derecha y vio a Daniel, sonriente.

—Una bonita rosa para una preciosa flor —saludó el muchacho.

Ella tomó la rosa con una gran sonrisa y el rostro se le tornó rojo como la grana. Daniel era un cielo; siempre era atento, amable y se portaba bien con ella. ¡Y eso que cualquiera que lo viera por primera vez pensaría que era un gamberro en potencia!

De manera tímida, observó sus iris azules, salpicados por motas doradas. Se moría por que la besara en ese mismo momento y, al ver que no lo hacía, hizo un amago de acercarse a él, pero Daniel no se dio cuenta de su intención.

—Has madrugado mucho hoy, ¿ha ocurrido algo?

—No... —respondió ella, decepcionada. Aunque más que decepcionada, ridícula—. Tuve una pesadilla que me despertó y no podía dormir más. Al menos, el frío me ha despejado un poco.

—¿Una pesadilla? ¿Qué has soñado? —quiso saber él.

—Que una serpiente horrible se lanzaba a morderme... —Hizo un gesto con la mano imitando al animal.

—¿Y te mordió?

—Por suerte, desperté. —Sonrió, como si de verdad se hubiera librado de una posible muerte.

Daniel sacó sus llaves del bolsillo de la cazadora, abrió la puerta del local y, tras entrar los dos, volvió a cerrarla, echando el pestillo por dentro, mientras Ashenee encendía las luces y ponía en funcionamiento las cafeteras, planchas y demás.

—¿Has desayunado? —le preguntó ella mientras guardaba en la caja el dinero que él acababa de darle.

—No, estaba esperando para tomar tus deliciosas tortitas. —Se frotó las manos.

La chica, que ya se había quitado el abrigo, los guantes y la bufanda, se puso el mandil para no mancharse la ropa. Enseguida, él la imitó.

—Mi madre hoy no puede venir, tiene que ir a hacer no sé qué papeleo, así que estoy al mando —dijo Daniel.

—Dirás que ambos estamos al mando, ¿no? —bromeó Ashenee con los brazos en jarras.

—Claro, eso quería decir. —Rio. No iba a quitarle la razón. Sabía que ella podía sacar adelante todo lo que se propusiera.

Mientras él le explicaba una receta para un guiso que había visto en internet, ella hacía tortitas para los dos. Desayunaron entre risas, hasta que los primeros clientes llamaron a la puerta. Aún no era hora de abrir, pero aun así los dejaron pasar. Apuraron el desayuno y atendieron a sus más fieles parroquianos. Y, desde entonces, no pararon en casi toda la mañana.

A mediodía, tuvieron una visita especial.

—Ashenee, te buscan —le dijo Daniel sonriente, señalando una de las mesas—. Tómate un descanso, ahora no hay muchos clientes.

La muchacha buscó a su visita y sonrió. Preparó un té y con la taza y un *muffin* se sentó al lado de Wakanda. Se sintió feliz. Hacía tiempo que no iba a hacerles una visita a la cafetería.

—Buenos días, abu. ¿Has dormido bien? —preguntó ella tras besar a la mujer en la mejilla—. Cómetela, es la mejor que quedó ayer. Aún no me ha dado tiempo a hacer más.

La mujer sonrió y le dio un bocado al dulce.

—¿Qué haces aquí? —preguntó la muchacha comprobando la temperatura del té.

—Tu madre está en el mercado, vendiendo los productos.

—Ojalá vendiera mucho; así podríamos comprar un microondas.

—Niña, en mi época todo se hacía con fuego o se comía frío —respondió su abuela—. Por cierto, tu apuesto compañero no deja de mirarte.

—¿Daniel? Bah, tonterías tuyas.

—¿Es el mismo Daniel del que habla tu madre? —Su nieta asintió—. ¿Y por qué no lo había visto antes?

—Habrá coincidido que cuando has venido, él ha estado en la cocina. —Lo cierto era que sí lo conocía, pero ya estaba mayor y comenzaba a olvidar algunas cosas. Se encogió de hombros. Tampoco tenía importancia.

—Es muy buen mozo, aunque parece un poco rebelde. Y bueno, no es nativo; ya sabes que me gustan indios.

Ashenee volteó los ojos; ella siempre pensando en que se case con un indio como ellas. Después de lo ocurrido con Kamali, no quería saber nada de hombres. Aunque se juró a sí misma, hacía ya mucho tiempo, que no volvería a enamorarse, pues no soportaría que volvieran a romperle el corazón, no podía evitar sentirse atraída por Daniel.

—Ay, abu, el amor no entiende de edades ni religiones ni razas... El amor es... —Miró de soslayo al chico, que sonreía a dos mujeres a las que acababa de servirles el desayuno—. Es raro.

La mujer no le dijo nada, solo la observó mientras terminaba su magdalena.

—Te gusta mucho, ¿eh? —dijo la mujer, sonriente.

—¿Eh? ¡No! —La anciana levantó una ceja—. Bueno, sí...

—Has tenido otro sueño, ¿a que sí? —Wakanda cambió rápidamente de tema.

—¿Cómo lo sabes? —La miró sorprendida. ¿Cómo había podido adivinarlo?

—Te lo noto en la mirada. Anda, hija, cuéntame, sabes que me encanta escuchar tus sueños. Ya hablaremos de chicos en otro momento.

Wakanda estiró el brazo y tomó de la mano a su nieta.

—De nuevo aparece el atrapasueños, pude incluso tocar sus plumas. También he visto búfalos, aunque esta noche he soñado con una serpiente. Una flecha voló a escasos milímetros de mi cara, me giré y la vi. Pensé que estaba muerta, pero no, así que se lanzó a morderme, aunque, antes de que lo hiciera, desperté.

—Vaya... ¿Recuerdas cómo era el reptil?

—Tenía dibujos como en zigzag. —Hizo un gesto con el dedo, imitando cómo era.

—Las serpientes poseen la sabiduría de la naturaleza y, como todo en el mundo, tienen poder para hacer el bien o el mal. Los chamanes las usaban como enlace para comunicarse con la naturaleza a través sueños o visiones.

—¿Me estás diciendo que estoy teniendo visiones?

—¿Lo son? Solo tú tienes la respuesta, nieta, yo no puedo decir si lo son o no. —Le tomó de nuevo de las manos—. Quiero que me lo cuentes todo. Me encanta saber que hasta en tus sueños estás unida a nuestras raíces.

En ese momento, empezaron a entrar más clientes en la cafetería y Ashenee tuvo que atenderlos.

—Vuelvo enseguida. Ten. —Le dio una revista del día anterior a su abuela, para que estuviera entretenida mientras tanto.

Wakanda, a pesar de sus casi ochenta años, estaba como una rosa. No sabía casi leer y escribir apenas tampoco, pero tenía una mente brillante y siempre encontraba solución para todos los males. Aunque, últimamente, había veces que parecía olvidar las cosas.

Le encantaba, en especial, hacer medicinas con hierbas. Cuando vivían en la reserva, antes de morir sus hijos, ella era la encargada de hacerlas. Había curado enfermedades para ellos desconocidas y ayudado a las parturientas a dar a luz.

Ashenee la observaba desde la barra; estaba muy orgullosa de su abuela y de todo cuanto hacía. Muchas veces le había propuesto vender sus medicinas y ungüentos, pues podrían sacar un buen dinero por ellos, pero Wakanda se negaba una y otra vez. Decía que Wakan Tanka le había dado aquel *don* para ayudar a los demás y no podía cobrar por ello. Si lo hacía, estaba convencida de que el Gran Padre la despojaría de su gran regalo. Aunque eso no quitaba que le dieran, a escondidas, dinero a su nieta, que iba guardándolo en una hucha en casa, algo de lo que la anciana no tenía ni idea.

Tiró los restos de varios desayunos a las papeleras de reciclaje y después sacó algunas bolsas al patio trasero, donde tenían toda la basura del día, que de madrugada recogían los servicios de limpieza. Entonces, oyó un ruido entre las bolsas. ¡Otra vez los gatos husmeando entre la porquería!

—¡Malditos bichos! ¡Fuera! —gritó.

Cogió una escoba y se dispuso a golpear el suelo para espantar a los animales, pero al ver que los felinos no huían como solía ocurrir normalmente, apartó, desde cierta distancia, una de las bolsas con el palo; ¡aquello no era un gato! ¡Era un halcón herido!

Dejó caer el cepillo al suelo y se agachó frente al animal, que graznó al verse acorralado. Intentaba alzar el vuelo, pero no le era posible, pues tenía el ala derecha llena de sangre. Lo cogió y, a pesar de que trataba de defenderse con sus afiladas garras, enseguida paró de chillar, no sin dejarle algunas marcas sangrantes en los brazos.

En ese momento, Daniel salió a tirar otra bolsa de basura y la vio arrodillada frente a la basura.

—Ashenee, ¿qué haces? —preguntó el chico, que la miraba con extrañeza.

—Mira lo que he encontrado. —Le mostró el halcón, al que acariciaba como si fuera un cachorro. Este le lanzó un picotazo, que por suerte no la hirió—. Tiene un ala herida y no puede volar. ¿Sigue mi abuela dentro?

—Sí, está hablando con otro indio. Anda, suelta ese bicho, es peligroso; podría arrancarte la cara sin que te dieras cuenta —dijo con voz calmada, tratando de no asustar al animal: no quería que le hiciera daño.

—No lo hará, tranquilo. Ahora vuelvo.

Ashenee atravesó a toda prisa la cocina y se dirigió, con el halcón en brazos, hasta donde seguía su abuela. Wakanda charlaba animadamente con Toro Viejo, el lakota más anciano de Sioux Falls. Conocía bien a ese hombre, tenía una enfermedad, su abuela nunca quería decirle cuál, pero se imaginaba que no era nada bueno, y le pedía sus ungüentos e infusiones, que le entregaba gustosa y sin pedir nada a cambio.

Se acercó a ellos y les pidió perdón por cortar su conversación.

—Abu, mira lo que encontrado en el patio. Está herido y no puede volar. ¿Podrías curarlo? —pidió la joven.

La mujer cogió al animal de entre los brazos de su nieta y lo observó con detenimiento.

—Es una pequeña herida. En unos días podrá volar, aunque no tengo jaula donde meterlo mientras tanto.

—Yo tengo una grande en casa —dijo Toro Viejo—. Te la daré como agradecimiento por todo lo que vuestra familia hace por mí.

—¿Lo haría? —preguntó la muchacha, muy agradecida.

—Por supuesto, pero preferiría cambiártela por una sonrisa. —Ella sonrió en respuesta, un gesto sincero—. Esperad aquí, ahora mismo vengo.

El hombre, bastante ágil a pesar de su edad, salió rápidamente del local.

Mientras esperaban a que volviera, la muchacha atendió a varios clientes más. Poco después llegó el hombre con la gran jaula. Wakanda metió al animal y la cerró bien, para que no se escapara.

Ashenee pidió a Daniel un descanso para acompañar a su abuela a casa y el muchacho se los concedió; se apañaría solo durante un par de horas.

La chica acompañó a Wakanda a casa. Allí la anciana preparó una de sus pastas y se la untó al animal en el ala.

—Ahora, ve al campo y ayúdalo a volar —le dijo su abuela.

Sin preguntar, su nieta cumplió sus órdenes y cogió la vieja ranchera que tenían y, con el animal en la jaula, salió de la cuidad, donde podría volar con total libertad.

Aparcó en su lugar favorito, un alto pico que escaló hacía ya un par de años. En ella había un gran saliente donde se veía Sioux Falls en su totalidad y, de noche, al estar tan alto, podían contemplarse las maravillosas estrellas.

Ascendió por la montaña y la rodeó con la jaula en la mano. Al llegar a su lugar secreto, aquel saliente donde había una cueva, abrió la pajarera y cogió al animal con las dos manos.

—Veamos si ha hecho efecto este remedio tan asqueroso de la abuela. —Rio.

Miró al halcón a los ojos y, tras despedirse mentalmente de él, lo lanzó con fuerza hacia el cielo, donde el animal batió las alas con fuerza y voló con rapidez.

Se despidió con la mano y una gran sonrisa en la cara.

—¿Ashenee?

Alguien la llamó. Se giró, pero no vio a nadie.

—¿Estás bien? —repitió la voz.

Se encontraba bien, ¿por qué le preguntaban eso? Cerró los ojos un segundo y cuando los abrió, tuvo que parpadear varias veces, ya que la claridad del día la cegó. Se frotó los párpados y, al abrirlos de nuevo, se encontró con el preocupado rostro de Daniel.

—¡Por Dios, Ashenee! ¡Qué susto me has dado! —dijo el muchacho ayudándola a sentarse—. ¿Estás bien? —Le tomó el rostro entre las manos y comprobó que no se había dado ningún golpe en la cabeza.

—¿Qué hago en el suelo? ¿Y el halcón? —preguntó ella, buscando al ave a su alrededor.

—¿Eh? No tengo ni idea de lo que hablas. Ibas a tirar la basura, ¡y te has desmayado!—Tenía un precioso halcón herido entre los brazos. Subí a la montaña y lo dejé volar... —Miró al cielo, por si lo veía.

—Pensé que te había dado un bajón de azúcar por no haber desayunado bien... Pero creo que sí, que te has dado un buen golpe en la cabeza. Ahora mismo te preparo un buen sándwich de tres pisos y te lo zampas. ¡Vamos!

—Entonces... ¿no había ningún halcón?

—¡Claro que no!—¡Por el Gran Espíritu! —¡Ahora lo entendía! ¡Había sido otra visión!—. ¡No se lo cuentes a mi madre ni a mi abuela! —Se puso en pie con ayuda del chico.

—No se lo contaré si me prometes que comerás más; si no..., ¡vamos que si se lo cuento!

—Vale...

Daniel la llevó dentro y la obligó a sentarse en el mismo asiento que había compartido con su abuela, que aún seguía allí acoplada, mirando las fotografías de la revista.

—Tienes mala cara —comentó la anciana, cogiéndola de la mano. Al verla con tan mal aspecto, se preocupó.

—Estoy algo mareada. Creo que ha sido culpa del olor a pipa; sabes que no lo soporto —mintió.

—Niña, soy vieja, pero no estúpida. Tienes un raspón en el codo. —Le señaló el brazo—. Te has caído, ¿a que no me equivoco?

—Ay, abu, a ti no puedo mentirte, siempre me pillas... Me he desmayado —confesó en voz baja—. ¡Pero no se lo digas a mi madre!

En ese momento llegó Daniel con un enorme sándwich de pavo, tomate, lechuga, queso y mayonesa, y un refresco doble.

—Abuela, que no se mueva de aquí hasta que se lo coma entero —le pidió el muchacho, bastante serio, señalando a su nieta.

La chica lo miró, pero él se volvió y continuó con sus quehaceres; tenía muchos clientes.

—Se ha enfadado...

—Yo también lo estoy —repuso Wakanda—. Vamos, come —le ordenó bastante seria.

La joven le dio un bocado al sándwich, que, para qué negarlo, estaba delicioso.

—Abu... No se lo digas a mamá. Por favor.

—Come—insistió la mujer sin dejar de mirar a su nieta.

Al cabo de un rato, le preguntó:

—¿Qué te ha pasado, hija? Puedes contármelo, no le diré nada a Mapiya.

—Creo que he vuelto a soñar...

—Adelante, cuéntame. —Se echó hacia delante en el asiento, deseosa de oír su nueva historia. Sus sueños eran muy interesantes, más de lo que la chica imaginaba.

Ashenee le contó todo lo que había vivido entre bocados, mientras la anciana la escuchaba expectante, con una gran sonrisa en los labios. Cada paso que dio, cada gesto que hizo... Todo había sido tan real...

—¿Crees que me estoy volviendo loca? —preguntó la muchacha, preocupada.

—Niña, dicen que los sueños son recuerdos de una vida pasada. Ver un halcón es una bendición. —Entrelazó los viejos y arrugados dedos.

—¿Y qué simboliza? —Ella miró a la mujer deseando que le diera una respuesta a todas sus dudas.

—Creo recordar que significaba que la persona que sueñe con esa ave puede resolver las situaciones más difíciles.

—Ay, abu, tú siempre tan mística...

Su abuela sonrió y le tomó ambas manos. Ashenee sintió que los nervios desaparecían; era como si su abuela tuviera realmente el don de curar cualquier mal que ella tuviera.

—Esta noche te contaré una historia —comentó la mujer; después, le acarició con cariño la mejilla.

—Sabes que me encantan. —Sonrió, deseosa de que acabara su jornada de trabajo.

En ese momento, su madre entró en la cafetería con varios cestos de mimbre y otros de madera tallados a mano. Dejó sobre la mesa los trastos y se sentó al lado de su hija, a la que besó en la frente.

—¿Qué tal las ventas? —preguntó la joven mientras le daba el último bocado a su comida.

—Mejor que otras semanas, he conseguido vender dos cestos grandes, uno pequeño y varios cuencos de madera. —Le dio un sorbo al refresco de la chica—. Vamos, Wakanda. Está comenzando a bajar la temperatura y hace bastante frío. Es posible que se ponga a nevar otra vez.

Mapiya ayudó a su madre a levantarse de la silla y, tras coger los cestos, se despidieron de Ashenee, que recogió su almuerzo y regresó a atender a los clientes.

—¿Cómo te encuentras? —le preguntó Daniel tras media hora.

—Bastante mejor. Gracias por el sándwich y perdona por haberte asustado. —Le acarició el hombro con cariño.

—Si quieres, puedes tomarte el resto de la tarde libre.

—No te preocupes, estoy bien. Gracias. —Lo besó en la mejilla, provocando el sonrojo del chico, que inmediatamente se dio vuelta para ocultarse. Sin embargo, ella se dio cuenta y sonrió, también acalorada.

Lo cierto era que Daniel era un muchacho bastante atractivo, al menos para su gusto y a pesar de su *look* rebelde, y solo era un año más joven que ella. A su lado se sentía bien, muy bien, pero era tan tímida y tenía tanto miedo a que le rompieran el corazón que no se atrevía a lanzarse, así que esperaría a que él lo hiciera. Por otro lado, era su compañero de trabajo y eso enrarecería el ambiente laboral, y no estaba convencida de que eso fuera una buena idea...

Al final, se dio cuenta de que le daba un poco igual. Rezó, con el rostro como la grana para que no tardara en atreverse a besarla.

El resto de la tarde se les hizo eterno. Dos personas solas los días de mercado era agotador; había tantos clientes que apenas daban abasto. Tras pedirle permiso a Margaret, la madre de Daniel, cerraron antes de su hora y pudieron marcharse a descansar.

Cuando Ashenee llegó a su hogar, Mapiya había salido a casa de unos vecinos que necesitaban ayuda con una máquina de coser, algo que a su madre se le daba muy bien, ya que conocía cada pieza del modelo que ellos tenían. Wakanda, al ver tan cansada a su nieta, le pidió que la acompañara a la cocina, pues iba a prepararle uno de sus remedios caseros.

La anciana abrió el armario donde guardaba sus hierbas y en una cacerola de agua hirviendo empezó a echar un puñado de ellas. Cuando estuvo lista, coló el agua, apartó los restos de hojas y plantas y le ofreció a la muchacha un tazón con la infusión caliente. Su madre también sabía hacerlas, pero su abuela le daba su toque personal: una hoja de menta y una rodaja de limón.

—Bebe esto y échate a dormir. Cuando despiertes, te encontrarás descansada —le dijo la mujer.

—Ay, abu, tienes que enseñarme a hacer estas cosas. Quiero seguir con nuestras costumbres.

—No sabes lo feliz que me hace saber eso, cariño. Prometo enseñarte antes de irme de este mundo.

—No digas eso. Tienes que vivir mucho para conocer a tus nietos.

—Pues a este paso... Wakan Tanka me llevará con él antes de que me presentes a un pretendiente indio —bromeó.

Ashenee, entre risas, le dio un suave codazo. ¡Otra vez pensando en nativos! Después, le dio un sorbo a su infusión.

—Me encanta el sabor a menta.

—Lo sé. Anda, bébetelo.

—Abu, ¿no ibas a contarme una de tus historias?

—Ya lo haré en otro momento. Apenas puedes mantener los ojos abiertos. —Le acarició el cabello y después le pellizcó el moflete—. Bebe.

Ella obedeció y, tras terminarlo, acompañó a su abuela al salón y la ayudó a sentarse en el sofá, le encendió la televisión y después se marchó a su habitación. Se puso el pijama, se metió en la cama y se arropó con el edredón. Bostezó dos veces seguidas; la infusión estaba empezando a hacer efecto. Nada más cerrar los ojos, se quedó dormida.

Esa noche no soñó absolutamente nada.

CAPÍTULO 3

Ashenee dormía tan profundamente que ni siquiera había oído a la primera el despertador, que llevaba sonando desde hacía más de diez minutos. Al darse cuenta, enseguida estiró el brazo y lo apagó. Se tapó por completo con el edredón y se estiró mientras soltaba un gruñidito. Se encontraba tan descansada que sentía que la energía le recorría todo el cuerpo. Remoloneó unos minutos más, pero su madre tuvo que ir a despertarla, pues le parecía raro que no se hubiese levantado antes. Mapiya sonrió al verla con tan buena cara.

La muchacha se levantó de un salto y le dio un beso de buenos días. Se metió al baño, se dio una ducha rápida y, tras vestirse, se tomó un vaso de leche caliente con cacao.

Alegre y bien abrigada, salió de casa dirección a la cafetería. Esa noche había nevado y estaba todo cubierto, de nuevo, por una fina capa de nieve, mayor que la del día anterior.

De camino se encontró con Daniel, que le entregó otra rosa, aunque esta vez de color anaranjado. Ashenee siempre se preguntaba cómo podía encontrar, con aquel frío, unas flores tan bonitas. Algún día se lo preguntaría.

—¡Buenos días! ¿Has dormido bien? —preguntó el chico, echándose hacia atrás el cabello alborotado.

—Mi abuela hace una infusión magnífica que te deja casi inconsciente al momento. Así que, sí, he dormido de maravilla. —Sonrió.

—Te veo con energía. —Él también sonrió mientras la miraba embobado.

—He dormido más de doce horas, ¡y tengo mucha hambre!

—Vamos, que te invito a desayunar —bromeó Daniel—. Hoy cocino yo.

La muchacha se lo agradeció mucho. Cada día era más amable con ella y eso le gustaba. Esperaría unos días más y, si él no se atrevía, tendría que ser ella quien se lanzara. Solo esperaba que él también sintiera algo por ella, pues de no ser así... haría el ridículo y no sabría cómo volver a mirarlo a la cara. A pesar de la estúpida promesa que se hizo tiempo atrás de no volver a enamorarse, deseaba besarlo, enredar sus dedos entre sus rubias y rebeldes ondas y compartir su vida con él, viviendo juntos en una casita en el bosque, rodeados de naturaleza. Sí. Era un poco bipolar. Ni ella misma se ponía de acuerdo con sus sentimientos.

El desayuno que Daniel preparó consistía en unos sándwiches de crema de cacahuete con mermelada de fresa, arándanos y pistachos, un nuevo invento suyo, y café recién hecho. Les sentó de maravilla y aumentó sus ganas de comerse el mundo. Podría acostumbrarse a esa rutina: desayunar juntos cada mañana en su hogar. Lo miró y, por un instante, se paró a pensar en qué sentiría él por ella. Lo cierto era que parecía que también le gustaba, pues se ponía muy nervioso cuando ella se acercaba, tal y como le pasaba a ella con él. Sí, otra vez pensando en él, olvidándose por completo de lo ocurrido con Kamali.

En ese momento, comenzaron a entrar los primeros clientes, Ashenee dejó a un lado lo poco que le quedaba del sándwich y entró a la cocina para ir encendiendo las planchas.

—Disculpa, ¿es aquí donde preparan las mejores tortitas de América? —preguntó una suave voz.

Daniel se giró y sonrió. Después fue en busca de su compañera.

—Oye, preguntan por tus tortitas —comentó el chico sin dejar de sonreír.

La muchacha salió de la cocina secándose las manos en el mandil y al ver quién preguntaba, dio tal grito que su amigo y los clientes que estaban allí se giraron asustados.

—¡Magakiii! —Corrió hacia ella y la abrazó con fuerza y efusividad. Si Magaki hubiera sido más alta y fuerte, se habría agarrado a ella como un mono.

—¡Qué alegría verte al fin! —respondió su amiga, devolviéndole el abrazo—. ¿Cómo estás? ¡Yo muerta de hambre! Me he hecho más de cuatrocientos kilómetros para venir a verte ¡y quiero tus tortitas!

Ashenee agarró a Magaki del brazo y la recién llegada saludó a Daniel, que le dio un abrazo y un beso en la mejilla.

—Disculpadme, tengo un sándwich en la plancha ¡y se me va a quemar! —el muchacho se llevó las manos a la cabeza y regresó rápidamente a la cocina. En cuanto le sirviera al último cliente, le pediría a Magaki que le contara qué tal su viaje.

—Tía, tu jefe está más guapo que la última vez que lo vi —le dijo Magaki en voz baja, para que Daniel no la oyera.

—Lo sé —le respondió en un susurro y muerta de vergüenza.

—¿Se ha declarado ya? —Ashenee negó con la cabeza—. ¿Todavía seguís así? Pero qué tonta eres...

Le sacó la lengua a su amiga y le dio la espalda. Lo cierto era que tenía toda la razón del mundo, era una mujer independiente, ¿de qué tenía miedo? Confesar sus sentimientos no era nada malo, así que se prometió a sí misma, una vez más, que olvidaría el pasado y le diría a Daniel todo lo que sentía por él.

—¿Por qué no me has avisado de que venías hoy? —quiso saber Ashenee, que había limpiado la barra y una silla alta para que Magaki se sentara a desayunar.

—Llevo días hablando con Daniel y su madre. Te he conseguido seis días libres para estar conmigo. Al principio nos costó mucho, pero Margaret finalmente aceptó gracias a Daniel. Deberías darle las gracias, ya me entiendes. —Le dio un codazo.

La powani se sonrojó, pues se le ocurrieron demasiadas ideas para hacerlo y ninguna apta para menores de edad.

Daniel llegó a la barra, le entregó el sándwich a su cliente y después se acercó a ellas.

—¿De qué habláis? —preguntó, apoyando los brazos en la barra.

De improviso, Ashenee le besó en la mejilla, muy cerca de la boca.

—Gracias por todo. —La chica lo miró sonriente.

—No ha sido nada. —No se le ocurrió qué otra cosa decir, pues no lo esperaba en absoluto.

Ambos se quedaron en silencio, a la espera de que el otro dijera algo. Daniel tenía el corazón a mil y sentía cómo el deseo se apoderaba de él. Si hubieran estado completamente solos, le habría confesado que llevaba años enamorado de ella, pero no era ni el momento ni el lugar.

La chica hizo un amago de acercarse para besarlo, pero al ver tanta gente en la cafetería, se echó para atrás: mejor en otro momento.

Magaki, al ver que ninguno de los dos se movía, carraspeó. Daniel se volvió de inmediato y le hizo un café doble, como a ella le gustaba.

—Gracias —dijo esta, con una sonrisa. ¡Qué adorables eran! Tenía que hacer algo para ayudarlos y que se lanzaran de una vez, ¡estaban hechos el uno para el otro!

—Perdóname —comentó Ashenee—. Ahora mismo te hago las tortitas. ¿Has venido con tu coche? —gritó desde la cocina.

—Sí. El problema es que me pilló una nevada de camino. —Miró las oscuras nubes por la ventana—. Y parece que viene hacia aquí… —Las señaló para que sus amigos las vieran.

Justo en ese momento, la predicción de la cheyenne se cumplió: comenzaron a caer copos de nieve bastante grandes. Los vecinos caminaban hacia su casa para resguardarse y los pocos que quedaban en la cafetería acabaron su bebida y se marcharon también, dejando a los muchachos solos en el local.

Mientras Magaki terminaba su desayuno, Daniel recibió un mensaje de su madre: iba de camino. Entretanto, los dos camareros recogían todo, ya que tenían la impresión de que ya no iba a ir nadie más esa mañana. Minutos más tarde, Margaret llegó con rapidez, con los hombros cubiertos de nieve. Al entrar se quitó los restos del pelo.

—Cada vez que nieva, cerramos con pérdidas —dijo la mujer con tristeza.

—No te preocupes, mamá, ha sido una buena semana —respondió su hijo, poniendo la mano en el hombro de ella—. Tómate un café, estás helada.

La muchacha le preparó una taza a su jefa, quien se lo agradeció mucho. Después le presentó a Magaki, a la que solo conocía por teléfono. Luego fue la propia Ashenee quien le dio las gracias por concederle los días libres. Margaret le quitó importancia diciéndole que se los merecía por trabajar tanto. Cuando la mujer terminó su café, les dio permiso para que, cuando acabaran de recoger, se marcharan a casa, pues allí ya no harían nada más.

Ashenee limpiaba las mesas mientras veía cómo empezaba a nevar con más y más fuerza. De repente, un grupo de cuatro caballos, creados con los copos de nieve, trotaron hacia la cafetería. La muchacha dejó el trapo en la mesa y se acercó a la gran cristalera. Se frotó los ojos, pensando que se lo había imaginado, pero aquellas figuras seguían allí, corriendo hacia ella.

—¿Habéis visto eso? —dijo girándose hacia los demás—. ¡Son caballos! ¡Mirad!

Sus amigos y su jefa se acercaron al ventanal y observaron con detenimiento.

—Yo no veo nada… —respondió Daniel—. No veo nada más que copos…

—No son caballos de verdad, ¡están hechos de nieve! ¡Mirad! —Les señaló donde estaban.

—Las ventiscas pueden crear ilusiones —explicó Magaki, que la miró como si estuviera loca—. Pero yo no veo nada de nada…

Ashenee dudó, ¿acaso era cosa de su imaginación? No, no podía ser eso, pues estaba viéndolos claramente. Eran cuatro, más grandes que un caballo de verdad.

—Están ahí, donde debería estar la lonja. Fijaos bien. —Miró de nuevo y, de pronto, vio que los animales desaparecían lentamente. Ya no había nada. Solo era una simple tormenta.

—Cielo, no hay nada ahí, tan solo la nieve, y como no salgamos ya, no podremos regresar a casa —dijo Margaret con cariño.

Comenzó a sentir una punzada en el pecho, ¿qué había pasado? ¿Por qué ella veía cosas que los demás no podían ver? ¿Había sido otro sueño o visión como la del halcón? ¿O en realidad se había dado un buen golpe en la cabeza al desmayarse? Por mucho que su abuela insistiera en que las visiones eran algo bueno, comenzaba a pensar que estaba loca. Wakanda siempre le contaba lo que soñaba y en sus sueños nunca aparecía nada igual. ¿Y si estaba tan obsesionada con sus raíces que comenzaba a imaginarse cosas raras? Dejó a un lado aquellos pensamientos, pues no quería preocupar más a Magaki o a Daniel.

Nada más terminar, apagaron las luces y, bien abrigados, salieron a la calle. Cerraron las puertas y rogaron para que la ventisca durara tan solo unos días. Si no, el viaje de Magaki habría sido en vano.

Daniel insistió en acompañar a las chicas a casa: quería estar seguro de que llegaban bien.

Cuando llegaron al bloque de pisos, y una vez que Magaki entró en el portal, Daniel agarró a su compañera por el brazo y, sin mediar palabra, se despidió de ella con un rápido beso en los labios. Ella se sonrojó y, con una risita nerviosa, entró en el edificio. Magaki rio al darse cuenta de lo que había pasado y miró al chico, que se encogió, avergonzado. La chica se despidió de él con un gesto de pulgar, haciéndole ver que lo había hecho bien.

—Para la próxima, no vayas tan rápido, correcaminos. Esos besos no saben a nada. —Le guiñó un ojo, a lo que él respondió con las mejillas rojas, mezcla del frío y la vergüenza.

¿Se habría dado cuenta Ashenee de lo que significaba aquel beso para él? Rezó porque así fuera.

Ashenee seguía con la sonrisa en la boca, pero a la vez estaba un poco en *shock*, ya que no esperaba en absoluto que Daniel la besara. Magaki no hacía más que chincharla y su amiga sentía un revoltijo en el estómago, presa de los nervios, pues aunque parecía que le gustaba a Daniel, no estaba del todo convencida de lo que significaba, al menos hasta que hablara con él con algo más de tiempo y en privado. No quería más risitas de su amiga.

Hacía tanto frío que entrar en la casa fue un regalo de los espíritus; dentro hacía bastante calor y se estaba de maravilla. Mapiya y Wakanda saludaron con efusividad a su invitada, pues hacía casi un año que no la veían.

Mapiya se disculpó con ellas; no se encontraba demasiado bien. Se tomó una infusión caliente y se echó en la cama para descansar un poco.

Su hija se lo agradeció. Tan solo podía hablar de sus sueños con su abuela y su amiga, pues a su madre no le hacía gracia ninguna gracia que Wakanda le metiera pájaros en la cabeza, tratando de convencerla una vez más de mudarse a una reserva.

Ashenee le contó a su amiga todos sus sueños y así su abuela se enteró de la visión de los caballos de nieve.

—Puedo contaros dos historias... —comenzó Wakanda.

—¡Sí, por favor! ¡Sabéis que me encantan! —interrumpió Magaki.

La anciana se acomodó en el sofá y las dos muchachas se sentaron en el suelo frente a ella, con las piernas cruzadas.

—La primera de ellas tiene que ver con los halcones.

Y comenzó su relato:

—Una joven pareja, se acercó hasta la tienda del viejo brujo sioux. Él, el más valiente de los guerreros, y ella, la más hermosa de la tribu, tomados de la mano, le dijeron:

»—Nos amamos, y queremos casarnos, pero tenemos miedo. Queremos un hechizo que nos permita estar juntos siempre, hasta que encontremos a Wakan Tanka el día de la muerte. ¿Hay algo que podamos hacer?

»El brujo los vio tan enamorados que contestó a su pregunta.

»—Hay algo, aunque es muy difícil de conseguir.

»Los enamorados estaban dispuestos a hacer cualquier cosa, por lo que el anciano les explicó con detalle qué tenían que hacer:

»—Hermosa niña, deberás escalar el monte al norte de nuestra aldea y deberás hacerlo sola, sin más armas que una red y las manos. Deberás cazar el halcón más hermoso y vigoroso que allí veas. Si consigues atraparlo, deberás traerlo aquí con vida el tercer día después de la luna llena. ¿Has comprendido? —La joven asintió—. Y tú, valiente guerrero, deberás escalar la montaña del trueno y cuando llegues a la cima, encontrar la más brava de todas las águilas y solamente con las manos y una red deberás atraparla, sin herirla, para traerla ante mí el mismo día en que vendrá tu amada. Salid ya.

»Los jóvenes se miraron con ternura y, después de un fugaz beso, se despidieron para cumplir su misión, cada uno en dirección opuesta.

»El día indicado, los dos jóvenes se reencontraron frente a la tienda del brujo, con sus aves en bolsas. El viejo les pidió que, con delicadeza, las sacaran y las expusieran ante él.

»—¿Volaban alto? —preguntó el viejo al comprobar que eran las mejores aves que jamás había visto.

»Ambos asintieron y preguntaron qué tenían que hacer a continuación.

Wakanda tosió y su nieta le dio un poco de agua, que bebió a sorbitos.

—¿Bebieron su sangre? —quiso saber Magaki, cortando a la anciana.

—No —respondió esta.

—¿Comieron de su carne? —preguntó esta vez su nieta, emocionada con la historia. Casi todas tenían algún tipo de sacrificio, algo muy importante para conseguir visiones o para que se cumplieran algunos deseos.

—Tampoco. ¿Me vais a dejar seguir? —dijo con los brazos en jarras. Ellas asintieron y continuó la historia:

»Deberéis atarlas entre sí por las patas con estas tiras de cuero —les dijo—. Cuando lo hayáis hecho, soltadlas y que vuelen libres.

»El guerrero y la joven hicieron lo que se les pedía y soltaron a los pájaros. El águila y el halcón intentaron levantar el vuelo, pero solo consiguieron revolcarse en el suelo. Unos minutos después, irritados por la incapacidad de volar, las aves arremetieron a picotazos entre sí hasta lastimarse.

»—Este es el conjuro. Sois como un águila y un halcón; si se atan el uno al otro, aunque lo hagan por amor, no solo vivirán arrastrándose, sino que, además, tarde o temprano empezarán a lastimarse el uno al otro. Si quieren que el amor entre ustedes perdure, vuelen juntos, pero jamás atados.

Wakanda terminó su relato, satisfecha.

—¡Qué historia tan bonita, abu! —dijo Ashenee con una gran sonrisa.

—¡Y realista! —secundó Magaki.

—¿Tiene algo que ver mi sueño con esa historia? —preguntó su nieta. Si era así, tal vez significaba algo con respecto a su *relación* con Daniel.

—Puede que sí, puede que no. Con el paso del tiempo sabrás si está relacionado —respondió la mujer—. Solo Wakan Tanka sabe lo que el destino tiene preparado para ti.

—Yo deseo encontrar a un chico que me llene de dicha —comentó Magaki.

—¡Qué poético te ha quedado eso! —se burló la powani, que recibió un empujón de su amiga—. Abu, ¿nos cuentas la otra historia?

—Dejadme que piense.

La mujer cerró los ojos y se mantuvo en silencio casi diez minutos. Las muchachas creían que se había quedado dormida. Magaki le hizo una señal de mofa a su amiga, que le respondió con un empujón que la hizo caer de espaldas al suelo entre risas. Ashenee la golpeó en el muslo para que dejara de reírse, pues no quería despertar a su abuela, así que se levantaron lentamente para dejarla descansar un rato.

—¿Quién os ha dicho que os vayáis? —dijo Wakanda con mal humor—. ¿Es que no queréis escuchar otro cuento?

Las muchachas, que se habían asustado, se sentaron de nuevo en el suelo, sin decir nada.

—La siguiente historia habla de Tah'li, el guardián de la Pluma del Destino.

—Dicen que esa pluma tan solo es un mito, un cuento de viejas —respondió Magaki—, aunque no conozco la historia verdadera.

—Tonomb, chamán de la tribu que no tenía nombre alguno, más conocidos como los Sin Nombre, predijo que, tras la tercera luna llena en época de nieves, Wakan Tanka bajaría de los cielos convertido en ciervo. Y así ocurrió. Juzgad vosotras mismas si es cierto o no. Mientras tanto, os lo contaré todo desde el principio. —Carraspeó.

»Mahanu, una joven y hermosa mujer, deseaba dar a luz un hijo, pero no encontraba un marido que la quisiera. Una tarde, al esconderse el sol, Mahanu llevaba su cesto lleno de maíz, que acababa de recoger, y entonces lo vio. Ante ella se erguía un magnífico ciervo con una hermosísima cornamenta plateada. Lo rodeaba un aura brillante y pura que demostraba quién era. Los ciervos eran mensajeros de buenas noticias, sobre todo cuando una mujer los veía, pues significaba que pronto tendría un hijo. —La anciana hizo una pausa, y le pidió a su nieta que le diera un poco de agua, ya que tenía la boca seca.

—¿Qué pasó después? —quiso saber Magaki, ansiosa por conocer más. Y la anciana continuó con su relato.

—Todos sus hermanos vieron al espléndido animal, a sabiendas de que se trataba del mismísimo Wakan Tanka, que había descendido de los cielos tal y como el chamán había predicho tiempo atrás. Se arrodillaron ante él, excepto Mahanu, por orden del espíritu.

»Como un susurro, escucharon la voz del Gran Espíritu en el viento, como si este les hablara, y le dijo a la mujer:

»—Mahanu, en tu vientre llevarás a Tah'li, hijo de mi seno, semidiós al que deberás traer al mundo y educar. Cuando llegue el momento, él lo sabrá y deberá partir en busca de algo muy valioso que ha sido robado y deberá recuperarlo hasta que yo lo reclame en los cielos.

»—¿Y cómo lo haré, Gran Espíritu? No tengo esposo que me ayude —preguntó la mujer.

»—No necesitas ningún esposo. Tus hermanos cuidarán de vosotros hasta que Tah'li parta de estas tierras.

»—¿Y si no lo consigue? —respondió otra mujer.

»—Lo hará, pues es hijo mío —sentenció Wakan Tanka.

»Y dicho esto, el ciervo despareció y jamás volvieron a ver al Espíritu.

»Las lunas pasaron y Mahanu dio a luz al precioso niño de cabellos rojizos y ojos color miel, muy diferente a los negros cabellos y oscuros ojos de la tribu. Incluso su piel era más blanca que la de los demás.

»A ninguno de los dos, tal y como el espíritu había ordenado, les faltó de nada, incluso el jefe de la tribu les cedió su tienda, la mejor del poblado, hasta que el joven se marchara.

»Y pasaron dieciséis primaveras y dieciséis inviernos hasta que Tah'li se acercó a Mahanu.

»—Madre, ha llegado el día. Debo partir y cumplir la misión de mi padre.

»—Lo sé, hijo mío. Mis entrañas me decían que hoy nos abandonarías. Te echaré de menos. Ten mucho cuidado. —Lo abrazó—. ¿Volveremos a vernos?

»—No sé qué tendrá decidido para mí el Gran Espíritu, pero no hay otra cosa que más desee. Cumpliré mi misión y regresaré a por ti.

»La tribu entera lo despidió viendo cómo se alejaba hacia las montañas del norte, cubiertas de un espeso manto de nieve.

»Durante muchas lunas, buscó aquello para lo que había sido concebido; sin embargo, no sabía qué debía hallar. Resguardado en una cueva a causa de la incesante nieve, encendió un fuego y, envuelto en su gruesa piel de búfalo, usó su cuchillo y se cortó en la palma de la mano. Su sangre cayó en las llamas, mientras entonaba una canción suplicándole al Gran Espíritu una visión para conocer qué había de encontrar. Con las piernas cruzadas y los ojos cerrados, enseguida la visión llegó a él.

—¿Consiguió una visión? ¿Así de rápido? —preguntó Ashenee, muy interesada en la historia.

—La sangre tiene un gran poder, nieta, y mucho más en los rituales. En su visión —continuó la anciana—, apareció una majestuosa águila que portaba en el pico una pura e inmaculada pluma, tan blanca como la nieve. Supo que ese era su destino, conseguirla era lo que Wakan Tanka le había ordenado —explicó antes de continuar.

»Pasaron muchas lunas más hasta que por fin dio con el lugar donde el ave se escondía, una cueva en lo más alto de la montaña más alta de las tierras del norte. Cuando alcanzó su destino, encontró al águila dormida, con la pluma en el pico. Se acercó sigilosamente e intentó quitársela, pero ella despertó y golpeó a Tah'li con una de las enormes y fuertes alas. El golpe fue tan fuerte que lo dejó sin aliento. Sin embargo, Tah'li no se rindió:

»—Mi padre, el Gran Espíritu, me ordenó que viniera en busca de esa pluma. La robaste y he de recuperarla —le dijo el joven semidiós—. Dámela.

»—Esta pluma no es cualquier cosa —respondió el animal cual espíritu del viento—. Es la Pluma del Destino. Tan solo podrás tocarla si eres bueno de corazón. Si no, ella te destruirá. No te la daré, cógela si te atreves —lo desafió—. A no ser que seas un cobarde.

»—Tus amenazas no me harán desobedecer a mi padre.

»El joven dejó sus armas y su capa de piel en el suelo y se acercó temeroso al águila, que tenía el tamaño de un oso. Sus plumas blancas y negras eran magníficas, mientras que la que portaba en el pico tenía un brillo especial.

»Tah'li estiró el brazo hacia el pico del animal; estaba decidido a cogerla, pero a la vez estaba muy asustado. ¿Y si tenía razón y no merecía tocarla? ¿Qué le ocurriría entonces?

»Cuando rozó con los dedos la magnífica pluma, esta brilló con más intensidad, creando un halo irisado que le recorrió toda la mano. Gritó de dolor y cayó al suelo, mientras el fulgor lo cubría por completo.

»—Tan solo una persona es capaz de tocarla —dijo el águila —. El guardián de la Pluma del Destino. Tah'li, tú serás quién la custodie.

»La pluma desapareció de sus manos y se tatuó en su brazo derecho, mientras sentía como si lo quemaran vivo.

»Su padre, el Gran Espíritu, se apareció ante ellos con forma de serpiente de cascabel. Castigó al águila arrebatándole todo su poder por haber robado aquel valioso objeto y esta, dolorida, alzó el vuelo y despareció.

»—Padre, ¿por qué el águila robó este magnífico tesoro? ¿Ella no era digna de poseerla?

»—La Pluma del Destino tiene mucho poder, hijo mío. Con ella podrás controlar a cualquier espíritu que se interponga en tu camino. Quizá creyó que así podría hacerse con la magia y gobernar, aunque tan solo un humano puede ser su nuevo dueño.

Wakanda tosió de nuevo y bebió más agua. Hizo una pausa en su relato y las dos chicas se quedaron expectantes, deseosas de saber el final.

—Abu, ¿cómo acaba? —preguntó Ashenee.

—El Wakan Tanka le dijo algo que cambiaría su vida para siempre: «Ahora es tuya, Tah'li; mientras sigas con vida, nadie conseguirá hacerse con el poder que ahora recorre tus venas. Ve y haz el bien, hijo mío. Sé mi mensajero y haz que la paz habite en la Tierra». Y así, tras muchas generaciones, esta historia pasó de padres a hijos. Algunos intentaron buscar al semidiós; sin embargo, jamás nadie lo encontró. Y si os lo estáis preguntando, sí, algunas noches sueño con Tah'li. —Wakanda terminó la historia con un suspiro.

—¿Y qué fue de él? ¿Cómo sabemos cuál fue su verdadera misión? —quiso saber Magaki.

—Su misión era mostrarles la verdad a todos aquellos que la buscaban de corazón, además de proteger la vida humana sobre la tierra.

—¿Tenía algún poder especial? —preguntó su nieta—. ¿Puede predecir el futuro? ¿Viajar en el tiempo?

—Tah'li era el Mensajero del Gran Espíritu. El joven podía convertirse en halcón y volar en los cielos para velar por la humanidad. Como ya sabéis, cuando Wakan Tanka se nos aparece en forma de águila, es porque nuestras plegarias han sido escuchadas. Entonces, un halcón...

—Será Tah'li... —respondió Magaki.

—Eso es.

Ashenee se quedó pensativa unos segundos. ¿Acaso el halcón de sus sueños podía ser Tah'li, que quería comunicarse con ella?

Y aunque así fuera... ¿qué tendría ella que ver con toda esa historia? Una vez más, pensó que su madre tenía razón, que su abuela le contaba demasiados cuentos y ella comenzaba a obsesionarse y se imaginaba cosas imposibles.

Wakanda bostezó.

—Estoy cansada...

—Vamos, abu, es hora de que descanses tú también.

Las dos muchachas acompañaron a la mujer a su habitación. Después, como ellas tampoco tenían nada que hacer, se metieron en el cuarto de Ashenee y hablaron durante horas. Tenían mucho que contarse.

—Me ha intrigado mucho la historia de Tah'li —dijo Magaki—. ¿Crees que intenta contactar contigo?

—No tengo ni idea. Lo mismo es que me estoy volviendo loca.

—¿Y si así fuera? ¿Y si tú fueras la próxima guardiana?

—¿Yo? ¡No digas tonterías! Eso son legados familiares, y ni mi madre ni mi abuela han sido guardianas de la pluma. Es imposible.

—Bueno, imagínate que así fuera, ¿qué harías con tanto poder? ¡Controlarías cualquier elemento! ¡Podrías hacer que siempre fuera otoño!

Ashenee sonrió. Magaki amaba el otoño, la más hermosa de las estaciones: ni frío ni calor, los bosques repletos de color...

—Esto... No lo sé. Es algo con lo que habría que tener cuidado. Pero, en tal caso, cumpliría con todo aquello que Wakan Tanka me ordenara. Y tal vez usaría parte de él para mi beneficio. Bueno, quiero decir, usarlo para algo bueno.

—Buena elección. Cambiando de tema... ¿qué pasa con Daniel?

—¿Crees que debería lanzarme de una vez? —le preguntó Ashenee a su mejor amiga.

—Deberías. Después del beso que te ha dado hoy, es obvio que le gustas. Y esa promesa que te hiciste a ti misma de no volver a amar o enamorarte... A la mierda. Ve a por todas, solo se vive una vez.

—¿Y cómo lo hago?

—Mejor no te lo digo porque ibas a llamarme depravada. —Rio con ganas.

—Eres tonta. —Ashenee le dio un empujón.

—Ya, como que no lo has pensado tú también...

—¡Claro que sí! Pero no tan rápido...

—Entonces haz lo mismo que ha hecho él. Bésalo sin más. Si te devuelve el beso o empieza a meterte mano... Ya sabes.

La camarera soltó una carcajada. Sí. Eso haría.

Ashenee dormía plácidamente en su cama cuando, de repente, oyó que alguien pedía ayuda. Al principio pensó que seguía dormida, pero lo oyó varias veces más. Se levantó sobresaltada, pues era la voz de un hombre. Buscó, por toda la habitación, de dónde provenía la voz, aunque allí no había nadie, excepto Magaki, que dormía con los cascos puestos en el colchón hinchable.

Se levantó de la cama con cuidado, ya que no quería despertar a su amiga. En silencio, siguió la llamada de socorro, que parecía provenir del salón.

—¿Hola? —preguntó en voz baja—. ¿Hay alguien ahí?

Sin embargo, no obtuvo respuesta. Dio la luz, pero allí tampoco había nadie.

—¡Tienes que ayudarme! ¡Te lo suplico! —dijo de nuevo aquella triste voz.

Giró sobre sí misma y vio una sombra junto a las puertas de cristal que daban al patio trasero. Caminó hasta allí con el corazón a mil. Lo raro era que no estaba asustada, sino que sentía curiosidad. Si hubiera sido cualquier otra persona, habría llamado directamente a la policía.

Cogió el tirador de la puerta y lo bajó; la abrió de par en par. El frío viento de la noche la golpeó con fuerza y sintió que un escalofrío le recorría toda la columna vertebral. Bajó los escalones y tocó con los pies descalzos la helada nieve que cubría el suelo.

—¿Quién eres? —preguntó de nuevo, tratando de que los ojos se le acostumbraran a la oscuridad.

—Ayúdame, por favor...

Sintió un cálido aliento en la nuca y se dio la vuelta, temblando. No tenía miedo, pero se notó extraña; le dolía todo el cuerpo, como si la hubieran usado como saco de boxeo.

Entonces, lo vio. Se trataba de un joven guerrero, nativo como ella, con el pecho desnudo y pinturas en el torso, al igual que en los brazos. Vestía unos pantalones de ante y mocasines de piel. Su cabello negro y largo bailaba al son del viento. Era un chico bastante guapo, mucho, incluso más que Daniel. Tenía ojos oscuros y unos labios carnosos muy apetecibles.

—¿Qué ocurre? —dijo de nuevo. Dejó de notar dolor, pero entonces empezó a sentir tristeza y desesperación.

—Mis hermanos están muriendo. Wakan Tanka parece no escuchar mis plegarias, por eso acudo a ti.

—¿Mueren? ¿Por qué?

—Los animales se han marchado y nuestros campos se han echado a perder por el calor. ¡Ni siquiera hay agua en el río! ¡Por favor! ¡No nos dejes morir!

Aquel joven la agarró por los hombros y la zarandeó con suavidad.

Ashenee se mantuvo en silencio, sin saber qué decir. Pero ¿qué iba a poder hacer ella para ayudarlos? ¡No tenía ni idea! Levantó la mano y le acarició el rostro. Sintió una pequeña descarga eléctrica, como cuando arrastras los pies con zapatos de goma y tocas algo metálico, aunque más fuerte y doloroso.

—Te prometo que haré cuanto esté en mi mano —susurró ella, sin poder apartar la mirada.

Sintió que se perdía en la oscuridad de sus ojos, que la invitaban a caer en el abismo.

—Te lo prometo —repitió.

Una lágrima le rodó por la mejilla y el joven se la borró con el pulgar. De pronto, la tierra se abrió bajo sus pies y la engulló.

Despertó sobresaltada, bañada en sudor. Apenas podía respirar y el corazón le latía tan deprisa que parecía que se le iba a salir del pecho. Cuando recuperó el aliento, miró a su alrededor: se encontraba en su habitación. Se levantó a toda prisa y fue hasta el patio trasero, pero allí no había nadie.

No entendía nada. ¿Había sido un sueño o una visión? ¿Por qué le había parecido tan real? ¡Incluso sintió dolor al rozarlo! Se apretó el puente de la nariz con los dedos y cerró los ojos. Tenía que ser un sueño, estaba segura. Con tantas historias que le contaba su abuela, no era de extrañar que acabara teniendo ese tipo de fantasías.

Se tumbó de nuevo y respiró hondo. Por suerte, Magaki no se había enterado de nada, pues tenía los cascos de música puestos.

Suspiró. Cerró los ojos y lo último que recordó fue el rostro del guerrero.

Durante los dos días siguientes, apenas pudieron salir de casa. Nevaba con fuerza y cuarenta centímetros de nieve cubrían las calles. Por suerte, al tercero, la tormenta amainó hasta casi desaparecer. Las chicas ya estaban aburridas de ver la televisión y de jugar al Monopoly con Mapiya y Wakanda, así que, con precaución, por fin podrían pasear. Ashenee no le contó nada de su sueño con aquel muchacho, ya que temía que se burlara de ella y no quería que empezara a decirle cosas como que era su amante nocturno o algo así. Estaba preocupada, tanto por él como por ella misma, pues, por mucho que intentara negarlo, sentía, en una parte muy profunda de su alma, que lo que el chico le había contado era verdad, pero ¿cómo había contactado con ella en sueños?

Dejó a un lado sus pensamientos y se abrigó bien, al igual que Magaki, que se moría por salir de casa de una vez.

Ese día, Margaret y Daniel abrieron la cafetería; no podían dejar de trabajar más días, sino, perderían mucho dinero. Con ayuda de Ashenee y Magaki, que pasaban por allí, pues iban a comprar algo de comida, y algunos vecinos, limpiaron la nieve de la entrada del local con palas, facilitando así que muchos de ellos se decidieran a pasar y desayunar.

La camarera llevaba todo el tiempo, desde que llegó, pensando en cómo declararse a Daniel, pero con tanta gente delante no se atrevía; más valía hacer el ridículo estando solos.

—¿Os apetece tomar algo? —preguntó el chico mientras dejaban las palas en el patio trasero.

—No teníamos planes, la verdad —respondió Magaki.

—¿Qué tal si comemos juntos? —insistió él, sin dejar de mirar a Ashenee.

—Me parece bien, aunque antes debemos ir a comprar lo que me ha pedido mi madre —dijo esta última.

Daniel asintió, feliz.

Las dos amigas fueron a hacer los recados y, cuando terminaron, regresaron a la cafetería. Daniel preparó unas deliciosas hamburguesas de ternera, beicon y queso con patatas fritas. Como era habitual, el muchacho esperó a que ellas rezaran a sus espíritus para agradecerles la comida que iban a degustar y, cuando acabaron, él dio el primer bocado.

—Madre mía, Daniel, ¡está de muerte! —dijo Magaki con la boca llena y los labios manchados de kétchup.

Ashenee hizo un gesto con el pulgar para corroborar lo que su amiga había dicho. No le gustaba hablar mientras masticaba.

Durante la comida, los clientes veían las noticias en la televisión. Avisaban de que el tiempo mejoraría considerablemente, tanto que esa misma noche el cielo estaría totalmente despejado y se podría avistar una aurora boreal.

Los tres jóvenes intercambiaron una mirada con la boca abierta. Pensaban exactamente lo mismo.

—Conozco un lugar donde lo veríamos sin perdernos detalle alguno —se adelantó Ashenee.

—Me apunto —respondió Daniel.

—¡Me parece una gran idea! —aplaudió Magaki.

En voz baja planearon su escapada e hicieron una lista con todo lo que necesitaban llevarse para pasar la noche allí, intentando que ningún vecino escuchase sus planes y se acoplara en su escondrijo. Era un lugar único y especial para Ashenee y por primera vez iba a compartirlo con alguien; ni siquiera su madre lo conocía. Allí tuvo su primera *visión* con el atrapasueños que veía cada noche.

Un par de horas más tarde, las dos muchachas volvieron a casa y le contaron los planes para esa noche a su abuela y a su madre, algo que a la mujer le entusiasmó, ya que veía el interés que su hija sentía por el muchacho. Después de lo de Kamali, quería que fuera feliz. Omitieron lo de la aurora boreal, pues pensaron que no era algo importante.

Prepararon unas bolsas donde incluyeron ropa de abrigo, sacos de dormir y mantas; aún había bastante nieve y posiblemente pasarían frío. También cogieron mecheros, periódicos viejos y algo de leña para una fogata.

Daniel subió a casa de Ashenee para saludar a las mujeres y ayudar a las muchachas con todas las cosas.

Wakanda llamó a su nieta, apartándola de su madre.

—Niña, tened cuidado con la nieve —le pidió la mujer.

—Tranquila, abu, lo tendremos.

—¿Dormiréis en casa? —preguntó Mapiya, que se extrañó al ver los sacos de dormir.

—Vamos a pasar la noche en mi escondite de la montaña; queremos ver la aurora boreal —le explicó su hija.

La cara de la anciana se iluminó.

—¿La aurora? ¿Ya han pasado cincuenta años? —Wakanda suspiró, soñadora—. La última que vi una fue hace mucho tiempo. Dicen que si pides un deseo mirando a la aurora y con la mano en el corazón, este se cumplirá. Pide uno, nieta mía. No te olvides de hacerlo.

—Lo haré abu, lo pediré por ti.

—¿Lleváis cadenas? —Mapiya estaba preocupada. No quería que se quedaran atrapados en la montaña. Aunque las quitanieves limpiaron las calles y carreteras, aún había mucha nieve y podía ser peligroso.

—Tranquila, mamá. Llevamos de todo. Incluso ropa para cambiarnos si fuera necesario.

—De acuerdo. ¿Has cogido el *walkie-talkie*?

Su hija se lo mostró y volvió a guardarlo en la mochila. Abrazó con fuerza a su abuela y la besó en la frente. Hizo lo mismo con su madre. Después, Magaki y Daniel también se despidieron de ellas. El chico aparcó el todoterreno que le había pedido prestado a su madre y montaron en él. El muchacho conducía y Ashenee iba a su lado de copiloto, indicándole el camino. Cuando llegaron a la montaña, bajaron del vehículo y sacaron todos los bártulos. Daniel había llevado incluso una tienda de campaña, por si acaso, y más provisiones. Subieron por un camino escondido, ahora cubierto de nieve, con las bolsas a cuestas.

Llegaron agotados hasta un saliente. Ashenee soltó los bártulos y trató de coger aliento. Después se arrodilló frente a la alta pared de piedra, cubierta por grandes troncos, y comenzó a quitarlos. Daniel y Magaki dejaron las cosas en el suelo y la ayudaron. Al terminar, vieron asombrados un enorme hueco en la pared: era una cueva.

—¡Qué grande es! —dijo Magaki sorprendida y cansada a la vez.

Ashenee sacó de su bolsa una linterna y alumbró el interior para comprobar que ningún animal había decidido hacer de la gruta su hogar.

—Cuando la encontré, estaba vacía. Había un gran nido y plumas de águila, pero tenía toda la pinta de llevar años abandonada. Lo quité todo de inmediato, ya que atraía a las serpientes, que pensaban que aún había huevos.

Entró agachándose un poco, si bien enseguida pudo ponerse en pie sin problemas, pues el techo tenía más de dos metros de altura.

Después entraron Magaki y el muchacho arrastrando las bolsas.

—Una vez que encendamos la hoguera, aquí hará calor, no hará falta que nos abriguemos mucho —les explicó Ashenee mientras se desabrochaba el abrigo.

Daniel encendió un farolillo y vio lo que su compañera hacía; recoger la leña y las hojas secas que había escondido en el fondo de la cueva. También vio restos de una hoguera formada por un círculo de piedras en el centro de la gruta.

Trató de encender el fuego con el mechero, pero se había quedado sin gas. Buscó una caja de fósforos en la mochila y la cogió. Las cerillas brillaron y las ramas y hojas prendieron enseguida, iluminando por completo la gruta. Echaron algunas hojas de periódico y leña que llevaron para que durara más. Sus amigos se quedaron maravillados con la cueva, en cuyas paredes se reflejaban las llamas. Magaki pudo imaginarse al águila viviendo allí con sus polluelos.

Estiraron en el suelo una gran alfombra que Daniel había encontrado en el desván de su madre y que jamás echaría de menos, y, sentados sobre ella, continuaron sacando las cosas.

Dejaron las mantas cerca de ellos, pues era más que probable que en un rato les hicieran falta.

—Aún queda para que anochezca, ¿os apetece comer algo? —preguntó Daniel, sacando de una nevera de viaje un montón de comida y refrescos.

Lo cierto era que tenían hambre y aceptaron unos sándwiches de pavo, lechuga, tomate y mayonesa que había hecho el chico.

Procuraron que la hoguera no se apagara y después, de postre, tomaron *s'mores*, galletas rellenas de chocolate y malvaviscos, que colocaron sobre el fuego.

Magaki nunca había probado nada igual y tuvieron que controlar cuántas se comía, pues acabaría con la bolsa y terminaría con dolor de estómago.

—Ashenee, ¿le has contado a Daniel lo de tus sueños? —dijo esta con la boca llena de dulce.

La aludida casi se ahoga al oírla. Desde luego que no, nunca le había hablado de ello; temía que la tomara por loca.

—Más bien... no —respondió él, mirándola.

—No te he contado nada porque no me creerías —confesó—. No me creísteis cuando os dije que veía unos caballos formados por nieve. Además, son solo eso, sueños. No tienen importancia.

Magaki se dio cuenta de que había metido la pata, pues la cara de Daniel decía que, en efecto, era un poco raro soñar con cosas así.

—En el caso de que todo eso que dices fuera verdad —prosiguió el chico—, ¿te imaginas que fueras especial y pudieras ver el futuro?

—No lo soy —señaló Ashenee.

—¿Y si lo fueras? —insistió Daniel.

—No me gustaría saber el futuro, ni el mío ni el de la gente a la que quiero —dijo con sinceridad. Eso le daba mucho miedo.

—No importa. Me gustas tal y como eres —confesó él.

Daniel se puso en pie, caminó hacia la salida y se asomó por el agujero. Ya era de noche y el cielo estaba bastante despejado.

—¿Salimos? —preguntó él mientras se subía la cremallera de la chaqueta hasta la barbilla.

Ellas lo imitaron y se abrigaron bien, poniéndose, incluso, los guantes. Ashenee, que seguía en *shock* por lo que Daniel había dicho y que tenía las mejillas tan ardientes que podría encender en ellas un cigarro, fue precavida y cogió una de las grandes mantas que había llevado el chico y salió con ella en brazos.

Aunque no nevaba y en el cielo no había ni una sola nube, se estremecieron del frío; los tres se resguardaron bajo la suave y gruesa tela.

Daniel se encontraba en medio de las dos muchachas, que se abrazaron a él mientras miraban al cielo.

Magaki y Daniel se quedaron boquiabiertos con la espectacular imagen que tenían frente a ellos. Sioux Falls se veía magnífica desde las alturas; Sioux Falls Park y el Queen Bee Mill estaban preciosos con sus luces de colores.

—Desde aquí sí que parece el pueblo de Santa Claus. —Rio Magaki.

Pudieron observar las maravillosas y brillantes estrellas del firmamento, incluso ver algunas estrellas fugaces, y Daniel pidió sus deseos sin decirles nada a las chicas. Ashenee miró de soslayo al chico, que contemplaba fijamente el cielo. Tenía tantas ganas de besarlo y estaba tan nerviosa que le temblaban hasta las piernas.

—He estado leyendo sobre estas luces —comentó el muchacho, refiriéndose a las auroras—. Dicen los esquimales que la aurora boreal es un sendero peligroso que conduce a las regiones celestiales y que su luz se debe a la llegada de nuevas almas hacia los cielos.

—Conozco la leyenda, dicen que esas luces son el reflejo de antorchas de otros espíritus que dan la bienvenida a los nuevos —respondió la powani—. ¿Creéis que es cierto? Yo sí.

—Por supuesto que lo creo —espetó Magaki.

Daniel se encogió de hombros; lo que él opinara no era importante. Él no creía en ningún dios.

Esperaron pacientemente durante casi una hora, pero hacía demasiado frío como para estar allí. Daniel entró de nuevo en la cueva y cogió la otra manta, la echó por encima de la que ya tenían y se metió de nuevo entre ellas.

Minutos más tarde, pudieron verlo: un arcoíris nocturno de tonos azules y verdes que bailaba como olas del mar en el cielo. Soltaron un gran suspiro de admiración y maravilla: jamás habían visto nada tan hermoso. Desde allí podían sentir la magia que desprendía aquella hermosa imagen. Ashenee notó un escalofrío que le recorrió desde la punta del dedo gordo del pie hasta el último pelo de la cabeza. Por un lado se imaginó las almas de los muertos dirigiéndose hasta el seno del Gran Padre. Por otro, fantaseó con Aurora, la diosa romana del amanecer, volando a través del cielo para anunciar la llegada del sol, hermana del Sol y la Luna y madre de los Vientos del Norte, del Sur, del Este y del Oeste.

Magaki salió de debajo de las mantas y entró en la gruta, cogió su vieja cámara de fotos e hizo algunas al cielo, deseando captar bien aquella hermosa visión.

Durante unos segundos, cerraron los ojos y les pareció oír el ruido de la aurora; era como un suave zumbido.

—Mi abuelo me contó que, si silbas, puedes hacer que la aurora se acerque y así poder susurrarle mensajes para que se los envíe a nuestros ancestros —les explicó Magaki.

—Wakanda me dijo que, si queremos que nuestro deseo se cumpla, debemos pedirlo con la mano en el corazón —dijo la camarera.

—Yo pediré por tu abuela —continuó su amiga—. Pediré por Tah'li, que nos proteja hasta nuestro último día en el mundo de los vivos.

Los tres muchachos formularon su deseo sin dejar de admirar la divina luz del cielo. Daniel cogió de la mano a Ashenee, que lo miró sonriente.

»Deseo un cambio en mi vida, algo que jamás pueda olvidar», pidió Ashenee para sí misma, con la mano libre sobre el pecho.

Daniel, sin pensarlo más, la besó.

Ashenee le devolvió el beso que tanto tiempo había esperado. Se soltó de su mano y se agarró a su cuello, profundizando así el beso, mientras Magaki aplaudía feliz. Inconscientemente, recordó al guerrero de sus sueños. Sintió como si volara, pero, de repente, un terrible dolor en el pecho le cortó la respiración. Sentía que se ahogaba por más que intentara coger aire. Por mucho que diera bocanadas, el oxígeno se negaba a entrar en sus pulmones; era como si estuviera ahogándose en el agua. Tenía la cabeza a punto de estallar y un terrible dolor le recorrió todo el cuerpo. Quería gritar, pero ningún sonido le salió de la garganta.

Experimentó una horrible punzada en el pecho, como si le hubieran clavado un cuchillo, y su corazón dejó de latir.

Entonces, todo se volvió oscuro.

CAPÍTULO 4

—Ayúdame, te lo suplico. Solo tú eres capaz de hacerlo.

La plegaria de una voz cálida le rozó la espalda antes de posársele en los oídos. Ashenee se volvió, esperando ver a Daniel o a Magaki, pero con quien cruzó una mirada fue con el joven al que veía en sueños. Llevaba pinturas de guerra en la cara, el pecho y los brazos, e iba vestido únicamente con taparrabos y perneras de piel. Tenía el torso cubierto de cicatrices. Llevaba el cabello, largo e indómito, suelto sobre la espalda; lo adornaban trenzas y plumas que creaban un hermoso contraste sobre el azabache de la melena. Por su cuello se deslizaban varios collares de madera, cuentas de colores y hueso, pero lo que más sobrecogió a Ashenee fue la tristeza que desprendía su mirada, un dolor que traspasó a la muchacha. El tormento que arrasaba el corazón del guerrero se hacía patente en cada fibra de su propio cuerpo.

El aire a su alrededor vibró creando una onda de energía. La reverberación agitó el arco que pendía de la diestra del guerrero, así como las plumas de las flechas que guarecía en su carcaj. El joven movió la mano, dispuesto a aferrar la muñeca de Ashenee, de liberarla del trance. Ella pudo contemplar entonces el tatuaje de él, un intrincado diseño negro que parecía un brazalete.

Alzó la mano para corresponder al gesto. Apenas los separaban cinco centímetros cuando la misma energía vibrante los alejó con un chasquido. La aurora tiraba de ella, distanciándola del desconocido, aunque Ashenee tenía la sensación de conocerlo más allá de los sueños.

El aire se movía, ondulándose. Parecía fundirse a su alrededor, como si fueran torbellinos de agua, pero ella no se ahogaba, no; podía respirar y, cada vez que lo hacía, su cuerpo se llenaba de una energía candente. Sus músculos la recibían, se nutrían, crecían, se fortalecían por milésimas de segundo. Extendió los dedos, entreabrió los labios, cerró los ojos.

Cuando volvió a abrirlos, estaba sola. Se incorporó, sintiendo que el calor de la energía seguía con ella. Los guantes, el abrigo y uno de los jerséis cayeron al suelo en un segundo.

Ashenee se mareó al ponerse de pie, así que buscó apoyo en una roca cercana.

Miró al cielo y pudo ver los restos de la aurora boreal, que se esfumaba poco a poco. Buscó a su alrededor a sus amigos, pero no los encontró.

Caminó en su busca, pero aquel lugar no le sonaba de nada. ¡Aquello no era Sioux Falls!

—¡Magaki! ¡Daniel! ¿Dónde estáis? —gritó, preocupada, mas no obtuvo respuesta. Giró el rostro para enfocar todo cuanto hubiera a su alrededor, por si los veía—. ¡No tiene gracia! ¡Salid de donde estéis!

Pero el silencio fue su único acompañante. La oscuridad se cernía sobre ella; tan solo la claridad de la luna llena alumbraba aquel extraño y solitario lugar.

En aquel momento, un nudo se le instaló en el estómago, dándole la respuesta a sus preguntas: había fallecido. Y tal y como contaban las leyendas, la aurora boreal había sido por ella, su hora había llegado y los espíritus la llamaban para que atravesara el velo entre los vivos y los muertos.

Ya no volvería a ver a su madre ni a su abuela; ya no visitaría más a Magaki ni disfrutaría de las tradiciones de su tribu y jamás podría decirle a Daniel lo que sentía por él.

Cayó de rodillas en la roja arena y se tapó los ojos en un estúpido intento de parar el torrente de lágrimas que le inundaban la mirada.

Lloró sin ser consciente del paso del tiempo. Comenzó a amanecer y cada vez hacía más calor, por lo que tuvo que quitarse otro jersey y quedarse con una camiseta de tirantes que, por suerte, siempre solía llevar debajo. Las botas de montaña la entorpecían tanto que estuvo a punto de quitárselas y andar descalza. Se debatió unos minutos, no sabía si descalzarse o no, pero decidió no hacerlo; tenía miedo de que algún animal le atacara los pies desnudos.

Al final, aún con ojos llorosos, se puso en pie y comenzó a caminar sin saber adónde ir. Era un lugar árido y solitario, no había nada más que tierra y muchas montañas.

Miró a su alrededor y se dio cuenta de que conocía esas tierras, esos picos y esa arena suave y roja. Ese... ¡ese era el lugar con el que tantas veces había soñado!

¿Sería posible que su subconsciente estuviera avisándola de que iba a morir? Pero ¿qué tenía que ver el atrapasueños? ¿O la serpiente y el halcón?

Y... y aquel muchacho que pedía ayuda, ¿quién era? Recordó aquella extraña sensación al tocarlo. ¿Acaso fue real? Pero... ¿y si todo era un sueño? Se dio un fuerte pellizco en el brazo y le dolió. Entonces... ¡No entendía nada! ¡Se estaba volviendo loca! Gritó de frustración con tanta fuerza que pensó que se quedaría afónica al instante.

Con el fuerte bramido, una bandada de cuervos, que descansaban en un seco matorral, echó a volar asustando a Ashenee, que volvió a gritar, pues no se lo esperaba.

Miró a los animales y recordó aquella historia que su abuela le contó una vez, aquella que decía que los cuervos eran animales poderosos, espíritus guía protectores, una criatura capaz de cambiar de forma, un mensajero y un símbolo de transformación. También le llamaban *guardián de los secretos.* Las leyendas hablan sobre el ave de plumaje negro que puede ayudar a exponer la verdad que hay detrás de los secretos que guardamos y que pueden hacernos daño devolviéndonos así la salud y la armonía.

¿Estaban esas criaturas allí para que les confesara sus pecados? Pero ella no tenía ningún secreto; no escondía absolutamente nada... ¿Y si...? ¿Y si era porque le gustaba Daniel, pero de una forma totalmente indecente? No, eso no podía ser, ¿qué tenía que ver? Todo el mundo podía sentirse atraído sexualmente por otra persona, ¡y eso no era pecado!

El sol empezó a verse entre las montañas. Los cuervos, que antes la asustaron, se posaron de nuevo en el tieso matorral, observándola al pasar a su lado. Tampoco apartó la mirada hasta que se alejó de ellos.

En su camino en busca de alguien que pudiera decirle qué hacía exactamente allí, se encontró con otra horrible criatura: una serpiente de cascabel. Trató de retroceder, pero el reptil la miraba amenazante con su bífida lengua y su cola vibrante.

Dio un paso hacia la izquierda para alejarse de ella lo más rápido posible, pero el animal no estaba dispuesto a dejarla pasar. Se lanzó a morderla con las fauces abiertas y mostrando los venenosos colmillos.

Ella dio un salto hacia atrás y la evitó por los pelos, cuando, de pronto, oyó un fuerte aleteo sobre la cabeza. Al enfocar de nuevo hacia el lugar en el que la sierpe yacía, descubrió que la bandada de cuervos la protegía lanzándose con furia sobre cada centímetro disponible. Después de unos segundos confusos, llenos de bufidos, graznidos y plumas, el reptil se dio por vencido y desapareció a gran velocidad, dejando tras de sí surcos de arena y sangre.

Con el corazón en un puño, observó que una de las aves, la que parecía ser la líder de la bandada, se acercaba a ella dando pequeños saltitos. Se quedó mirando a la muchacha mientras ladeaba la cabecita y graznó, como esperando un agradecimiento.

Se puso en cuclillas frente a él y estiró la mano. Sin saber por qué, el animal no se apartó, sino que dio otro saltito hasta que su mano le tocó el suave plumaje.

—Gracias. Me habéis salvado la vida. Estoy en deuda con vosotros —dijo ella cogiendo al animal con una mano mientras que con la otra lo acariciaba como si fuera un gatito.

El cuervo voló de sus manos y sus compañeros se reunieron con él, alejándose con rapidez.

Observó el rastro que había dejado la serpiente al alejarse y se preguntó si estando muerta podría volver a morirse. Pero había otra cuestión, y para esa no tenía respuesta: si realmente ya no estaba en el mundo de los vivos... ¿qué tenía que hacer exactamente en aquel mundo para descansar en paz?

Siguió caminando con mil preguntas en la cabeza.

Tras más de dos kilómetros andando bajo el sol abrasador, acabó agotada. Aunque había usado uno de sus jerséis como capucha, tenía la cabeza ardiendo. Estaba sedienta y los músculos de las piernas comenzaban a agarrotársele. Se puso la mano en la frente, a modo de visera, y a lo lejos le pareció ver árboles. Al principio pensó que era un espejismo por el calor, pero al acercarse más se dio cuenta de que no lo era; no eran unos cuantos árboles, sino un frondoso bosque. ¡Eso quería decir que posiblemente hubiera agua cerca!, así que corrió hacia allí.

Sintió un gran alivio al entrar en aquella poblada arboleda de verdes y altos pinos y hayas, con hojas de todas las tonalidades.

Veía corretear las ardillas por el suelo en busca de alimento y también por las ramas. Incluso los pájaros cantaban una hermosa melodía.

Oyó agua correr y siguió el sonido hasta encontrar un riachuelo, en el que, en ese momento, bebían un cervatillo y su madre, color canela. Se escondió tras un tronco mientras los admiraba. No quería asustarlos, así que esperó pacientemente hasta que se marcharon y, después, bajó ella a toda prisa. Bebió ansiosa, casi desesperada. Tenía la boca tan seca que sintió el agua fresca correrle por la garganta.

El ansiado líquido era totalmente cristalino. No cubriría más de medio metro y podía ver, además del fondo de piedra, los peces que nadaban tranquilamente en el río. Se llevó las manos llenas de agua a la boca y bebió con ganas. Estaba tan fresca y deliciosa que bebió hasta saciarse. Aprovechó y se mojó la nuca y los brazos, para mitigar el calor que tenía.

Aunque también tenía hambre. Miró a su alrededor, pero no encontró nada comestible, excepto los peces, y no sería fácil, pues no tenía nada para cocinarlos. Aun así, se echó a reír imaginándose a sí misma tratando de coger un pez con las manos, como los salvajes. Entonces recordó que desde que se desmayó el día que soñó con el halcón, siempre llevaba encima unas barritas de cereales, por si en realidad eran bajones de azúcar. Se metió las manos en los bolsillos y las encontró, una en cada uno. Abrió la primera que cogió y le dio un buen bocado.

—Espera, espera... —se dijo a sí misma—. Debo racionar lo poco que tengo. No sé cuánto tiempo estaré aquí.

Se guardó de nuevo las barritas en el pantalón y continuó su camino. Sin darse cuenta, se había desviado y ahora se hallaba en el mismo lugar donde comenzaban los primeros árboles del bosque; frente a ella estaba el desierto en el que había despertado.

A lo lejos, aproximadamente a un kilómetro de donde ella se encontraba, se levantaba una enorme nube de polvo, como si hubiera una manada de elefantes corriendo.

Oyó fuertes bramidos que se acercaban hasta donde ella se encontraba. Aguzó la vista y vio que eran enormes animales de piel oscura que se acercaban cada vez más. Dudó si echar a correr o no, pues era muy posible que, con la velocidad con la que acortaban distancias, pudieran arrollarla y matarla. Pero no lo hizo, se quedó quieta igual que una roca. Estos, al estar a tan solo un metro de ella, frenaron en seco la carrera.

Ashenee se quedó maravillada al tener tan cerca a aquellos enormes búfalos de pelaje color marrón. El que parecía liderar la manada caminó lentamente hacia ella y se la quedó mirando fijamente. Ambos tenían la misma altura y el animal pesaría más de quinientos kilos.

Estiró temblorosa el brazo hacia él. El búfalo levantó la cabeza y ella le acarició con suavidad el hocico. No se movió ni un ápice mientras ella tocaba sus pequeños cuernos curvos. Estaba alucinando. ¡Jamás en la vida imaginó que fuera a tener frente a ella a una criatura igual! ¡Y mucho menos tocarla! De pronto, el animal resopló tan fuerte por la nariz que la despeinó. Con una sonrisa, se apartó de él.

El búfalo se dio la vuelta, ignorándola. Seguido por el resto de animales, partió hacia el bosque en busca de agua y alimento. Aunque no todos lo hicieron. Un ternero de búfalo, blanco como la nieve, se quedó atrás. La miró durante unos segundos y, cuando Ashenee pestañeó, este había desaparecido.

—Sigo convencida de que estoy soñando... Eso o estoy muerta. —La idea seguía sin ser descabellada.

Entonces oyó algo a su espalda. Se giró y vio que algo se movía tras unos matorrales. Entrecerró los ojos y descubrió que se trataba de un lobo gris. Echó a correr tanto como pudo mientras el animal continuaba entre los arbustos; si tenía suerte, no la habría visto, pero no pensaba quedarse allí para comprobarlo.

Echó un último vistazo en dirección a la gran bestia, deseando haber pasado inadvertida. Cuando volvió la vista al frente, se encontró dentro del bosque, corriendo entre los árboles y sorteando ramas y raíces.

Estaba tan cansada que aminoró el paso tratando de coger aire tras la carrera. Miró en derredor. No sabía dónde se encontraba. Tenía la boca seca y ya no oía el cauce del río; se había perdido. Aunque ahora eso no le importaba mucho, le preocupaba más su estado físico: estaba sedienta y tenía calambres en las piernas. Deseó con todas sus fuerzas que lloviera para poder llenar su garganta de agua fresca.

Caminó en silencio; si había más lobos, no quería que estos advirtieran su presencia.

En ese momento, notó que algunas gotas le caían sobre la cara. Miró al cielo a través de las copas de los árboles: estaba completamente cubierto de nubes negras. Se preguntó cómo podía haber ocurrido, si tan solo unos momentos antes hacía un calor insoportable y el cielo estaba despejado por completo.

Una lluvia torrencial descargó sobre ella calándole hasta los huesos. Por más que buscó, no encontró un lugar donde poder resguardarse y evitar una hipotermia. Oyó de fondo el río, aunque no lo veía; empapada, siguió el sonido. Si lo encontraba, tal vez viera a alguien pescando por la zona.

Continuó andando, pero el suelo era inestable; estaba lleno de hojas que entorpecían su caminata. Las raíces de los árboles sobresalían por el suelo arcilloso, que escupía un barro resbaladizo que amenazaba con tragarse su calzado.

Un rayo iluminó el bosque y segundos después se oyó un fuerte trueno que la sobresaltó. Apenas podía ver bien por culpa de la cortina de agua y la oscuridad que había en el bosque. A cada paso que daba, los árboles la engullían y tuvo que ir apartando ramas y vegetación. Lo que no pudo evitar fue la raíz de un pino; tropezó con ella y cayó de bruces al suelo.

—¡Auch! —Se tocó el tobillo y se dio cuenta de que se lo había torcido.

Se puso de pie a duras penas, pues le dolía demasiado. Un aullido bastante cercano hizo que olvidara el dolor y, empapada, intentó buscar un lugar para esconderse del lobo, aunque no tuvo suerte. Lo único que encontró fue un árbol caído. Se tumbó en el suelo, bajo el tronco, y el lobo pasó por encima de ella, sin percatarse de que estaba allí.

Giró la cabeza lentamente, sin hacer ningún ruido, y pudo ver como el animal se alejaba a gran velocidad. Se levantó con presteza, pero el tobillo torcido y los cordones de las botas se aunaron para tenderle una trampa. Ashenee se desequilibró y cayó de espaldas soltando un alarido. Rodó ladera abajo estrellándose con todo lo que intentaba frenarla: raíces, piedras, ramas... Su brusco descenso se interrumpió cerca del río, cuando su cabeza impactó contra una gran roca.

Todo este escándalo había quebrado la quietud del bosque. El lobo frenó su carrera en seco; con las orejas en punta, volvió sobre sus pasos, exprimiendo el aire de su entorno con la mandíbula entreabierta y la lengua descolgada. Vio que el pelaje gris del lobo se acercaba lentamente. No podía moverse, le dolía demasiado la cabeza.

En ningún momento el animal intentó atacarla, sino todo lo contrario; con el hocico buscó su mano, ella levantó el brazo como pudo y rozó el suave pelo del lobo.

Se le nubló la vista, apenas podía distinguir la silueta del animal. Sintió algo caliente que le recorría la frente y la mejilla.

Y se desmayó.

Lo último que pudo ver fueron las piernas de un hombre vestidas con pantalones de piel color canela.

CAPÍTULO 5

Un ligero escozor en la frente despertó a Ashenee. Deslizó los dedos hasta la zona herida para rascarse y se llenó los dedos de algo húmedo y pastoso. Abrió los ojos y se incorporó despacio, pero se mareó y se tumbó de nuevo.

Miró a su alrededor y se dio cuenta de que se encontraba en el interior de un tipi enorme. Miró hacia arriba y vio las altísimas ramas que daban forma a la estructura. Debían de medir más de cinco metros. Se quitó la manta que tenía sobre las piernas y vio que llevaba el vaquero remangado hasta la rodilla y el pie cubierto por hojas secas y una pasta verdosa. Se levantó despacio y se sorprendió al ver que no le dolía en absoluto.

Dio una vuelta por la tienda, cojeando, y se quedó maravillada con las pinturas que adornaban las paredes de piel: animales, nativos, armas y otros dibujos que no pudo averiguar qué eran. El suelo estaba cubierto por un montón de suaves y curtidas pieles. Además, diversas armas colgaban de las paredes y en el medio de la tienda se encontraban los restos de una gran hoguera, que estaba apagada y rodeada de piedras. Se dio cuenta de que un gran atrapasueños de cuero y plumas de águila pendía de una de ellas. ¡Era idéntico al que ella veía en sus sueños!

Miró hacia arriba y vio una abertura en la tela donde se unían todas las ramas que le daban forma a la tienda. Era mucho más alta que los tipis del poblado de Magaki.

—¡Magaki! —gritó. Pensó que quizá estaba en la reserva con ella y salió de la tienda rápidamente. Buscó a su amiga, pero aquella no era su tribu. Frente a ella, y por todas partes, vio, al menos, treinta tipis más, del mismo tipo y tamaño.

El suelo estaba completamente mojado y aún caía una fina llovizna. Los niños más pequeños saltaban sobre los charcos y jugaban, mojándose y llenándose de barro unos a otros.

No reconoció a nadie. Aquel no era el poblado de su amiga.

—*Hau* —saludó alguien a su espalda—. Veo que te encuentras mejor.

La chica se sobresaltó y se giró hacia la fuente de la voz. Esta le hablaba en su propio su idioma powani, por lo que no tuvo ninguna dificultad en intentar comunicarse con ella.

—¿Dónde estoy? —preguntó acercándose a la recién llegada.

Esta sonreía en su dirección. Se trataba de una mujer de aspecto sobrio, muy bella, con una larga melena azabache que le llegaba hasta la cintura. Las curvas de su rostro se veían alteradas por las plumas de halcón que le adornaban los mechones de su izquierda, salpicando de blanco y gris el vestido largo, de piel, que le cubría el cuerpo moreno. La prenda, de color rojo y bordados amarillos, le rozaba las rodillas con el largo del cuero. A ojo, Ashenee dedujo que ambas se llevaban ocho o nueve años, siendo ella la más joven de las dos.

—Estás en la tribu powani liderada por Wanageeska. Espíritu Blanco, le llaman los ancianos —dijo la mujer—. Yo soy Wakani. Acompáñame, por favor, quiero hablar contigo antes de que él te vea.

—¿Él? ¿Quién? —quiso saber mientras seguía a la mujer hasta el interior de la tienda.

—He intentado secar tus ropas, pero me ha sido imposible —comentó Wakani, mostrándoselas. Ashenee comprobó sus vaqueros y, en efecto, aún estaban húmedos de rodilla para abajo; además, tenía los pies fríos—. Te ruego que te pongas esto, creo que te servirá.

La mujer le ofreció un vestido de color marrón claro con flecos. Se desnudó y se quedó en ropa interior, prendas que llamaron muchísimo la atención a la powani.

—¿Qué es eso que cubre tus partes íntimas? —preguntó esta.

Ashenee pensó que estaba tomándole el pelo, así que, entre risas, le explicó qué era, y Wakani pareció bastante interesada en ellas. Después, se puso el bonito vestido, que le sentaba estupendamente y realzaba sus curvas. No tenía tanto pecho como Magaki, pero aun así llamaba la atención. Se puso las zapatillas de piel que le entregó y que también le quedaban bien.

—Permíteme que te cepille el cabello —le pidió Wakani.

La muchacha se sentó en el suelo con las piernas cruzadas, la mujer se arrodilló tras ella y comenzó a peinarle la melena.

—¿Qué has hecho con tu cabello, niña? Es demasiado hermoso como para perderlo. —Se entristeció al verlo tan corto.

—Me lo corté hace años. Pasé por un mal momento, quería olvidar y lo conseguí.

—Has perdido parte de tu alma... Te será complicado recuperarla. ¿Qué te pasó?

—Tenía una relación con un chico... Y me dejó por otra.

—Si algo así ocurre en nuestra tribu, al infiel y a su amante los destierran, da igual cuál de los dos sea. Las parejas pueden sustituirse, pero nadie merece llorar por alguien que se ha comportado mal con él.

—No es tan fácil... Es difícil olvidar cuando te has enamorado por primera vez.

—Es fácil —respondió Wakani repitiendo sus palabras—. La complicación reside en que nos negamos a seguir adelante. Estoy segura de que tu alma gemela, tu otra mitad, está esperándote.

Ashenee se miró el tobillo y vio que la plasta que lo cubría comenzaba a desprenderse.

—¿Cómo me has curado? —preguntó a Wakani. No tenía ganas de seguir hablando de Kamali y su traición.

—Soy la chamana de la tribu. Todos vienen a mí en busca de sabiduría, medicinas o cualquier cosa que necesiten —le explicaba mientras le cepillaba con cariño el cabello—. También soy sanadora, aunque debo añadir que tu pronta recuperación no se debe solo al don que Wakan Tanka me otorgó; te has curado antes de lo que esperaba. —Eso, para ella, era un auténtico milagro—. ¿Y tú? ¿De qué tribu vienes? —dijo mientras preparaba unos cuencos con agua.

—Soy powani, de los últimos que quedan en Dakota del Sur, así que no tengo tribu. Vengo de Sioux Falls y estaba viendo con mis amigos Daniel y Magaki una aurora boreal y...

El ruido de unos cuencos de madera al caer interrumpió su explicación. Las manos que los sujetaban se unieron sobre el pecho de la chamana, que la observaba con atención.

—¿Aurora boreal? ¿Has dicho aurora boreal?

—¡Sí! Mis amigos y yo estábamos en lo alto de una montaña viendo la aurora boreal, pero me desmayé... Creo. Desperté en el desierto de arena roja.

—¿Qué viste en el desierto? —preguntó Wakani mientras se agachaba a recoger los cuencos, con dedos temblorosos.

—Unos cuervos me salvaron de la mordedura de una víbora y vi una manada de búfalos, todos de color marrón, excepto uno.

—¿Qué...? ¿Qué tenía de diferente ese animal? —tartamudeó la mujer, cada vez más sorprendida y preocupada.

—Era blanco como la nieve.

Wakani soltó un gemido y se puso de rodillas, apoyó la frente en el suelo y flexionó los brazos. Susurró unas palabras en powani que Ashenee no pudo entender, pero parecía que su relato había alterado a la mujer.

—Muchacha. —Wakani se volvió hacia ella y la cogió de las manos—. ¿Has tenido sueños extraños?

—Muchos, tantos que ya he perdido la cuenta. Por ejemplo, he soñado con ese atrapasueños. —Señaló al adorno—. También con serpientes, halcones y un guerrero con pinturas en el rostro.

—¡Por el Gran Espíritu! No te muevas de aquí, ¡ahora mismo vengo! —gritó Wakani mientras salía a toda prisa del tipi.

Enseguida regresó con un hombre cuyo cabello ya estaba totalmente blanco y que tenía el rostro lleno de arrugas. Al entrar en la tienda, el anciano la miró con expectación y admiración.

—Ashenee, él es Wanageeska, Espíritu Blanco, el jefe de nuestra tribu. Por favor, cuéntale todo lo que has visto y soñado.

El hombre se sentó frente a ella con las piernas cruzadas. Wakani lo imitó y la muchacha también lo hizo. Le relató todo lo que le había sucedido desde que comenzaron sus sueños. Wanageeska la miraba y asentía mientras jugueteaba con el collar de plumas que le colgaba del cuello.

—Pequeña, ¿no reconociste al búfalo blanco? —preguntó el anciano.

—¿Acaso debería haberlo hecho? —respondió Ashenee mirándolo a los ojos.

—Te contaré una historia, quizá así la recuerdes.

La mirada de aquel hombre le infundía una paz totalmente incomprensible. Inspiró, relajándose, y se dispuso a escuchar:

—Cuenta la leyenda que, hace muchos años, una tribu lakota pasaba tanta hambre que, reunidos en un gran círculo, decidieron mandar a dos de sus mejores exploradores en busca de manadas de búfalos. Caminaron kilómetros y kilómetros por las montañas de Dakota del Sur y, cuando ya estaban cansados de buscar, vieron que algo se movía por el oeste.

»Pensaron que se trataba de un búfalo, pero, al acercarse, el animal se transformó en una hermosa mujer ataviada con un bello vestido de ante blanco. Llevaba una pluma de águila prendida del largo pelo negro y brillante . Uno de los jóvenes se dejó llevar por sus impulsos sexuales y quiso poseer a la mujer. El otro explorador le advirtió de que debía olvidar esos pensamientos, ya que intuía que a aquella mujer la había enviado Wakan Tanka, el Gran Espíritu. La mujer invitó al primer joven a unirse a ella y lo atrajo hacia sí. Al alcanzarla, una nube de polvo los envolvió a los dos y el segundo joven los perdió de vista. Unos minutos más tarde, al desaparecer la nube, solo quedaba en el suelo el esqueleto lleno de serpientes de su compañero.

»Mujer Cría de Búfalo Blanco habló:

»—El hombre que, antes que nada, considera la belleza externa de una mujer, nunca advertirá su belleza interior, pues sus ojos están cegados por el polvo. Sin embargo, quien ve en ella el espíritu del Todopoderoso y contempla primeramente la belleza del espíritu y de la verdad, conocerá a Wakan Tanka en esa mujer. Tú, al mirarme, no te dejaste cegar por mi belleza; por el contrario, tus primeros pensamientos fueron: «¿Quién es esa hermosa mujer? ¿Qué es lo que confiere a su semblante tanto brillo bajo el sol de la tarde? ¿De qué tierra proviene? ¿Qué noticias nos trae?». Por eso, amigo, no tengas miedo; también obtendrás lo que deseas. Tu compañero y tú simbolizáis los dos caminos que pueden elegir los hombres de una tribu. Si buscáis primero la sagrada visión del Gran Espíritu, veréis lo que ve el Creador y descubriréis así que viene a vuestras manos todo cuanto de la tierra necesitáis. Sin embargo, si vuestra primera preocupación es aseguraros de satisfacer los apetitos terrenales y olvidáis el espíritu, tal y como le ocurrió a tu amigo, morirá vuestro interior.

»Entonces, el joven cazador le preguntó quién era ella.

»Con los ojos negros iguales a pozos nocturnos entre las estrellas, lo miró fijamente.

»—Soy el espíritu de la Verdad —replicó por último—. Tu pueblo me conoce como la Madre de los Antiguos. Mi edad no es superior a la de la hierba que se mece al viento ni a la de las flores que adornan la pradera. Soy la madre que vive dentro de cada madre, la niña que juega con cada una de vuestras hermanas. Soy el rostro olvidado del Gran Espíritu. He venido a hablar de las naciones de la llanura.

»Le pidió al muchacho que, cuatro días más tarde, reuniera a su tribu bajo el techo del mejor tipi que tuvieran, pues ella se aparecería frente a ellos. El explorador hizo cuanto la mujer le pidió y, tras contarle a su tribu lo que había visto, todos se reunieron en círculo el día indicado, esperando que la mujer apareciera.

»Ella cumplió su promesa; al cuarto día regresó. Dicen que una nube bajó del cielo y que de ella surgió el ternero de búfalo blanco que, al ponerse en pie, se convirtió en la misma mujer joven y hermosa que vio lunas atrás, la cual portaba en las manos un bulto sagrado.

»Entró en el círculo de la gente y, cantando una canción sagrada, les entregó el fardo a las personas que lo cuidarían.

»—Este es un regalo divino y siempre debe ser tratado de una manera especial. Se trata de una Pipa Sagrada que nadie impuro, sea hombre o mujer, deberá ver jamás. Con esta Pipa Sagrada enviarán sus voces a Wakan Tanka, el Gran Espíritu, Creador de todo, su Padre y Abuelo.

»La mujer celestial se quedó con sus hijos durante muchas lunas para explicarles cómo tratar la Pipa y, cuando supo que lo habían entendido todo, se marchó, no sin antes avisarlos de que, mientras trataran a la Pipa Sagrada como cuidaban y respetaban la Tierra donde ellos vivían, su gente viviría para siempre.

»También prometió que regresaría en busca de la Pipa e hizo algunas profecías. Una de ellas fue que el nacimiento de un ternero de búfalo blanco sería una señal de que se acercaba el momento en que ella regresaría nuevamente para purificar al mundo, trayendo nuevamente armonía y equilibrio espiritual.

El anciano acabó su relato mientras miraba a la joven, que parecía haber escuchado cada una de sus palabras.

—Pero yo no he visto un ternero, era un búfalo algo más grande —lo cortó Ashenee. Después de oír la historia, recordó que su abuela se la había contado hacía ya muchísimo tiempo.

—No importa de qué tamaño sea, lo que sí importa es su color. Eso quiere decir que el Gran Espíritu ha escuchado nuestras plegarias y acude en nuestra ayuda —explicó Wanageeska.

—¿En vuestra ayuda? ¿Qué ocurre?

—Llevamos incontables lunas sin lluvia ni alimentos —confesó Wakani—. La comida escasea y los cultivos se han echado a perder. Hemos perdido a muchos hermanos y a muchos niños.

—¿Por qué en el mundo de los espíritus hay dolor, pobreza y hambre? —preguntó Ashenee con tristeza.

—¿El mundo de los espíritus? ¿De qué hablas, muchacha? —quiso saber la mujer. No entendía a qué se refería.

—La aurora boreal es el camino de las almas al mundo de los espíritus, yo vine a través de ella —respondió ella.

—Pequeña, este mundo es real. Si fueras un alma, te encontrarías con el Gran Espíritu, no en esta tribu. Todo lo que aquí ves, hueles o tocas es tan real como el corazón que te palpita en el pecho —comentó la mujer, poniendo la mano sobre el pecho de Ashenee.

La muchacha se dio cuenta de que todo aquello era real. Tenían razón. Si estaba muerta, ¿por qué necesitaba respirar, comer, beber o sentía dolor? ¿Por qué, si no, su corazón latía desenfrenado?

—Tú has traído la lluvia, Ashenee, has traído felicidad y alimentos a nuestro pueblo —le agradeció el jefe powani.

—Bienvenida al poblado, Nutahi —dijo la mujer.

—¿Por qué me llamáis lluvia?

—Porque caíste del cielo como las gotas que riegan nuestros campos y alimentan a nuestros animales. Con tu llegada, el cultivo volverá a crecer y no pasaremos hambre. Los búfalos habían desaparecido, pero entonces llegaste tú y, por eso, si es cierto lo que dices, ellos también han regresado, ¡y seguro que el agua vuelve a correr por el río! —dijo Wakani, orgullosa y feliz. ¡Su visión se había cumplido!

—Las plegarias y el sacrificio de mi hijo no han sido en vano —Wanageeska mostró una gran sonrisa.

—¿Sacrificio? No querrás decir... —Ashenee se quedó paralizada; sentía terror ante la idea de que alguien hubiera muerto por ella.

—Acompáñame —le pidió el hombre poniéndose en pie.

En el exterior del tipi reinaba el caos. El resto de la tribu corría de un lado para otro recogiendo cada gota que caía del cielo. Nadie les prestaba atención; llenar los cántaros y cestas de lluvia podía llegar a ser la diferencia entre la vida y la muerte.

Caminaron a través del poblado hasta que llegaron a un enorme árbol donde, según lo que Wanageeska le contó, Wakani encontró al Gran Espíritu convertido en ardilla, por lo que, desde entonces adoraban al sauce llorón, una especie extraña en aquellas tierras. El sauce era el portador de sus plegarias hasta el Gran Espíritu, que a menudo solía escucharlas; sin embargo, parecía que este los había abandonado a su suerte: la aldea se había visto asolada por meses negros y muchos powani habían perdido la fe.

—Mi hijo entrega su energía al Gran Espíritu buscando su favor: necesitamos que transforme el cielo y nos traiga el agua necesaria para seguir viviendo. He ahí la sangre de mi sangre.

El anciano levantó el brazo derecho con firmeza, señalando a un joven que permanecía de espaldas. El guerrero recitaba en voz alta, postrado ante las raíces. El tono apasionado de su plegaria se marcó a fuego en lo más profundo del alma de Ashenee.

—Wakan Tanka, ¡ten misericordia de tu devoto pueblo! Yo, Kangee, sacrifico mi sangre como agradecimiento por tu generosidad, implorando que sigas concediéndonos el don de la lluvia. Oh, Gran Espíritu, ¡concédenos de nuevo la vida!

Ashenee vio que el joven cogía del suelo mojado un cuchillo y se hacía un corte en el antebrazo izquierdo. Kangee se impregnó las manos con la sangre que fluía por la herida y manchó el robusto tronco del sauce acto seguido. Cuando depositó la ofrenda, reanudó sus plegarias en powani.

La chica pudo sentir el dolor del muchacho como si fuera ella quien se hubiera lastimado. Le escocía el brazo izquierdo, tanto que se lo miró. Pudo advertir que en la piel se le dibujaban unas líneas rojizas, justo en el mismo lugar donde el guerrero se había cortado. Cerró los ojos y apretó los puños con fuerza, pues también sentía el tormento que él tenía, a pesar de no sentir ningún signo de debilidad. Lágrimas de tristeza empezaron a rodar por las mejillas de Ashene mientras le daba vueltas a la cabeza, ¿cómo podía ser que aquella tribu lo pasara tan mal cuando a ella, donde vivía, no le faltaba de nada? Se sentía egoísta por pensar solo en ella, en regresar a su mundo. ¿Habría algo que pudiera hacer por ellos?

De repente, un rayo iluminó aquellas tierras y un fortísimo trueno retumbó sobre su cabeza; parecía que el cielo se había partido en dos. Wakani se encogió al oír aquel terrible sonido. Jamás había oído nada parecido. El Gran Espíritu acababa de responder a sus plegarias de la forma más clara posible.

El eco del trueno se oyó durante largos segundos por todo el campamento. Los niños gritaban y lloraban; corrían a resguardarse, pues pensaban que el cielo les caería sobre la cabeza. Los caballos relincharon presas del miedo. Se oían gritos y Pequeño Lobo soltó un fuerte aullido. Él también tenía miedo.

De pronto, cayó una torrencial lluvia que los empapó por completo. Miró a Ashenee y vio que lloraba en silencio.

Mientras se oían gritos de júbilo y felicidad del resto de los miembros de la tribu, la muchacha se acercó despacio hacia el sauce y posó la mano en el fuerte hombro del guerrero, que aún seguía apoyado sobre el tronco manchado de sangre. Aquel roce creó una fuerte descarga eléctrica que les provocó un ligero dolor.

El gesto de satisfacción de Kangee era incomparable. A costa de su bienestar, había salvado a su tribu; él había llevado la lluvia. Su mirada se perdía en un punto lejano, más allá de la madera del sauce; aun así, consiguió volverse hacia Ashenee. Una ligera chispa brilló en sus ojos al reconocerla antes de que estos se cerraran.

Ella... Ella era...

El cuerpo del guerrero se precipitó hacia la inconsciencia entre los brazos de Ashenee.

CAPÍTULO 6

El guerrero despertó en la cama de la tienda de la chamana con un terrible dolor en el brazo. Se incorporó en el camastro y se lo miró; estaba vendado y, a sabiendas del terrible olor que desprendían los vendajes, dio por hecho que Wakani le había curado las heridas.

Se puso en pie y se asomó por la puerta del tipi levantando la tela.

El suelo continuaba mojado y lleno de charcos, donde algunos caballos bebían hasta saciarse. Sus hermanos powani seleccionaban los troncos más secos para poder prender la gran hoguera central y así festejar y honrar al Gran Espíritu por aquella bendecida lluvia. Vio que la chamana se acercaba a él con un cuenco en las manos.

—Qué bien que hayas despertado. ¿Cómo te encuentras? —preguntó la mujer, ofreciéndole el agua.

—Tengo pequeñas molestias, aunque con tus ungüentos estaré bien —respondió el joven mientras daba sorbos. Estaba sediento—. ¿Dónde está mi padre?

—En su tienda, pero te aconsejaría que no lo molestases.

Vio su reflejo en el líquido transparente. El cabello negro le caía suelto por los hombros, las pinturas del rostro y el pecho habían desaparecido y tenía los ojos oscuros enrojecidos. Estaba agotado. Si seguía sacrificando su sangre, podría morir.

Entonces, recordó a la bella joven que vio antes de desmayarse. Sin mediar palabra, le devolvió el cuenco a la chamana, salió a toda velocidad del tipi y corrió hacia el de sus padres, que estaba unos sesenta pies más lejos que los del resto del poblado. Por el camino vio como las mujeres preparaban los restos de carne de búfalo que guardaban desde hacía tiempo; los últimos que quedaban. Al llegar, intentó entrar, pero su hermano Ohitekah lo paró. El parecido entre ellos era asombroso, aunque Kangee era mayor que él, pero no era tan alto y fuerte como Ohitekah.

—No puedes entrar —le dijo el otro guerrero.

—Déjame pasar, Ohitekah.

—Padre ha dado orden de no dejar pasar a nadie.

—Pero yo no soy nadie, soy Kangee.

El chico le dio un empujón en el pecho que lo hizo apartarse y entró apresuradamente en la tienda.

—¡Kangee! ¡Le ordenamos a Ohitekah que no dejara entrar a nadie! —lo increpó su madre.

—¿Dónde está? —exigió, haciendo caso omiso a su madre.

Ashenee, que hablaba con el anciano, se giró para ver quién molestaba a sus anfitriones y se quedó de piedra. El joven que allí estaba era el de sus sueños, aquel guerrero con pinturas de guerra en el rostro, el pecho y los brazos. ¡Él era quien le pedía ayuda! Llevaba las mismas vestimentas que en su sueño, taparrabos y perneras de piel, e iba con el torso desnudo. Tenía el pelo largo y suelto, adornado con plumas de águila. El pecho le subía y bajaba con rapidez, confiriéndoles movimiento a los collares que lo adornaban; las cuentas eran de madera y estaban intercaladas con lo que parecían huesos. En el brazo, un tatuaje extraño, muy elaborado e indiscutiblemente doloroso.

El muchacho se quedó boquiabierto al comprobar que la mujer que tenía enfrente era la misma que había visto en sus visiones, aquella de cabellos cortos a la que tantas veces había suplicado ayuda. El corazón le latía tan deprisa que se le iba a salir del pecho.

Ashenee se acercó a él, alucinada. ¡Sin duda era él! ¡No eran sueños! ¡Había sido real!

No podía dejar de mirarlo. Tenía unos inquietantes y misteriosos ojos color café y unos sugerentes y voluminosos labios. Se imaginó cómo sería besarlo. Era más alto que ella y tenía unos pectorales y abdominales dignos de un modelo de ropa interior. Era guapo, muy guapo, pero había algo más, algo místico en él.

—Tú... ¿Eres real? —Estiró el delgado brazo hacia el cabello del guerrero y acarició las plumas que pendían de él. Seguía creyendo que era una ilusión, otro sueño.

El joven se había perdido en la oscuridad de sus ojos. Era muy bonita, mucho.

—Yo soy Kangee. Soy tan real como el sol que sale cada mañana y se esconde cada tarde. Y tú —cogió uno de los cortos mechones de la extranjera—, ¿lo eres? ¿O no eres más que un espejismo de mi mente? Wakan Tanka te ha incluido en mis sueños durante muchas lunas.

—Me llamo Ashenee y también soy real. Tus plegarias me han hecho venir a tu tribu por alguna razón que desconozco —explicó ella. En realidad, no tenía ni idea si había sido él o el mismísimo Wakan Tanka quien la había llevado hasta allí.

No podía dejar de admirarlo. Era el chico más guapo que había visto en su vida. Sus penetrantes ojos negros, cubiertos por largas pestañas, la miraban sin perder detalle. Tenía unos labios carnosos de esos que dan ganas de saborear sin cesar. Sintió deseos de besarlo, pero temió que, si lo hacía, no podría parar. Se le secó la boca al sentir los dedos de Kangee en la mejilla, los cuales la apretaron con fuerza, al igual que hicieron con su nariz, como si quisiera comprobar que ella estaba allí de verdad, que no era otra visión.

—¿De dónde vienes? ¿Has llegado a través de las estrellas?

—La aurora boreal me trajo hasta aquí y no sé la razón —respondió sin saber qué más decir. Le era imposible apartar la mirada; cada vez se sentía más atraída hacia él. Las mejillas le ardían.

Ohitekah, que había entrado tras Kangee y que había permanecido en silencio hasta el momento, se acercó a su hermano.

—Pequeño Lobo me guio hasta ella. Se encontraba perdida y herida en el bosque —explicó el guerrero.

Ahora el guerrero entendía por qué aquella joven tenía un corte en la frente.

—Con tu llegada han vuelto las lluvias —comentó Talutah—. Han regresado los búfalos, nuestra mayor fuente de alimento. Mereces nuestro respeto, Nutahi.

Wanageeska y ella inclinaron la cabeza hacia la chica.

—Por favor, no me llaméis Nutahi, tan solo Ashenee —pidió la muchacha—. Yo no tengo nada que ver con la lluvia...

—Cayó antes de que te encontrara —repuso Ohitekah—. Tú la has traído contigo. No eres de aquí, eso lo supe en cuanto vi tus extraños ropajes.

Él también inclinó la cabeza a modo de respeto. Aún en *shock*, seguía sin decir nada, pero enseguida recuperó la compostura.

—Ven conmigo —dijo Kangee, con tono serio, sin darle tiempo a responder.

Él esperó a que ella lo obedeciera, pero Ashenee tropezó con la alfombra. La mujer se apoyó en su hombro y sintieron de nuevo aquel fuerte calambrazo. Se separó rápido, pero el guerrero la cogió del brazo, sin entender qué pasaba ni por qué razón sentía esa energía. Una vez que se acostumbró, la soltó y le agarró la muñeca. Salieron de la tienda y la guio a través del poblado sin importarle el dolor, por donde la gran hoguera ya empezaba a arder y la comida estaba casi preparada.

—¿Adónde me llevas? —preguntó Ashenee, siguiendo al guerrero, que caminaba a toda prisa.

—Al Árbol Sagrado —respondió él con sequedad.

Caminaron a toda prisa hasta que llegaron al hermoso sauce. Apartaron las pobladas ramas que les caían sobre la cabeza hasta llegar al tronco, que tenía marcas de sangre por todas partes.

Kangee la soltó despacio y ella se sintió extraña; era como si de repente sintiera un pequeño vacío en el interior.

—Cuando nací, mis padres me trajeron aquí. Wakani les dijo que Wakan Tanka me bendeciría con un don a través de este sauce —dijo Kangee, acariciando la gruesa corteza.

—¿Y qué clase de don tienes?

—A mis veintidós primaveras soy el mejor cazador de la tribu. Soy el que con seis inviernos cazó su primer búfalo. Soy... Soy quien te ha traído aquí. —La miró directamente a los ojos. Sabía que ella era especial, podía verlo a través de sus oscuros iris.

Pero Ashenee no dijo nada; tan solo agachó la cabeza.

—¿Tienes parientes? —Él cambió de tema al ver tristeza en el rostro de la joven.

—Tan solo tengo a mi madre y a mi abuela, aunque Magaki es como si fuera mi hermana de sangre —confesó. Cada segundo que pasaba las echaba más de menos.

—Aquí todos somos hermanos, ninguno está excluido de la familia. Incluso Wakani forma parte de ella.

—Yo no pertenezco a este mundo, Kangee. ¿Podemos regresar, por favor? —No tenía ganas de seguir hablando de su madre y de su abuela. Ni siquiera le había pedido perdón por llevarla tan lejos de ellas. No quería estar ahí, tan solo quería regresar a casa.

Kangee ignoró su petición y posó de nuevo las manos sobre el robusto tronco del sauce.

—Este árbol sagrado ha sobrevivido incontables inviernos. Desde hace muchísimas generaciones lleva oyendo todas y cada una de nuestras plegarias. Algunas no han sido escuchadas, pero otras sí. —Miró a la chica con fascinación—. Por eso estás aquí. Si te acercas bien, podrás oír al sauce hablar. —Pegó la mejilla y la oreja al tronco.

Ashenee, al ver que el muchacho cambiaba la expresión por la de tristeza, dio un paso al frente, apoyó la mano derecha sobre la corteza del árbol y sintió un escalofrío que le recorrió toda la columna vertebral.

«Te pido agua para mi tribu».

«Necesitamos comida para el poblado».

«Los niños están muriendo».

«Mi hermano está enfermo, necesitamos alimentos».

Llegaron a ella incontables plegarias. Rápidamente las lágrimas se le agolparon en los ojos, por lo que se apartó. Sintió el dolor que había en todas y cada una de aquellas palabras. No podía ser cierto, aquello era solo un sueño. Era imposible que la aurora boreal la hubiera hecho retroceder en el tiempo. No quería creerlo. No podía.

Ella le rezaba al Gran Espíritu, aunque aquello era totalmente surrealista. Quizá sí estaba muerta y Wakan Tanka y los demás espíritus la estaban retando con algún tipo de prueba para saber si era digna de estar a su lado.

La muchacha se dio media vuelta y regresó a toda prisa al poblado, seguida de cerca por Kangee.

—¡Nutahi, detente!

Ashenee llegó hasta la gran hoguera y buscó a Wakani, a la que encontró repartiendo cuencos de madera con agua recogida de la lluvia.

—Estaba buscándote —dijo la chamana—. Todos quieren conocerte. Espera, ¿por qué lloras?

—¡Todo es tan extraño! —Se limpió los ojos con las manos, tratando de eliminar toda la humedad—. ¡Debo de estar soñando! ¡No puede ser cierto!

Ashenee se alejó de allí mientras una lágrima le caía por la mejilla. Kangee trató de seguirla, pero Wakani posó la mano en el hombro del joven.

—Kangee, no sé de qué lugar viene Ashenee, pero parece tan real como el nuestro. Puedo ver en sus ojos tristeza y añoranza al dejar atrás a su familia. Ella volverá para la celebración, lo sé, pero creo que ahora deberías dejarla sola. Necesita unos momentos de tranquilidad.

Wakani alzó la barbilla y esperó a que él obedeciera. Kangee le sostuvo la mirada unos instantes y finalmente asintió. Él respetaba a la chamana y haría cuanto le mandara. Después, se dio media vuelta y fue en busca de su hija.

Ashenee se adentró en la oscuridad del bosque, aunque no fue demasiado lejos, pues apenas veía y no quería caer por ningún terraplén. Se sentó en una piedra no muy alta y se cruzó de piernas sobre ella. Desde allí podía ver las llamas de la hoguera. Comenzaron a sonar los tambores y los cánticos de los nativos. Todos bailaban alrededor del fuego, contentos por las buenas nuevas que había traído aquel magnífico día.

Aquel festejo fue ahogado por su propio llanto. No quería creerlo, pero en lo más profundo de su ser sabía que todo aquello era real. El Gran Espíritu, a través de la aurora boreal, la había hecho retroceder en el tiempo. Había viajado cientos de años atrás, cuando los nativos eran *salvajes*, al igual que sus antepasados. Recordó las conversaciones que había tenido con su abuela sobre sus sueños. ¿Acaso eran visiones que le mostraban el pasado? ¿O tal vez cosas que iban a suceder en el futuro? ¿El atrapasueños con el que tantas veces había soñado le mostraba que aquel era su destino?¿Y Kangee? ¿Qué tenía él que ver en todo eso? ¿Por qué lo veía en sueños? Tenía la impresión de que no era solo porque él le hubiera suplicado ayuda a Wakan Tanka... ¡¿Cómo narices iba a ayudarlo si no tenía la más remota idea de qué tenía que hacer?!

Nada tenía sentido. ¡Era surrealista! ¡Nadie viajaba en el tiempo a no ser que...!

Una idea absurda le apareció en la mente: ¿y si alguien los había drogado y estaba *flipando*? O peor aún... ¿y si Daniel, Magaki y ella habían caído montaña abajo y estaba en coma? Pero si había perdido totalmente la consciencia... ¿cómo podía sentir tristeza y dolor?¡Ya no sabía qué pensar! Imaginarse tantas cosas le provocó un fuerte dolor de cabeza. Trató de olvidarse de todo por un momento para poder relajarse un poco.

Levantó la mirada y vio a todos los miembros de la tribu. Los veía felices, sin aquellos lujos que ella tenía en Sioux Falls, como la televisión o internet, los supermercados, los productos de higiene femenina y las vacunas. ¡O los coches y aviones! ¡Ni una nevera o congelador para almacenar alimentos durante mucho tiempo! Entonces, solo pudo pensar en aquella gente. ¡Intentaría darles todo cuanto estuviera en sus manos!

Se había sentado sobre una gran piedra plana que estaba varios metros de distancia de la última tienda, pero desde donde podía observar la hoguera. Se abrazaba las rodillas y todavía lloraba. Tenía muchísima hambre y ya no llevaba puestos sus vaqueros, donde guardaba las barritas de cereales.

De repente, notó un jadeo y un cálido aliento en la nuca.

Se giró lentamente y se encontró con el peludo hocico de un lobo gris cuya lengua colgaba por un lado de la boca. Gritó y se apartó rápidamente, pero no calculó bien la distancia, a causa del miedo, y cayó al suelo.

El lobo se asomó al borde de la roca y la vio tocándose el trasero, pues había caído sobre otra piedra. El animal la miró con la cabeza ladeada, incluso parecía que se reía de ella con su larga y rosada lengua.

Oyó otra risa, esta vez de un hombre.

Se giró y vio a Ohitekah, carcajeándose. Este portaba una pequeña antorcha en una mano y un cuenco de madera en otra. Al principio, creyó que era su hermano Kangee, ya que estaba bastante oscuro y ambos se parecían mucho.

—¿Qué haces aquí? —dijo él.

—¡Ten cuidado con el lobo! —gritó ella, asustada.

—Tranquila, no te hará daño. —Le acarició la cabeza—. Lo llamamos Pequeño Lobo. Él fue quién te encontró. Lleva con nosotros muchas primaveras. Mi hermano y yo lo encontramos cuando tan solo era un cachorro. Es bueno con nosotros, siempre nos ayuda con la caza y ahuyenta a los demás depredadores.

Pero ella no dijo nada, seguía teniendo miedo del animal. Estaba hiperventilando y le temblaban las rodillas.

—Pareces cansada y seguro que tienes hambre. Necesitas recuperar fuerzas. —Le ofreció carne de su propio cuenco.

Ella negó con la cabeza.

—Te prometo que Pequeño Lobo no atacará, no a menos que yo se lo diga o vea que estoy en peligro —le explicó.

—Nunca había visto un lobo tan de cerca… —dijo más calmada.

—Es muy tranquilo y juguetón.

Ashenee miró al animal y entonces le rugieron las tripas. Ohitekah, con una sonrisa, se lo ofreció de nuevo hasta que, más tranquila, cogió un trozo de carne seca. Tras el primer bocado, que le supo a gloria, deseó comer más. El guerrero lo notó en su mirada y le pidió que lo acompañara hasta la hoguera y se uniera a ellos. Caminaron despacio hasta el poblado.

—Wakani me ha contado cómo llegaste aquí, ¿es verdad que viniste con la aurora boreal?

—Sí. Y no sé cómo ha podido pasar.

—Estoy convencido de que Wakan Tanka te ha traído aquí para ayudarnos.

—El problema es que no sé qué puedo hacer.

—Tal vez él te lo pueda explicar.

—¿Él? ¿Te refieres al Gran Espíritu? No creo que sea tan fácil encontrarlo.

—Al menos podrías intentarlo, ¿no?

Cuando entraron en el campamento, Imaki, una de las niñas de la tribu, de tan solo cinco años, la vio llegar con Ohitekah, corrió hacia ella y se abrazó con fuerza a sus piernas, dejando al guerrero con mil preguntas en la boca.

—Gracias por la comida, Nutahi —dijo la pequeña con su voz infantil.

Ashenee no supo qué decir. La tribu había cesado sus cánticos, expectantes porque la muchacha les hablara y les contara más sobre ella. El resto de los niños imitaron a Imaki y la abrazaron también. Por un momento, se sintió querida. Era una sensación muy extraña. Aun así, con una sonrisa, estrujó a los pequeños como pudo.

Ohitekah extendió el brazo derecho y gritó de alegría, provocando que el resto de la aldea se uniera a él, seguido por cánticos y tambores.

Wakani llegó hasta ella y la tomó de la mano.

—Te ruego que nos acompañes en esta importante celebración. No solo la lluvia es necesaria, tú también lo eres, que no te quepa duda —dijo la chamana, acariciándole el rostro.

Guiada por Wakani y la pequeña Imaki, bailó alrededor de la hoguera entonando aquellas canciones que para ella ahora comenzaban a tener sentido.

Kangee, que danzaba también con sus hermanos de tribu, no podía apartar la vista de la recién llegada, que le pareció la mujer más bonita y misteriosa que había visto en la vida.

Ella también le lanzaba miradas furtivas, temiendo que él la descubriese.

Tras unos minutos, el guerrero se acercó hasta ella con su pequeña.

—No os he presentado formalmente —dijo él—. Ashenee, ella es Imaki, mi hija.

—Hola, Imaki —saludó con una sonrisa, sorprendida de nuevo por lo mucho que había evolucionado la sociedad desde entonces: según la edad de Imaki, Kangee la habría tenido cuando la mayor parte de los estadounidenses todavía no podían ni conducir.

La chiquilla se llevó una mano al pecho con un respeto impropio de su edad. El guerrero, satisfecho con la respuesta de la pequeña, la dejó en el suelo; menos de un segundo después, ambos regresaron al centro de la algarabía, aunque los ojos de Kangee no se alejaron mucho de la mujer que había llegado de las estrellas.

Bailaron sin descanso durante toda la noche, hasta el mediodía, momento en el que algunos aprovecharon para dormir, en especial los más jóvenes. Los niños, que no se habían acostado tan tarde, ya estaban jugando o preparando el almuerzo con las mujeres de más edad. Al terminar, Ashenee, con un sueño horrible, pues apenas había dado unas cabezadas, las ayudó a guardar los restos, después de que Ohitekah le hubiera dado algunas sobras a Pequeño Lobo.

Ella seguía temiendo al animal y apenas se acercó cuando Ohitekah le dejó la comida. El lobo hizo caso omiso a su reticencia y se acercaba a ella siempre que podía para olisquearla, jugar y obtener alguna que otra caricia.

—Nutahi, ¿nos acompañarías a Pequeño Lobo y a mí al río? —le pidió Ohitekah con muy buenos modos, mientras su hermano Kangee tensaba el arco cerca de ellos.

La chica lo miró de soslayo esperando que él también los acompañara, pero este no dijo nada, ni siquiera levantó la mirada. Ella, decepcionada, aceptó la invitación del guerrero.

—Solo un ratito. Necesito dormir un poco —pidió.

Caminaron uno al lado del otro sin decir ni una sola palabra. Ashenee no dejó de vigilar a Pequeño Lobo, temerosa de perder alguna extremidad en su compañía. Conforme morían los minutos, la presencia del animal pasó de asustarla a tranquilizarla de una forma extraña, dejó de sentir la necesidad de observarlo por el rabillo del ojo.

—Wakani me contó que has venido de muy lejos —habló Ohitekah, rompiendo aquel incómodo silencio. Necesitaba saber más de ella.

—No sé cómo explicarlo... —Pensó cómo hacerlo y se acordó de las películas de vaqueros que veía en la televisión de la cafetería algunas tardes—. ¿Conocéis al hombre blanco? —Él asintió, poniendo mala cara—. Vengo de su mundo, pero de mucho tiempo adelante.

—¿Cuánto tiempo? —quiso saber.

—No podría decirlo con exactitud... Quizá más de tres veces el número de primaveras de las que tu padre tiene.

—Es cosa de magia —dijo una voz a su espalda.

Ambos se giraron y se encontraron con Kangee, que los había seguido.

—¿Qué haces aquí? —inquirió Ohitekah, molesto. Quería estar a solas con Ashenee y él le había estropeado el momento.

—Lo mismo que tú, hermano. —Kangee le sostuvo la mirada hasta que su hermano la bajó. Una vez que lo hizo, enfocó a Ashenee—. Quiero saber más de la recién llegada.

Ella, para poner fin a la inexplicable tensión que existía entre los dos hermanos, prosiguió:

—Sé que suena extraño, pero es cierto. Allí no nos faltan alimentos, comemos verduras y otras carnes que no son de búfalo. Tenemos transportes de ruedas de goma y no nos vestimos con estas ropas. Tenemos televisión, internet…

—¿Qué es televisión? —preguntó Ohitekah, curioso.

—¿E internet? —quiso saber Kangee.

La muchacha soltó una carcajada. Después se dio cuenta de la inocencia de sus palabras. No había sido consciente de que ellos no tenían ni la menor idea de tecnología, así que cualquier cosa de la que les hablara, no sabrían qué era.

—¿De que te ríes? —Kangee se sintió un poco ofendido.

—Lo siento, no me hagáis ni caso. Una televisión es una caja enchufada a la luz, a través de la cual se puede ver gente.

—¿Y cómo vas a enchufarla al sol? ¡Es imposible! —Ohitekah no podía creer que fuera posible acercarse tanto al astro.

—No, no es al sol. No sé cómo explicároslo para que lo entendáis…

—No importa, cuéntanos más —dijo Kangee, cada vez más interesado en sus costumbres.

—Tenemos aparatos con los que calentar la comida sin necesidad de encender un fuego, tenemos libros que podemos leer y… —Se acordó de algo—. Aparatos de música… —Miró a los dos guerreros —. Perdí una cosa en las llanuras, ¿me acompañaríais a buscarla? —les rogó, mirándolos a los dos.

—¿Allí es donde encontraste los búfalos? —preguntó Ohitekah y ella asintió.

—Te acompañaremos. Cazaremos uno de ellos —sentenció el mayor.

Ohitekah, de acuerdo con él, regresó al poblado en busca de sus arcos y flechas, así como los de su hermano mayor. Mientras, el guerrero y la muchacha se quedaron a solas.

Ashenee admiraba de soslayo el torso desnudo de Kangee. Era perfecto en todos los sentidos. Ella apartó la mirada, avergonzada de estar a solas con él.

—Kangee, ¿eres feliz aquí?

—No he conocido otra vida, por lo que estar con mi tribu es lo más maravilloso que puede existir en el mundo. ¿Y tú? ¿Eres feliz en tu tribu, allá en tu tiempo?

—Pues... No han sobrevivido muchos powani, así que no existen muchas tribus tan grandes como las vuestras, aunque alguna pequeña hay por ahí —pensó en Magaki y su familia—. Luego estamos mi madre, mi abuela y yo.

—Vaya... ¿No hay ningún hombre con vosotras?

—No necesitamos ninguno. Somos autosuficientes y podemos con todo —dijo orgullosa de ser una mujer del siglo veintiuno, luchadora, que podía pensar por sí misma y que, sobre todo, era independiente.

—¿Y para tener descendencia? —preguntó con interés, esperando su respuesta.

—En ese caso, por supuesto, aunque existen muchas formas de tener hijos —explicó. Rezó para que no le preguntara nada más sobre el tema, porque no le apetecía en absoluto ponerse a explicarle lo que era la fecundación in vitro, y mucho menos la función de un banco de esperma—. ¿Tu hermano tiene esposa?—Aún no ha pensado en ello —respondió él—. Aunque

Wanageeska quiere que encuentre mujer y forme una familia cuanto antes.

—¿Y hay alguna muchacha que ocupe tu corazón, Kangee?

El joven la miró con tristeza y ella captó la repentina tristeza que lo embargaba.

—Lo siento, no debí preguntarte eso. —Agachó la cabeza, avergonzada.

—Perdí a Imikeka cuando dio a luz a Imaki. No busco pareja, soy un guerrero; debo dar alimento a toda la tribu y a mi hija. Es lo único que ahora deseo hacer.

Ashenee no sabía qué decir. Sintió lástima por él. Perder a alguien a quien quieres con toda tu alma debía de ser duro, muy muy duro.

—Lo siento, yo no pretendía que...

—Imaki es su vivo retrato. —Kangee la miró con seriedad—. Es tan parecida a ella que me duele hasta mirarla, aunque la quiero más que a mi propia vida.

—Seguro que Imikeka estaría orgullosa de ti —dijo ella.

Pequeño Lobo, que los miraba ladeando la cabeza de un lado a otro, comenzó a gimotear, cansado de esperar. ¡Él quería acción! ¡Quería ir en busca de los búfalos!

En ese momento, llegó su hermano con sus armas y otros cuatro cazadores más, también dispuestos con sus arcos y flechas.

—¿Vamos? —propuso Ohitekah, entregando el arco y el carcaj a Kangee.

Ella asintió. Se pusieron en marcha y caminaron a través del bosque, atentos al lobo, que olisqueaba el suelo en busca del rastro del enorme y preciado búfalo.

Al final, llegaron a la llanura donde Ashenee había despertado. Pasaron al lado del matorral donde ella vio al grupo de cuervos, pero ahora estaba vacío. A lo lejos, la muchacha vio un bulto oscuro que enseguida reconoció: su abrigo. Corrió a por él, lo cogió y le limpió los restos de barro. Se lo colgó en el brazo, sonriente, y miró a los powani; estaba lista para continuar.

Pequeño Lobo mordió el bajo de las perneras de Kangee, que se agachó y le acarició la cabeza. El lobo se quedó quieto y el guerrero lo tomó como una señal; lo avisaba de que los búfalos se encontraban cerca. Siguieron al animal hasta una ladera. Observaron que, un poco más abajo, descansaba una manada de búfalos que bebía de una pequeña laguna que se había formado por la tormenta.

Prepararon sus armas y les apuntaron. Los cuatro hombres temblaban. ¡Hacía tantas lunas que no avistaban búfalos!

Kangee le pidió a Ashenee que se escondiera tras las rocas por las que habían pasado minutos antes, para evitar herirla en el caso de que alguna flecha se escapara. Eso o que los búfalos decidieran atacarlos en grupo. Ella lo obedeció y, acompañada por Pequeño Lobo, corrió tras la montaña de piedras.

El guerrero tensó su arco. Sus hermanos y él dispararon al macho dominante, aquel que dirigía al resto. Las flechas recorrieron casi quinientos pies a toda velocidad y la suya se clavó certeramente en el costado del búfalo más grande.

El animal bramó de dolor, advirtiendo a sus compañeros del ataque.

Ohitekah disparó de nuevo al mismo búfalo que su hermano, acertando también con su puntería y consiguiendo que el animal cayese al suelo. Los otros cuatro guerreros trataron de matar otro, pero no tuvieron suerte; huyeron con los demás.

Ashenee veía aquella escena con fascinación. Había visto a Magaki y a su tribu cazar conejos, ciervos y algún que otro pequeño animal, aunque no esos ejemplares de más de quinientos kilos. Los jóvenes bajaron a toda prisa por la ladera para recoger su gran premio y ella también lo hizo. Soltaron a la vez un grito de victoria y se abrazaron unos a otros mientras la muchacha llegaba hasta ellos. Estos, al verla, bailaron a su alrededor mientras soltaban grititos, dándole así las gracias.

Kangee y su hermano quitaron las flechas que el búfalo tenía clavadas mientras los otros dos se preparaban las cuerdas para arrastrar su gran y pesada pieza.

La joven se arrodilló junto a la cabeza del animal, que la miraba fijamente, y le acarició el morro con suavidad.

—Hermano búfalo, lamento el daño que te hemos causado. Tu muerte no será en vano. Gracias a ti, nuestro pueblo no pasará hambre ni tendrá frío. Gracias —recitó ella en powani.

El animal, que apenas podía respirar, parpadeó y, con un último suspiro, cerró los ojos para siempre.

CAPÍTULO 7

Ashenee precedía al grupo de guerreros y a su presa; Pequeño Lobo cerraba la comitiva. La joven portaba los arcos y las flechas; nunca había llevado unos y se sorprendió al valorar su peso y envergadura, aunque su cuerpo respondía de una forma extraordinaria: podía cargarlos casi sin esfuerzo. Una vez que llegaron al poblado, los cazadores llamaron a las mujeres, que prepararon unos camastros de madera en los que depositar el cuerpo del búfalo. Todos los hombres de la tribu arrimaron entonces el hombro para elevar al animal. Un buen puñado de niños se acercaron a observar, con fascinación, el proceso, anticipando ya el sabor de la carne.

La muchacha dio unos cuantos pasos hacia atrás, sujetando su abrigo, atesorándolo como si fuera el mejor objeto del mundo, algo que la unía de una forma tangible a su yo verdadero. Además de felicidad, sentía orgullo: le había procurado alimento a la tribu, eso no iba a olvidarlo jamás.

Todo pensamiento quedó en segundo plano cuando vio a Imaki dirigirse hacia su padre, que se arrodilló dispuesto a recibir un enorme abrazo de la pequeña.

—¡Es enorme! —gritó la niña mientras observaba al búfalo desde lo alto de los brazos de su padre.

—Debemos agradecerle a Ashenee esta magnífica pieza. Ella nos guio hasta la manada —comentó Kangee mirando a la aludida.

—Yo no he hecho nada, vosotros la habéis cazado —se excusó la joven.

—Sin tu ayuda no lo habríamos conseguido —secundó Ohitekah. Estaba tan contento que tenía ganas de llorar—. Sin duda, eres una bendición del Gran Espíritu.

Los otros dos cazadores apoyaron a sus hermanos. Gracias a ella tenían agua y alimentos.

Wakani, sonriente, se acercó a la joven, mientras Wanageeska y Talutah felicitaban a sus hijos.

—Ven, Nutahi, las mujeres despiezaremos el búfalo —dijo la chamana, creyendo que sabría hacerlo.

La cogió de la mano y la apartó de los hombres, mientras el resto de las mujeres se disponían a prepararlo todo para el despiece, que se haría sobre unas pieles viejas. Con un afilado cuchillo, creado con piedra de sílex, Wakani comenzó a quitar la piel al animal bajo la atenta mirada de la muchacha.

Ashenee pensó que sentiría asco, ya que no lo había hecho nunca. Al acercarse, descubrió que no; su mente veía la escena como algo natural, necesario, un homenaje a la presa: no había muerto en vano, su vida pasaba a la tribu. En ese momento, cogió una de las herramientas, dispuesta a ayudar en todo lo que pudiera.

Pequeño Lobo se acercó lentamente a la muchacha. Esta, al verlo, al principio se asustó, pero al mirarlo a los ojos, supo que aquel animal jamás le haría daño. No estaba segura de por qué lo sabía, pero se lo decía su corazón. Cortó un pequeño trozo de carne cruda y se la ofreció al animal, que la cogió con cuidado. Se alejó corriendo, donde nadie pudiera verlo comer la carne.

—Este animal es una manifestación del Gran Espíritu —explicó Wakani—. Wakan Tanka nos bendijo con él dándonos todo lo que necesitamos para sobrevivir.

—Es maravilloso ver cómo un solo animal puede ayudar tanto —respondió Ashenee, dándole la razón.

El despiece duró casi toda la mañana, no terminaron hasta el mediodía. Tras ello, quitaron las pieles manchadas de sangre y las más ancianas las llevaron al río para lavarlas. Otras usaron algunos trozos de carne para cocinar y dar de comer al poblado.

Después de despiezar al búfalo, algunas de las jóvenes comenzaron a curtir las pieles para usarlas como mantas o para hacer trajes y tipis.

Kolima, una de las mujeres más veteranas, le preguntó a Ashenee si sabía cómo preparar aquellas valiosas pieles y ella negó, tampoco sabía hacerlo. Kolima, con una sonrisa, comenzó a explicarle: primero tenían que secar bien las pieles para que no quedaran restos húmedos. Después, con estacas, las estiraban bien y las ponían en postes, utilizados a modo de caballete, para que se secaran correctamente, pero a la sombra, pues el sol podría estropearlas.

El tercer paso era desinfectarlas, y, gracias a Wakani, habían descubierto cómo hacerlo: meter las pieles en agua hirviendo. De esa forma, evitaban contagiarse con gérmenes. Después descarnaban las pieles por el lado de la carne y la grasa, eliminando cualquier resto que pudiera quedar. Y, por último, volvían a clavarlo en estacas hasta que se secara por completo.

A la powani todo aquello la fascinaba. Se sentía como si formara parte de aquel mundo desde hacía muchísimo tiempo.

Kolima vigilaba el trabajo de la muchacha, admirando cómo la recién llegada aprendía con facilidad.

Dos mujeres y tres hombres habían terminado de asar la carne que habían insertado en unos grandes palos, a modo de pincho moruno.

Mientras Ashenee continuaba limpiando las pieles sobre las estacas, la pequeña Imaki se sentó a su lado.

—¿En serio mi padre cogió a este feo bicho? —preguntó la niña con su dulce voz, mientras acariciaba la zona de pelo del animal.

Ella sonrió y la miró.

—Tienes un papá muy valiente. Su flecha fue directa a su costado y ¡zas! El animal cayó. Ohitekah lo remató.

La niña aplaudió entusiasmada.

—¿Había muchos más? ¿Por qué habéis traído solo uno? ¿Es macho o hembra? ¿Cazaréis más? —interrogó sin parar la niñita.

Ashenee sonrió. ¡Qué curiosa era para su edad!

—Prometo que antes de irme tendréis muchos más —dijo ella.

—Entonces... ¿no te quedarás con nosotros? —preguntó con un tono triste.

No supo qué responderle a la pequeña. La miró y vio que su rostro había cambiado, ahora sonreía esperando con ilusión una respuesta.

Era tan bonita y alegre... Le recordaba tanto a Magaki... La echaba mucho de menos, más de lo que pensaba. Así que no pudo negarse.

—Claro que me quedaré —respondió Ashenee.

—¿Me lo prometes? —rogó Imaki.

—Te lo prometo —mintió de nuevo. No podía quedarse, no iba a renunciar a su familia, pero tampoco podía decirle directamente que no. Además, aún era pequeña y, cuando menos lo esperase, ella se iría y ni se acordaría de que había estado allí.

La niña se levantó tan entusiasmada de tener cerca a esa desconocida mujer que buscó a su padre para contarle la noticia. Kangee miró a Ashenee, que seguía con sus tareas, y sonrió.

Wakani se acercó a la muchacha y le pidió que fuera a comer con ellos.

Los miembros de la tribu se sentaron en círculo, todos mirando a Wanageeska y a Talutah, los líderes. Kangee se sentó a la derecha de su padre y su invitada se sentó entre Wanageeska y Talutah. Ohitekah lo hizo al lado de su madre y, por último, la pequeña Imaki se acopló junto a su padre.

En el centro se encontraba la carne ya asada, colocada sobre grandes cuencos de madera. Wanageeska comenzó la canción de bendición y les agradeció a los espíritus aquellos alimentos, rezo al que todos se unieron.

—Esta noche, al esconderse el sol y aparecer las estrellas, nos reuniremos en círculo y fumaremos la pipa de la Mujer de Búfalo Blanco.

—¿En realidad esa pipa existe? —preguntó Ashenee sin creerlo—. Pensé que solo eran cuentos.

—Es tan real como que necesitamos aire para respirar —respondió Talutah, sonriente.

Ashenee no volvió a insistir. No creía que la pipa fuera real; estaba segura de que estaban mintiéndole. ¿Cómo iba a existir aquel símbolo lleno de poder, regalo de Wakan Tanka? Pero... ¿por qué iba a dudar después de lo que había vivido? ¡Había viajado atrás en el tiempo! ¡Por supuesto que la magia existía!

Kangee miró a su hermano, que observaba a la recién llegada con lascivia. Este le devolvió una mirada desafiante.

Comieron en silencio, gesto que realizaron por respeto a Wakan Tanka por tan suculento manjar. Al terminar, Ashenee se acercó a Wakani.

—Necesito ir al baño... —susurró la muchacha, avergonzada.

—¿Al baño? ¿Qué es eso? —preguntó, llena de dudas.

—Necesito... Hacer mis necesidades y lavarme un poco...

—Para eso tienes que ir al río, allí podrás hacer lo que necesites. —Rio con ganas.

—Gracias. —Se sonrojó. No le hizo mucha gracia que se riera de ella.

Ashenee se marchó hasta el tipi que compartía con Wakani y rebuscó entre su ropa; necesitaba cambiarse. Escogió un nuevo vestido, uno de color añil. Era muy bonito y seguro que le quedaba muy bien. Metió en el bolsillo de la prenda unas raíces para lavarse el pelo, la chamana le había dicho el nombre, pero ya ni se acordaba, y después se marchó al río.

Una vez allí, miró a su alrededor y al ver que no había nadie, se quitó el vestido y la ropa interior. Se sentía sucia por no haber podido cambiarse, por lo que lavó las prendas a conciencia. Después, las dejó secar sobre una rama a la que le daba el sol. En un rato estaría seca.

No tener gel o champú era un gran problema, ya que estaba acostumbrada a ellos y ahora tan solo podía lavarse con agua y aquellas raíces que olían bastante fuerte, como a detergente de suelo con olor a pino. Así no iba a eliminar toda la suciedad, pero al menos era algo.

Se metió lentamente en el río. Estaba algo frío para su gusto, aunque no le importó; con el calor que tenía, le supo a gloria.

El agua le cubría por debajo del pecho y, tras coger aire, hundió la cabeza, hasta que la cubrió por completo. Después, se restregó el pelo a conciencia sin intuir que alguien estaba mirándola.

El paseo que Kangee estaba dando con Pequeño Lobo le había reportado más de una sorpresa: un conejo se había atrevido a salir de su madriguera y había terminado ensartado en una flecha; además, podía presenciar el espectáculo de ver a una mujer joven y bella completamente desnuda. Kangee no podía apartar la vista, el cuerpo de Ashenee parecía esculpido por el mismísimo Gran Espíritu.

La bucólica imagen se desvaneció por culpa del lobo. El animal, con ganas de jugar, trotó hasta acabar metido en el agua, lanzando pequeños aullidos de felicidad.

Ashenee gritó con fuerza al sentir al animal cerca de ella. Se calmó un poco al descubrir que se trataba del peludo lobo.

—¡Vaya susto me has dado! —le dijo, sonriente.

Oyó una carcajada y se giró rápidamente. Descubrió a Kangee mirándola mientras se reía de ella. Bajó la cabeza y se percató de que estaba completamente desnuda de cintura para arriba. Con un gritito se tapó los pechos con las manos y se metió en el agua hasta que le cubrió el cuello.

—¿Se puede saber qué miras? —gritó Ashenee.

—Tienes una piel preciosa —respondió él sin cortarse.

—¡Serás cerdo! —gritó la muchacha de malos modos—. ¡Es de muy mala educación espiar a una mujer! ¡Y más si está desnuda!

—Mi tribu no se preocupa por esas minucias; es más importante conseguir comida que tapar nuestros cuerpos.

—¡Yo no soy de tu tribu! —le espetó con rabia.

—Lo eres, prometiste quedarte y lo harás. Fumar la pipa es un gran honor. En mis veintidós primaveras de vida nunca he llegado a verla, a pesar de ser el primogénito de Wanageeska. Deberías sentirte honrada.

—¡Me sentiré honrada si te marchas y respetas mi intimidad! —repuso ella, cada vez más enfadada—. Si no lo haces, gritaré con tanta fuerza que tu padre pensará que estás haciéndole daño. Y no creo que le guste saber que su hijo mayor es un mal anfitrión.

Kangee se sentó en la orilla con las piernas cruzadas.

—No lo harás —la retó el guerrero.

—¿Tan seguro estás?

Él asintió mientras observaba la ropa interior de Ashenee tendida en una rama. Se puso en pie y se acercó a las prendas.

—¡No toques eso! —dijo esta poniéndose recta y tapándose los pechos. Kangee, tratando de irritar más a la muchacha, rozó su braguita y ella gritó con fuerza.

El guerrero, que conocía cada sonido del bosque, oyó un extraño ruido a espaldas de Ashenee. Pequeño Lobo, que se encontraba fuera del agua, gruñó mostrando los afilados dientes.

El muchacho metió en el agua rápidamente y llegó hasta la joven. Ella seguía gritando, pero él le tapó la boca, evitando que continuase haciéndolo. Sintió deseos de morderle, pero el guerrero acercó los labios a su oído y susurró, dejándola paralizada:

—No grites. Hay un animal entre aquellos matorrales. —Señaló a los arbustos.

Kangee seguía tapándole los labios con la mano derecha mientras con el brazo izquierdo la abrazaba por la cintura, atrayéndola hacia él. El pecho desnudo del muchacho rozaba la suave piel de la espalda de ella, provocando que un torrente de energía atravesara sus cuerpos. Ashenee sintió el calor de la piel de Kangee contra su cuerpo desnudo y helado por el agua. Aquella placentera sensación le hizo sentirse bien. Más que bien. Se sentía segura a su lado, como si él hubiera aparecido para protegerla.

Él se agachó hasta que el agua le llegó por el cuello, arrastrando a la chica hasta que a ella también la cubrió. Cuando se aseguró de que no gritaría, le apartó la mano de la boca.

El animal pasó de largo. Pequeño Lobo, para asegurarse de que se marchaba de allí y de que su dueño estuviese a salvo, se sacudió el agua con ganas y soltó un fuerte aullido. El animal que allí se escondía salió despavorido.

—Ya se ha marchado —comentó el joven.

Ashenee notó que algo le tocaba un pecho y descubrió la mano de Kangee sobre él. Se giró inmediatamente hacia él y, sin decir una sola palabra, le propinó un fuerte golpe en la cara.

La muchacha podría haber esperado muchas cosas, pero recibir una sonora bofetada de su parte no había sido una de ellas. La cachetada de la joven había sido intensa; la de Kangee había sido más certera, pero dada con desgana, más por pundonor que por querer infligir un daño físico.

—¡¿Se puede saber por qué me golpeas?! —La muchacha se llevó la mano a la mejilla, aliviando el dolor y el orgullo herido. Kangee repitió el gesto en su propio cuerpo, mirándola con el ceño fruncido.

—No sé cómo serán las cosas en tu hogar, pero aquí no se golpea al guerrero que te protege y menos si es el hijo del jefe. Me debes un respeto, Nutahi.

—¡Deberías recordar, gran guerrero, que por muy hijo del jefe que seas, he sido yo la que ha traído la lluvia y la comida a tu tribu!

Compartieron una mirada tan cargada de energía como el roce que habían compartido. Los dos consiguieron controlar su genio antes de despertar una lluvia de golpes en ambos sentidos.

Ashenee salió del agua; le daba igual si la veía desnuda una vez más, solo quería perderlo de vista a toda prisa. Se puso su ropa interior y el nuevo vestido que Wakani le había regalado. Recogió su calzado y enfiló el camino del poblado sin mirar atrás.

Kangee se quedó en el centro del río, comprobando si la boca le sabía a sangre por la rabia o por tener el labio partido. Al mirarse el dedo índice manchado, sonrió.

A su paso por el poblado, Ashenee se encontró con Talutah y Wakani. Ambas mujeres decidieron guardar silencio al ver su cara de enfado. Ya hablarían con ella en otro momento.

La joven se sentó en tierra, junto a la entrada del tipi que compartiría con la chamana.

Su abrigo estaba allí en el suelo, tal y como lo había dejado cuando la mujer le entregó el vestido que ahora llevaba puesto.

Buscó en los bolsillos y encontró el mp3 que Daniel le había regalado por su veinte cumpleaños.

Se puso los cascos y le dio a reproducir, deseando que no se hubiera estropeado con la tromba de agua que había caído. Tuvo suerte. Aún tenía algo de batería y funcionaba a la perfección. Dejó que su música favorita acudiera a sus oídos.

Estiró el abrigo en el suelo y se tumbó sobre él. Tenía las rodillas flexionadas, colocó la pierna izquierda sobre su rodilla derecha y meneó el pie al ritmo de la melodía.

Se encontraba tan a gusto y alejada de todo que no fue consciente del tiempo que pasó allí. E, involuntariamente, se quedó dormida.

Lo último que deseó, antes de caer en brazos de Hotaka, el espíritu de los Sueños, fue despertar de aquella pesadilla.

Kangee se encontraba frente a su tienda, junto a la pequeña Imaki, que jugaba con el barro. Los pensamientos del guerrero se encontraban en otro lugar.

De repente, el cielo se oscureció y, sin previo aviso, comenzó a caer una fina llovizna. Le ordenó a su hija que se metiera en la tienda que ambos compartían y la pequeña, tras recoger sus muñecas de trapo, lo obedeció.

El joven, acompañado por su hermano Ohitekah, los ayudó a todos a recoger las pieles, que estaban casi secas, y a introducirlas en la enorme tienda que usaban como almacén. Otros empezaron a recoger agua en cuencos y baldes que habían fabricado tiempo atrás. Aquella lluvia era un preciado tesoro.

Se extrañó mucho de no ver a Ashenee por allí, así que, intuitivamente, se acercó al tipi de Wakani para descubrir a la muchacha completamente dormida en el suelo.

Se arrodilló frente a ella y observó su calmado rostro; le apartó el cabello húmedo de la frente. Con cuidado de no despertarla, la cogió en brazos, la introdujo en la tienda y la dejó suavemente sobre una de las camas que Wakani había preparado para ella.

Se sentó en el suelo con las piernas cruzadas y no pudo dejar de mirarla durante un rato. Seguía pensando que era la mujer más hermosa que había visto en su vida, aunque demasiado terca para su gusto.

En ese momento, Wakani entró en la tienda y lo descubrió allí, observando a la chica con cara de embobado.

—¿Qué haces? —dijo la mujer con suavidad.

Él se sobresaltó y se puso en pie rápidamente.

—Vigilo —respondió él con sequedad.

—En mi tienda no va a pasarle nada. Ya puedes marcharte.

—Pero yo…

—Márchate, deja que duerma sin que tu presencia altere su sueño. Estos días han sido muy duros para ella —sentenció la mujer.

Kangee obedeció sin rechistar, salió del tipi y regresó al suyo, donde Imaki lo esperaba.

CAPÍTULO 8

La música que tanto adoraba hizo que soñara con su madre y su abuela.

Mapiya lloraba desconsoladamente al encontrar a su hija inconsciente en el hospital, mientras que su madre intentaba calmarla sin ningún éxito.

Magaki y Daniel intentaban explicarle lo sucedido a la policía, pero nadie los creía. Margaret, la madre de Daniel, también dudaba de ellos. ¿Cómo iba a desmayarse una chica así, de repente, si no habían tomado ningún tipo de droga o bebida?

Margaret y la policía culparon a los dos jóvenes por alentar a Ashenee para que hiciera algo tan irresponsable.

—¡Eso no es cierto! —gritaba Daniel—. ¡Llevo años enamorado de Ashenee! ¿Cómo iba a darle algo que pudiera hacerle daño?

Ashenee veía todo aquello por encima de la cabeza de ellos, como si fuera un fantasma o un espíritu. Les habló, les dijo que se encontraba bien, que estaba viva, pero parecía que ellos no podían oírla. Lo intentó más alto, casi gritando; sin embargo, tampoco tuvo suerte. Habían dicho algo de un hospital, pero no había podido escucharlo bien.

Aquella escena se difuminó ante sus ojos y apareció de nuevo en el poblado en el que se encontraba.

Allí, Ohitekah afilaba algunas flechas con su cuchillo, mientras su hermano Kangee jugaba con la pequeña Imaki, que intentaba pintarle a su padre el rostro con carbón. La niña, con los dedos negros, le dibujaba círculos en los ojos. Después él la abrazaba con cariño.

Sonrió ante aquella bonita escena. Kangee amaba a su hija y estaba segura de que haría cualquier cosa por ella.

Entonces, notó algo caliente en la cara que la despertó.

Cuando abrió los ojos, se llevó tal susto que gritó: Pequeño Lobo se encontraba a su lado, lamiéndole de nuevo la cara.

—¡Pero ¿por qué me despiertas, Pequeño Lobo?! —elevó la voz, alterada.

Ashenee miró a su alrededor; vio que se encontraba en el tipi de Wakani. No recordaba haber entrado allí. Tampoco recordaba haberse quedado dormida. ¿Habría entrado dormida? ¿O habría sido la chamana?

No le dio mucha importancia. Se quitó los cascos, que dejó a un lado, se desperezó, se puso en pie y encontró un cuenco de piedra con agua limpia, así que se lavó un poco la cara.

Miró su camastro y descubrió cerca de su almohada un precioso atrapasueños hecho con ramitas, tiras de cuero, cuentas y plumas que parecían de cría de halcón o águila. Rozó las suaves plumas y sonrió. Ahora entendía por qué su pesadilla había desaparecido y se había convertido en un bonito sueño.

—Buenos días, Nutahi —escuchó la voz de Talutah, que entraba en la tienda—. ¿Has dormido bien?

Ashenee sonrió y se acercó a la mujer.

—Lo cierto es que sí. Hacía tiempo que no dormía tan bien, aunque...

—¿Qué ocurre? ¿Te encuentras mal? —Le agarró suavemente el brazo.

—Echo de menos a mi familia —dijo con tristeza.

La mujer le acarició el rostro con cariño.

—Debe de ser duro estar tan lejos de ellas...

—No te imaginas cuánto. Además, estoy preocupada por mi abuela; está empezando a perder la memoria...

—Eso debe de ser incluso peor. —Suspiró—. Te juro que pronto volverás —prometió la mujer.

—Gracias.

—Vamos. —La cogió de la mano—. Te quedaste dormida y Wanageeska no quiso despertarte. Aún tenéis que fumar la pipa —le explicó Talutah con orgullo. Aquel era un ritual muy importante para la tribu.

Acompañó a la mujer al gran tipi del poblado donde se reunían en ocasiones especiales. Allí la esperaban todos los ancianos sentados en círculo.

El jefe de la tribu le ordenó a Kangee que le cediera su lugar a su invitada. El muchacho obedeció, se levantó y se acercó a ella.

—Mi padre quiere que te sientes a su lado —dijo él—, un lugar de honor que sé que te corresponde, aunque seas mujer.

La muchacha no le respondió, pero sí le lanzó una mirada de odio. Estaba cansada de tantas órdenes y tanto machismo por su parte, así que se sentó a la derecha de Wanageeska. A su lado tenía a Wakani, que avivaba la hoguera que habían encendido. Al lado de esta, se encontraba Kangee y junto a Talutah, Ohitekah.

El anciano sacó de su regazo algo alargado y envuelto en una preciosa piel de ante blanco. Lo desenvolvió y descubrió una hermosa y alargada pipa.

La muchacha no daba crédito a lo que veía. Aquella pipa de la que tanto le había oído hablar a su abuela y que salía en todas las historias que conocía no era un mito, ¡era verdad! ¡Su abuela no se lo iba a creer cuando se lo contara! Comenzó a temblar, presa de la emoción. ¡Iba a poder ver uno de los mayores tesoros del mundo!

Talutah prendió las hierbas de la pipa, mientras su esposo aspiraba con fuerza para intentar mantenerla encendida.

—Hermanos y hermanas. Sabéis que es extraordinario que nos hayamos reunido todos —habló Wanageeska y todos asintieron.

Eran muy raras las ocasiones en las que lo hacían, excepto en asuntos de vital importancia, como el que acababa de ocurrir—. Hoy nos reunimos para agradecerle las lluvias a Nutahi. Esta mujer viene de muy lejos, del mundo de los blancos, a muchas primaveras de distancia de nosotros. No sabemos cómo ha llegado aquí, pero hay que agradecérselo a Wakan Tanka. El Gran Espíritu ha escuchado nuestras súplicas y ha aceptado los sacrificios de mi primogénito.

Kangee sacudió la cabeza como confirmación de las palabras de su padre. Él era quien lo había conseguido, quien había salvado la vida de sus hermanos. Su sangre era valiosa, tanto como la mujer caída del cielo.

—Por eso, esta mañana le agradeceremos al Gran Espíritu que nos permita conseguir algo más de alimento, pues las primeras nieves del invierno llegarán pronto y necesitaremos almacenar cuanto podamos —continuó el anciano—. Os pasaremos, por primera vez en nuestra historia, la pipa a cada uno de vosotros, para que le formuléis vuestras peticiones a Wakan Tanka. Sabéis que es algo sagrado y deberéis mostrar vuestros respetos.

Aspiró con fuerza y soltó lentamente el humo con los ojos cerrados.

—En círculo te paso esta pipa, a ti que con el Padre vives; en círculo hacia el día que comienza. Fumo rogando que escuches mis plegarias —recitó Wanageeska mientras le pasaba la pipa a Ashenee.

La muchacha cogió la pipa con sumo cuidado. Le temblaban las manos, tanto que temió que algo pudiera ocurrirle. Sabía que algo sagrado había que cuidarlo, si no, la furia de los espíritus podría volverse contra ella. No sabía qué hacer exactamente con el objeto y, en voz baja, Wakani le susurró que debía imitar al jefe de la tribu.

Recitó las mismas palabras que el hombre y aspiró. Al principio, el sabor de aquellas hierbas le provocó ganas de toser, aunque la sensación desapareció enseguida y su boca tomó un sabor dulce. Mientras soltaba el humo, deseó con todas sus fuerzas regresar a su casa con su madre y su abuela.

Después le pasó la pipa a Wakani, que hizo lo mismo.

El objeto sagrado pasó de mano en mano por cada uno de los miembros de la tribu mientras recitaban aquel salmo y lanzaban sus ruegos al cielo.

Cuando la pipa regresó a manos de Wanageeska, este apagó los restos de humo, la envolvió de nuevo en la piel blanca y la guardó en su regazo.

—Roguemos al Gran Espíritu que escuche nuestros deseos —terminó el hombre mientras se ponía en pie—. Que Wakan Tanka os guíe en este hermoso día.

El jefe salió del tipi seguido por su esposa. Después salieron el resto, de forma ordenada.

Ashenee seguía a Wakani, que iba a visitar a una embarazada que estaba próxima a parir. De camino vio a todos los niños y niñas jugando con un improvisado balón que habían hecho de pieles secas y sonrió al ver lo felices que eran con tan poca cosa. De nuevo sintió nostalgia. También echaba de menos a Magaki y a su tribu, a los críos que correteaban por la reserva jugando con cualquier cosa que encontraban a su paso. Esa era la auténtica felicidad.

Makoo, la mayor de las niñas, vio a la extranjera y corrió hacia ella seguida por todos los niños.

—Nutahi, hemos oído que vienes de más allá de las estrellas, ¿podrías contarnos como es aquel sitio? —preguntó la muchachita.

Ashenee miró a Wakani, que, a modo de respuesta, se sentó en el suelo con las piernas cruzadas, pues a ella también le interesaba. Había tratado de pedirle en varias ocasiones que se lo contara, pero no había encontrado el momento apropiado.

La joven imitó a la chamana y todos los niños se sentaron también en círculo para escuchar atentamente lo que iba a contarles.

Les contó absolutamente todo: cómo eran sus casas, sus empleos, los vehículos, los hornos, las neveras, la televisión, la radio, las lámparas... Todo. Parecían no creerla.

—No pueden meter en una caja a las personas —dijo uno de los niños—. ¡Se morirían al no respirar!

La chica rio ante tal comentario. Se metió la mano en el sostén y sacó su mp3. Aún le quedaba un poquito de batería.

—En esta cajita tengo música —les explicó.

Desconectó los cascos y pulsó el botón de reproducción haciendo que una fuerte música de *rock* sonara y los asustara a todos.

Se quedaron asombrados ante lo que veían sus ojos y oían sus oídos.

Cambió de canción y sonó otra más tranquila, cantada por una mujer.

—¡Magia! —gritó otro niño, para nada preocupado, más bien muy sorprendido.

—Vosotros me habéis enseñado a bailar, así que ahora es mi turno —repuso Ashenee.

Buscó una canción que le gustaba especialmente y le dio de nuevo a reproducir.

Se puso en pie y comenzó a bailar al más puro estilo de *Fiebre de sábado noche*. Los niños imitaron cada uno de los divertidos pasos que ella hacía.

Poco a poco algunas mujeres se unieron a aquel extraño baile. Incluso algunos guerreros no quisieron perderse la diversión.

No muy lejos de allí, Imaki contemplaba a Ashenee desde los brazos de Kangee. Miró a su padre con aire de súplica, este sonrió y cedió, y la bajó al suelo para que pudiera reunirse con el resto de la tribu.

La pequeña intentaba imitar los pasos de ella, pero era demasiado pequeña y sus piernecitas y brazos aún no se coordinaban para moverse a la vez.

Kangee observaba a Ashenee con especial atención al ver que cogía en brazos a Imaki y comenzaba a bailar con ella dando vueltas sobre sí misma.

Wakani vio que la chica estaba muy entretenida con los pequeños y se marchó a visitar a la embarazada, que llevaba varios días con mucho dolor. Seguramente daría a luz en poco tiempo.

La muchacha paró un momento para intentar recupera el aliento. ¡No recordaba había sido era la última vez que había bailado tanto! ¡Cómo lo necesitaba!

—Mi abuela es una contadora de historias, ¿queréis que os cuente algo de lo que ella me explicó a mí? —preguntó Ashenee, deseando dedicarles unas palabras en honor de su abuelita.

—¡Sííí! —gritaron todos los niños entusiasmados y dando palmadas.

Se sentó de nuevo con las piernas cruzadas y, tras apagar la música, esperó a que todos los niños se acoplaran frente a ella, pero se llevó una grata sorpresa: los adultos también se sentaron. Querían oír sus historias.

Kangee se acercó hasta el grupo y se sentó a su izquierda, bien pegado a ella. Tan solo los separaban unos centímetros. Si no fuera por aquel espacio, sus rodillas estarían rozándose.

Ohitekah, que llegaba tras él, no dudó en imitar a su hermano y se cruzó de piernas a su lado. Casi toda la tribu se había acomodado para escuchar sus historias, incluso Wanageeska y Talutah tenían curiosidad por escuchar las palabras de la joven.

Pequeño Lobo se tumbó en medio de Kangee y Ohitekah, que le acarició el lomo.

—Esta historia habla de Marpiyawin y los lobos. —Entonces, comenzó su relato—: Cuando llegaba el invierno, cuando escaseaba el pasto para los caballos, cuando la caza se alejaba o cuando el agua de un arroyo era más abundante en otro sitio, los sioux lakota movían sus campamentos. Estaban acostumbrados a alzar y bajar los tipis con bastante rapidez, tanto que apenas tardaban en desmontarlos.

»Un día, la aldea entera estaba en marcha. Numerosos caballos acarreaban los tipis y demás enseres mientras los hombres cuidaban a los caballos de guerra y de caza. Entre ellos, iba una joven con un cachorro de perro muy juguetón. Ella lo quería mucho, pero aquella noche, el animal desapareció.

»—Tal vez se habrá ido con los lobos, como otros perros de la aldea. Pronto regresará —le dijo su padre, en un intento de calmarla, pues no dejaba de llorar.

»Aunque ella no estaba segura.

»«Quizá volvió al viejo campamento», pensó la muchacha, recordando que los demás perros de la aldea habían regresado cuando se escapaban.

»Sin decirle nada a nadie, se echó al hombro unas gruesas pieles y algo de comer y se marchó a buscarlo. No había ningún riesgo de perderse, pues conocía bien el camino; no era la primera vez que lo recorría. Volvió hasta donde quedaban las huellas del campamento de verano. Se acurrucó entre las pieles y, agotada, se quedó dormida. Esa noche cayó la primera nevada del invierno. Por suerte, estaba bien abrigada. A la mañana siguiente, continuó su búsqueda.

»Por tarde nevó más fuerte y Marpiyawin tuvo que refugiarse en una pequeña cueva que encontró en el camino. Estaba muy oscura y encendió un pequeño fuego; al menos no pasaría frío. En su bolsa llevaba wasna[2], carne de búfalo prensada con cerezas, por lo que no tendría hambre.

»Tras comer algo, la muchachita se durmió y en sueños tuvo una visión: los lobos le hablaban y ella los entendía. Le prometieron que con ellos no pasaría hambre ni frío. Al despertar, se vio rodeada de lobos, aunque no se asustó: eran los mismos animales que había visto en sueños.

»Varias lunas duró la tempestad. Durante el día, los lobos salían a cazar y le llevaban conejos tiernos para que los comiera cocinados en el fuego. Por la noche, se acostaban junto a ella para darle calor y evitar que muriera congelada.

»Cuando la nevada cesó, los lobos se ofrecieron a acompañarla a la aldea donde se encontraban sus familiares y amigos. Atravesaron valles y arroyos, cruzaron ríos y subieron y bajaron montañas hasta llegar al campamento donde estaba instalada su gente.

»Allí, Marpiyawin se despidió de sus nuevos amigos. A pesar de la alegría que sentía de volver con los suyos, le entristecía alejarse de los lobos.

»Al separarse, los animales le pidieron que de vez en cuando les llevara carne a lo alto de la montaña. Ella prometió volver y se dirigió al campamento. Cuando Marpiyawin llegó a la aldea, percibió un olor muy desagradable. ¿Qué sería? Era el olor de la gente. Por primera vez se daba cuenta de cuán distintos son el olor de los animales y el de las personas. Así supo cómo rastrean los animales a los hombres y por qué su olor les molesta. Había pasado tanto tiempo con los lobos que había perdido su propio olor humano.

---

2 Comida preparada por los nativos americanos consistente en tiras secas de carne magra mezclada con grasa y bayas, a la que dan forma de tortas.

»Los habitantes de la aldea se pusieron felices al verla, pensaban que la había secuestrado alguna tribu enemiga. Ella contó su historia y señaló a los lobos, apenas se veían sus siluetas dibujadas en el cielo, en lo alto de la montaña.

»—Son mis salvadores —les dijo—. Gracias a ellos estoy viva.

»La gente no supo qué pensar. Estaban tan contentos y sorprendidos que avisaron a todos de que Marpiyawin había regresado. La muchacha les llevó comida a los lobos; alimentó a sus amigos con las sobras. Nunca olvidó su lengua y, a veces, los aullidos de los lobos que la llamaban se oían por toda la aldea. Gracias a ellos sabían si se acercaba una nevada o si merodeaba algún enemigo por los alrededores.

Ashenee terminó su relato ante la atenta mirada de todos.

—Conozco esa historia —comentó Talutah—. A Marpiyawin la conocían como Wiyanwan si kma ni tu ompiti.

—La vieja que vivió con los lobos —respondió Wanageeska.

—Cuéntanos otra historia, Nutahi —le pidió una muchachita con largas trenzas y plumas en el pelo.

—No molestéis a nuestra invitada —los regañó Talutah.

—Oh, no me molestan —respondió la aludida. Era la primera vez que relataba una de aquellas maravillosas leyendas y la experiencia le había calado muy hondo. Deseaba repetir cuantas veces pudiera.

De repente se oyó un fuerte grito que los sobresaltó a todos.

—¡Es Ohime! ¡El bebé debe de estar naciendo! —comentó una de las mujeres.

—Esa mujer está sufriendo mucho —dijo Ashenee, recordando que, si estaba de parto, en aquella época no existía ningún anestésico tan eficaz contra el dolor como la epidural—. Disculpadme, tengo que ayudarla.

Se puso en pie y corrió hacia el tipi de donde provenían los gritos. Allí vio a Wakani con las manos manchadas de sangre.

La chamana, que llevaba allí unos minutos, se alegró de verla.

—Nutahi, necesito que intentes calmar a Ohime —le pidió mientras se aclaraba las manos en un cuenco de agua teñida de rojo—. Está tan nerviosa que no está empujando bien...

Ashenee se sentó junto a la parturienta y se cruzó de piernas. Sobre ellas colocó la sudorosa cabeza de la mujer y comenzó a acariciarle el cabello con suavidad y cariño.

Observó el interior del tipi, donde habían encendido el fuego para que ni la futura madre ni el bebé que naciera pasaran frío. También olía a algo parecido al incienso. Se imaginó que eran hierbas con las que la chamana había *bendecido* la tienda.

En ese momento comenzó a entonar una dulce nana en powani, haciendo que aquella joven se calmase y su dolor remitiera paulatinamente. Wakani se sorprendió del efecto que causaba en Ohime la muchacha que tenía frente a ella: la parturienta parecía tranquilizarse y dejar de sufrir tanto. Era como si su voz fuese un auténtico calmante para el dolor.

—Tienes que empujar una vez más —le pidió la chamana—. Ya está casi fuera.

Ohime cogió aire y empujó con todas sus fuerzas.

Ashenee continuaba con su nana con el corazón en un puño. Era la primera vez que asistía a un parto en directo y la angustia se apoderó de ella. ¡Qué suerte tenían las mujeres en su tiempo! Entonces, el llanto de un bebé llegó a los oídos de la tribu. Observaba la escena mientras Wakani limpiaba al bebé y lo envolvía en una suave piel de búfalo.

—Oh, Wakan Tanka, ruego que permitas a esta criatura vivir con salud hasta el día en que acuda a tu lado. —Levantó al recién nacido sobre su cabeza, presentándoselo al Gran Padre—.

Enhorabuena, Ohime. Es un niño —dijo la mujer mientras le entregaba el bebé a la madre—. ¿Cómo lo llamarás?—Se llamará Otomi —respondió la feliz mamá.

Ashenee seguía acariciando la cabeza de la mujer, sin poder dejar de mirar al pequeño, que había dejado de llorar. Una vez que Ohime expulsó la placenta, Wakani cortó el cordón umbilical y la envolvió entre pieles.

Monoru, el padre de la criatura, avisado por sus hermanos, entró rápidamente en la tienda y comprobó que su esposa y su bebé se encontraban en perfecto estado.

—¿Qué ha parido? ¿Hembra o varón? ¿Está sano? —avasalló con preguntas el recién llegado.

—Es un niño. Te presento a Otomi. —Ohime sonrió mientras su esposo cogía al bebé que ella le entregaba.

—¿Y ella? ¿Se encuentra bien? —le preguntó a Wakani.

—Está perfecta.

Tras unos minutos, Monoru le entregó el bebé a la madre, que le dio el pecho de inmediato. A continuación, cogió las pieles donde se encontraba la placenta y se marchó a toda prisa con ella.

—¿Adónde va? —preguntó Ashenee.

—Va a completar el ritual —le explicó Wakani—. Cuando nace un bebé con vida, el padre entierra la placenta bajo el Árbol Sagrado. Es una forma de que nunca olviden sus raíces; de donde proceden.

A la muchacha le pareció algo muy bonito, una gran forma de recordarlo durante toda su vida.

De repente, Imaki entró corriendo hasta colocarse de rodillas frente a la madre y la criatura.

—¡Quiero ver al bebé! —exigió la pequeña, que llegó acompañada del resto de los niños de la tribu.

—¡Imaki! ¡Sal de aquí! —gritó Wakani—. Ya lo verás en otro momento.

La niña, refunfuñando, se puso a patalear.

La chamana, de malos modos, sacó a la niña del tipi, al igual que hizo con los demás.

Ashenee pudo ver como Imaki corría a los brazos de su padre, llorando, mientras trataba de explicarle que no la habían dejado ver al bebé.

La joven sintió una punzada en el corazón. Cada vez echaba más de menos a su familia.

Abandonó el tipi con disimulo, deslizándose entre niños y curiosos, como buenamente pudo. Necesitaba estar sola.

Sin embargo, dos ojos lobunos unidos a un espíritu valeroso no la perdieron de vista.

La muchacha se sentó en el suelo y apoyó la espalda en una gran roca a las afueras del poblado, abrazándose las rodillas para protegerse de la soledad. La tristeza le colmó los ojos de lágrimas, así que las dejó partir en busca de desahogo.

Pequeño Lobo dejó las sombras para echarse a su lado, permitiendo que enterrara sus dedos en su espeso pelaje.

Ashenee sentía tanto dolor en el pecho que incluso le costaba respirar. La angustia era tan fuerte que solo tenía pensamientos horribles. ¡Hasta había deseado que un rayo la desintegrase! ¡Y todo era por su culpa, por pedir aquel deseo la noche de la aurora boreal! ¡Si no se le hubiese ocurrido subir, nada habría pasado!

—Echo tanto de menos a mi madre y a mi abuela... ¡QUIERO REGRESAR A CASA! —gritó entre sollozos.

—No llores, que se te arruga la frente —dijo una suave pero profunda voz de hombre a su lado.

Ashenee se giró de repente en busca de la persona que le había hablado, pero no vio a nadie.

—¿Quién eres? ¿Dónde estás?—Estoy a tu lado, ¿es que no me ves? —repuso de nuevo la voz—. No soy tan feo...

Ella giró sobre sí misma buscando a quien le hablaba.

—Si sigues llorando, comenzará a llover otra vez, ¡y no quiero volver a mojarme! —le dijo una vez más la voz.

—Kangee, si eres tú, ¡deja de hacer el idiota! —Se puso en pie con rapidez y buscó a su alrededor, pero seguro que el muy desgraciado se había escondido—. ¡Ohitekah!

El malhumorado grito de Ashenee expresaba duda, pues no había reconocido el tono de su interlocutor.

—No grites, no estoy sordo... Mira hacia abajo. —Ashenee bajó la cabeza, aunque lo único que vio fue al lobo gris, que la observaba con la cabeza ladeada—. Soy grande, peludo, fiero y hermoso; es imposible que no me veas.

Ashenee no podía creerlo.

—¿Tú? Pequeño Lobo, ¿eres tú quién habla?

—¿Quién va a ser si no? —Sacó la rosada lengua a modo de burla.

Los ojos de la chica se abrieron de par en par. ¡Era imposible!—¿Sigues sin verme? —repitió Pequeño Lobo.

—No. No, no, no, no. Tú no puedes ser. ¡Kangee! ¡Ohitekah! ¡No me gusta vuestra broma! —Se volvió para no seguir mirándolo.

—¿Qué tengo que hacer para que creas que soy yo? ¿Decirte que tú también tienes una mancha de nacimiento, con forma de corazón, pero en el costado derecho y que haces lo posible para que nadie la vea?

—¡Por el Gran Espíritu! —Eso tan solo lo sabían Magaki y su familia, ¡odiaba esa marca!—. ¡Me estoy volviendo loca! ¡Los animales no hablan, maldita sea!

El lobo se puso a dos patas y se apoyó en su pecho.

—No estás loca, Ashenee. Todo es real.

CAPÍTULO 9

Ashenee no daba crédito a lo que oía. Estaba convencida de que se había desmayado o golpeado en la cabeza y de que aquello era un sueño.

¿¡Cómo iba a entender lo que el lobo le decía sin ni siquiera hablar!? Era como si leyera la mente del animal, pues no le veía mover el hocico.

—Sé que no me crees —dijo Pequeño Lobo con tristeza mientras se apartaba de ella y se sentaba sobre las patas traseras sin dejar de mirarla.

—¿Por qué ahora puedo oírte y antes no? —preguntó ella.

—No tenía nada que decirte —dijo él con total sinceridad.

La voz del lobo le sonaba como un eco en el cerebro, casi sin pasar por sus oídos. Era una sensación extraña, de plenitud; como si las piezas de su puzle interior comenzaran a encajar despacio.

—¿Por qué puedo oírte? —No pudo terminar la pregunta.

—¿Aún no te has dado cuenta? —la cortó el animal, que ladeaba la cabeza.

—¿Darme cuenta de qué?

—No eres una mortal normal, Nutahi.

—¡No me llames así! ¡Mi nombre es Ashenee! —Apretó los puños. No iba a admitir que el animal tuviera razón. ¡Era imposible! ¡Tan solo era una camarera! ¡Ella no era especial!

—Ese es tu nombre humano. Tú eres Nutahi. Wakani habló con el Gran Espíritu y este le dijo tu nombre.

—¿Por qué os empeñáis...?

—¿Por qué te empeñas tú en no creer la realidad? —la cortó de nuevo—. Mi labor es conseguir que lo creas, pero no estoy dispuesto a explayarme. Hoy no tengo ganas. Además, todavía eres reacia a ver, aunque eso se curará con el tiempo.

Ashenee cogió aire tratando de evitar un nuevo torrente de lágrimas. Pero no pudo evitarlo; su llanto ahogó aquella suave voz.

De repente, el cielo se cubrió de oscuras nubes y comenzó a caer una fuerte lluvia que los empapó a los dos sin que ni siquiera les importara. Ella, de pie, impávida, miraba fijamente a la criatura mientras sus lágrimas se mezclaban con las gotas de lluvia. Todo aquello la superaba. No podía ser real. Tenía la esperanza de que todo fuera un mal sueño.

—¿Aún sigues sin saberlo? —preguntó el lobo.

—¿Qué debo saber? ¡No comprendo nada!

—Olvida cuanto te he dicho. Regresemos al poblado.

El lobo caminó lentamente y esperó a que ella lo imitara, pero la joven no se movió de donde se encontraba.

Ashenee apretó los puños intentando calmarse, pero el corazón le latía a mil por hora, como un caballo en plena carrera. En ese mismo instante, un rayo cayó cerca de ella y partió en dos la enorme roca que se encontraba tras ellos.

Gritó de dolor al sentir una fuerte descarga eléctrica a causa del agua que le había calado hasta los huesos. Aquel tormento la hizo temblar y caer al suelo.

Pequeño Lobo deshizo su camino a una velocidad increíble y se encontró a Ashenee de rodillas en el suelo, tapándose los oídos.

—¿Quieres hacer el favor de intentar no matarte? ¡Volvamos al poblado o te arrancaré un brazo de un mordisco! —Trató de sonar gracioso, pero en el fondo tenía un mal presentimiento.

—¡No puedo! —dijo ella mentalmente. Se puso en pie con dificultad y se señaló las piernas; se movían al compás de un temblor provocado por el pánico, la cabeza le zumbaba y los oídos le pitaban con fuerza.

—Estos humanos... ¡Sois ridículamente débiles! Está bien, iré a buscar ayuda.

El lobo corrió a toda prisa y regresó al poblado. Allí todos recogían sus pertenencias, pues llovía con mucha intensidad.

Buscó a Ohitekah, pero no lo encontró; en su lugar vio a Kangee. Se acercó a él y mordió las perneras de su pantalón para llamar su atención.

—Pequeño Lobo, ¿qué ocurre? —dijo el muchacho. Nunca lo había visto comportarse así; en esta ocasión no estaba jugando.

El animal aulló y corrió unos metros en dirección a donde se encontraba Ashenee. Aulló de nuevo pidiéndole que lo siguiera.

El guerrero buscó a Ashenee y a Wakani con la mirada, aunque solo pudo ver a la chamana; la muchacha no estaba con ella y eso era algo que le extrañó mucho.

Pequeño Lobo tiró del bajo de su pantalón una vez más y entonces el chico lo siguió, preocupado. La lluvia imposibilitaba la visión del joven, pero al menos podía seguir viendo la silueta del lobo gris, que caminaba a unos metros de él. Sentía el cuerpo tenso; notó el peligro por cada poro de su piel. Algo había ocurrido, algo muy malo. Abrió los ojos de par en par al descubrir la gran roca partida en dos.

—¡Por Wakan Tanka!

Una extraña sensación de miedo recorrió todo su ser hasta que, a lo lejos, distinguió una pequeña figura y al animal: Ashenee.

Corrió cuanto pudo, con el corazón desbocado y a punto de salírsele del pecho. Al llegar hasta ella, se dejó caer de rodillas sobre el barro frente a su pequeño cuerpo. La sujetó por los brazos y la meneó con suavidad, pues tenía la mirada perdida.

—¡Ashenee! ¿¡Estás bien!? —Miró de nuevo la roca y tragó saliva.

Pero ella no pudo responderle; nada más rozarse, sintieron aquella electricidad habitual entre ellos y se desmayó sobre el pecho del guerrero.

De pronto, la lluvia cesó. La cogió en brazos y, junto al lobo, regresaron rápidamente al poblado.

»Desde luego que ha sido cosa de Nutahi. Es ella. Es la elegida —dijo Pequeño Lobo para sí mismo, mientras observaba cómo las nubes desaparecían del cielo. ¡Nunca había visto nada parecido! ¡Era un auténtico milagro!—. Gracias, Wakan Tanka. Gracias por enviarnos a Ashenee».

Allí, Wakani se dio de bruces con Kangee, que llevaba a la chica inconsciente en brazos.

—¡Por el Gran Espíritu! ¿Qué ha pasado? ¿Está bien? —preguntó bastante preocupada.

El muchacho no respondió a sus preguntas, primero debía poner a la muchacha bajo techo.

Entraron en el tipi de Wakani y la tumbaron en el suelo, sobre unas pieles cercanas al fuego que la chamana había encendido hacía unos minutos.

—¡La gran roca está partida en dos! —Señaló el lugar donde estaba—. ¡Eso es una mala señal, Wakani!

—No importa. ¿Y ella? —Observó con detenimiento la cabeza y las orejas de Ashenee y comprobó que no había heridas o sangre. Había visto cómo el rayo caía lejos del poblado, pero no estaba segura de qué había pasado. Todo era tan extraño... Hacía sol y, de repente, cayó aquella fuerte tormenta. Y de nuevo sol...

—Pequeño Lobo me guio hasta ella. La encontré de rodillas en el suelo y de repente se desmayó —explicó el chico, temblando de los nervios—. ¿Qué le ocurre? —preguntó, completamente empapado, al igual que la joven.

—Tengo que consultar a los espíritus. Vuélvete, debo quitarle esta ropa. Tú deberías hacer lo mismo o enfermarás.

El chico se desnudó ante la chamana sin ningún pudor; esta le entregó una amplia piel para que se cubriera el cuerpo entero y así entrara en calor. Mientras, ella desvestía a la chica. Cuando terminó, la cubrió con pieles. Después, le dio permiso al chico para que se volviese.

—Ve a buscar a tu madre, ¡rápido! Debe quedarse a su lado por si despierta —le pidió la mujer.

—Yo lo haré. Me quedaré aquí.

—No creo que sea lo mejor.

—Me da igual lo que creas. ¡Márchate de una vez! —Le hizo un gesto con la mano.

La chamana no estaba muy convencida. Habría preferido que fuese Talutah quien estuviese ahí, pero le corría demasiada prisa hablar con los espíritus.

—Volveré enseguida —dijo al final.

Kangee asintió y la mujer salió a toda prisa de la tienda en dirección al sauce, el Árbol Sagrado.

Kangee se tumbó junto a Ashenee y le tocó las mejillas. Estaba completamente helada. Se acercó más a ella y la abrazó, intentando transmitirle algo más de calor. Su cuerpo reaccionó al sentir el contacto de su suave piel.

Le rezó al Gran Espíritu para que no hubiera enfermado; él no tenía paciencia para hacerse cargo de ella. Acercó la cabeza a la de la muchacha y cerró los ojos. Aspiró el aroma de su cabello, que olía a lluvia y tierra mojada. Sintió una punzada en el pecho y no entendía a qué se debía. ¿Preocupación, tal vez?

Bostezó y, sin darse cuenta, se quedó dormido.

Wakani llegó al sauce y apartó sus finas y verdes ramas. Después posó las manos sobre el grueso tronco del árbol.

—Oh, Gran Espíritu, cuya voz oigo en el viento, aguza mis oídos para que pueda escucharte. Anhelo una explicación de todo lo que está sucediendo. Deseo con toda mi alma saber quién es tu hija Ashenee, la que vino a través de la aurora boreal, aquella que nos trajo lluvias y alimento, la que sosiega mi alma cada vez que la miro. Te pido que escuches mi ruego y me des una respuesta para que pueda ayudarla en su viaje. Sé que la has hecho venir por alguna razón que desconozco.

La mujer, a la cual comenzaron a temblarle las piernas a causa de la preocupación, cerró los ojos y apoyó la frente en el tronco. Una suave brisa meció las ramas, que le rozaban la cabeza con delicadeza. La brisa se convirtió en un delicado susurro que le hablaba en el idioma de los antiguos, aquel que solo los espíritus podían pronunciar.

—Wakan Tanka, Padre, he escuchado tus palabras. No negaré que me he sorprendido, e incluso asustado, pero cumpliré el juramento que me has ordenado. No dejaré que nadie le haga daño.

La chamana sacó de entre sus ropajes un afilado cuchillo mientras volvía hasta el tronco. Se hizo un pequeño corte en la palma de la mano izquierda y, tras dibujarse con su propia sangre un círculo en la palma derecha, posó las dos en la corteza del árbol, donde ambas marcas se quedaron grabadas en la madera como si de un tatuaje se tratara. Aquel eterno dibujo era una promesa, un compromiso que debería cumplir con determinación.

La miró durante unos segundos. Haría cuanto pudiera para proteger a Ashenee.

Después, regresó a su tipi.

Ashenee seguía inconsciente y Kangee continuaba dormido abrazado a ella. La chica soñaba que aquel rayo caía sobre Pequeño Lobo y lo desintegraba por completo. Ella lloraba en sueños y fuera de ellos también. Las lágrimas le recorrían el rostro, que comenzaba a recuperar su color.

Otro rayo aparecía en su visión, aunque el lobo ya no se encontraba allí, sino un hombre de piel azulada.

—Al fin te he encontrado, Nutahi —le dijo aquel hombre—. Llevo años buscándote. Toma mi mano.

El ser se la ofreció, pero ella dio un paso atrás.

—¿Quién eres? —le preguntó la joven sin fiarse de aquel extraño hombre.

—¿No me reconoces?

—¿Debería? —le retó.

—Soy Malawi, el espíritu del Viento, y tú, amada mía, eres Nutahi, la mujer que vive en mis sueños —dijo con ilusión. Tanto tiempo deseando tenerla frente a frente y ahora estaba incluso nervioso. Sonrió tratando de que ella no se diera cuenta.

Ashenee miró al supuesto espíritu. Tenía la piel azul y el pelo rapado por toda la cabeza, excepto por la coronilla, adornado con muchas plumas. Tenía el pecho desnudo y pintado con símbolos en color negro y solo vestía un taparrabos que le llegaba hasta las rodillas.

—¿El espíritu de l Viento? —dudó de nuevo. ¿En serio era él? Lo observó otra vez; sí, debía de ser él, su abuela lo había descrito tal y como ella lo veía en ese instante—. ¿Por qué te apareces en mis sueños?»No deseo hablar contigo», dijo para sí misma.

—No soy ningún hombre, soy un espíritu. —Le ofreció de nuevo la mano—. Los humanos nos debéis lealtad; por lo tanto, debes obedecerme. Ven conmigo —le ordenó una vez más.

—Yo solo obedezco a mi corazón y nadie ejercerá ese poder sobre mí. No. No iré contigo a ningún sitio, Malawi —recalcó su nombre con ironía—. No eres nadie para darme órdenes. Ahora, márchate.

—¡Insolente! ¡Toma mi mano de una vez! —gritó lleno de rabia mientras un fuerte viento rodeaba a la muchacha.

Ella lo miró desafiante. Durante un instante pudo ver el corazón del espíritu. Se encontraba completamente solo y deseaba su compañía. Aun así, aquella libidinosa mirada no le infundió ninguna confianza.

—No —respondió ella, rotunda.

Malawi se enfureció mientras Ashenee le daba la espalda y se alejaba. Él intentó ir tras ella; sin embargo, no pudo moverse de donde se encontraba.

—Pero ¿qué ocurre? ¡No puedo moverme! —gritó Malawi.

—Es mi sueño y solo yo decidiré qué hacer. Por lo tanto, ahora desaparecerás.

Ella pestañeó y cuando abrió los ojos, el hombre había desaparecido. Observó a su alrededor y vio que se encontraba bajo techo.

Notó un suave cosquilleo en las piernas y movió un poco la manta de piel para descubrir que estaba desnuda por completo.

Giró la cabeza y se encontró con el rostro apacible de Kangee a su lado, dormido y abrazado a ella. Entonces gritó, despertando al muchacho, que se asustó mucho.

—¿Se puede saber qué haces aquí? —gritó ella mientras intentaba taparse como podía con las pieles y apartándose de él.

—Al fin has despertado. Estaba preocupado —respondió él.

—¡Responde a mi pregunta!—Comenzó la gran tormenta y te desmayaste.

—¿Y qué hago desnuda? No me digas que tú y yo...

—Wakani te quitó la ropa empapada, al igual que yo sequé mi ropa. —Señaló a sus prendas, que colgaban de un improvisado tendedero sobre el fuego—. Te di calor con mi cuerpo. ¿Acaso sería una deshonra para ti yacer con el mejor guerrero de la aldea? —preguntó con una punzada de rabia.

—¡No! ¡Digo, sí! —casi dudó. Por un segundo se imaginó estar en brazos de aquel guerrero. Sinceramente, era uno de los hombres más guapos que había visto en su vida.

—¡Me...!—¡Ashenee! —gritó Wanageeska, que entró en la tienda como un toro bravo, alarmado con el grito que provenía de la tienda de la chamana. Se sorprendió al ver a su hijo desnudo y a la joven apartada de él y también desnuda—. ¿Estás bien? ¡Kangee! ¿¡Qué le has hecho a nuestra invitada!?

Kangee agachó la cabeza. Que su padre pensara que se había aprovechado de ella era una deshonra para él.

—Padre, te juro por Imaki, lo que más amo en este mundo, que no he yacido con esta mujer. Necesitaba darle calor, pues se desmayó cuando cayó el rayo que destrozó la gran roca.

Wanageeska lo miró; después, a la chica y de nuevo, a su hijo.

—Muchacha, ¿es cierto lo que dice? —quiso saber el hombre, sin dejar de observarla.

—No lo recuerdo... Sentí un fuerte dolor en la cabeza y creo que fue entonces cuando me desmayé. No recuerdo nada más. —Se tapó un poco más con la manta.

Rápidamente entró Wakani, que según regresaba del Árbol Sagrado había oído los gritos del jefe de la tribu.

—Wanageeska, tu hijo dice la verdad. Yo le pedí que se quedara junto a ella —mintió en parte—. Yo le quité a Ashenee la ropa empapada. —Se acercó al hombre—. Deberías confiar más en tu hijo.

El hombre sabía que tenía razón. La sangre de Kangee corría cálida por sus venas, pero era responsable y quería demasiado a su familia y a su tribu; no la deshonraría así como así.

—He hablado con Wakan Tanka. —Wakani se dirigió de nuevo al jefe de la tribu, que palideció al escucharla—. Necesito hablar con Ashenee, por lo que os ruego que os marchéis y me dejéis a solas con ella —ordenó.

Wanageeska fue el primero en salir y Kangee se puso en pie y dejó caer la manta que cubría sus partes íntimas.

Ashenee se tapó los ojos con una mano para no verlo, pero no pudo evitar mirar entre los dedos su musculosa espalda, por la que caían un torrente de cabello negro y sus inseparables plumas hasta su trasero, que tampoco estaba nada mal.

El muchacho se puso su taparrabos ya seco, aunque manchado de barro, y se giró hacia ella, pillándola mientras lo observaba. Él sonrió.

—Volveré más tarde —le dijo el muchacho con voz seria—, charlaremos. —Miró a la chamana, que estaba en silencio. Siguió los pasos de su padre y dejó a las dos mujeres solas.

Ella, que se había destapado los ojos, lo miró con el ceño fruncido. No le respondió. Sintió un terrible cosquilleo en el estómago al verlo desnudo. ¿Vergüenza? ¿Deseo? No estaba segura.

Ashenee suspiró; supuso que esa afirmación sería lo más cercano a pedir permiso que escucharía del guerrero powani.

Wakani no le preguntó nada, pero Ashenee le explicó todo lo que había visto en su sueño mientras se vestía con ropa limpia que la chamana le había entregado.

La mujer estaba preocupada, ya que todo lo que la joven había visto en sus sueños era aquello de lo que el Wakan Tanka la había advertido.

—Niña, los espíritus te están retando. No debes jamás sucumbir a sus órdenes, por mucho que lo desees. Tienen un gran poder de persuasión y si lo haces estarás perdida.

—Pero ¿por qué yo? ¿Qué quieren de mí? ¡No tengo nada que ellos deseen! ¡Tan solo soy una camarera que quiere regresar a su casa! —Se acercó a ella—. Wakani, tú eres una hechicera, lanza uno de tus conjuros para que la aurora aparezca de nuevo. ¡Algo podrás hacer! ¡No quiero estar aquí!—Es imposible, niña. Mi conocimiento no es tan extenso ni tan maravilloso como tu poder.

—¡No quiero saber nada de espíritus ni oír a los lobos hablar! —continuó Ashenee, sin escucharla siquiera.

—¿Cómo has dicho? ¿Oír a los lobos?

—Pequeño Lobo me habló y yo lo oí.

—¿Has oído a algún otro animal?

—Por el momento, no... Wakani, ¿qué me ocurre?

La chamana guardó silencio durante unos segundos.

—El Gran Espíritu tiene una misión para ti, Ashenee, pero no puedo decirte cuál es, no ha querido contármelo —mintió la chamana. El Gran Padre se lo había contado todo, pero ella no podía entrometerse, no podía decirle nada o pondría en peligro la vida de la muchacha y la del mundo entero.

—¿Una misión? ¡Mi única misión es salir de este lugar y regresar a mi tiempo! ¡Tienes que ayudarme! ¡Me diste tu palabra! —Le agarró del vestido y la zarandeó. Sintió que su corazón se partía en dos. ¡No podía ser cierto! ¡No iba a ayudarla!

—¡Haré cuanto esté en mi mano! ¡Jamás rompo mis promesas! Y seré sincera contigo: no sé cómo hacerte regresar. Yo tan solo soy la mensajera de los espíritus, curandera y poco más. No tengo su poder. Solo ellos podrán llevarte de vuelta.

Ashenee sabía que la mujer tenía razón, aunque no estaba preparada para escuchar aquellas palabras. Los ojos se le comenzaron a humedecer, lo que entristeció a Wakani.

Ver llorar a la muchacha le rompía el corazón, pero el único que podía hacerla regresar tenía una importante misión para ella, y hasta que no la cumpliera, no volvería a casa, con su familia. Había prometido que la ayudaría y lo haría, ayudaría a aquella muchachita a realizar aquel encargo especial.

Se acercó a ella y la abrazó con fuerza.

—Lo siento mucho. Te prometo que siempre estaré a tu lado. Y recuerda mis palabras: nunca sucumbas a los espíritus. Tan solo fíate del Árbol Sagrado y de Kora, la Diosa del Agua, su fiel amante. Ellos te guiarán.

Dicho esto, Wakani se marchó y la dejó sola. Necesitaba pensar, más bien asimilar todo lo que estaba ocurriendo.

Parecía que Ashenee comenzaba a calmarse y paseó por toda la tienda dándole vueltas a lo que Wakani le había dicho. Si cumplía aquella misión, regresaría a casa. Pero ¿qué clase de tarea sería? El corazón le latía desbocado. Le dolía el pecho de lo fuerte que latía. No había entendido muy bien a qué se refería Wakani con que se fiara del agua. ¿Hablaba del río? ¿O de la lluvia?

Soltó un bufido y se dejó caer al suelo. Estaba agotada. Entonces, levantó la vista y se fijó en el atrapasueños que había sobre su almohada. Era idéntico al que la acompañaba cada noche en su cómoda cama de Sioux Falls.

Acarició la tela de araña, hecha con finísimas ramas que parecían ser del gran sauce, y después, las suaves plumas. Al rozarlas, acudió a su mente el recuerdo de la serpiente que estuvo a punto de clavarle sus venenosos colmillos.

—Espero que te guste —le dijo alguien a su espalda.

Se giró rápido y vio a Kangee, que llevaba un cuenco de madera con carne y patatas guisadas.

—Lo hice yo —explicó él, dejando el cuenco en un tocón de madera que Wakani usaba de mesa—. Imaki me ayudó a encontrar las plumas.

—¿Qué haces aquí? —dijo ella de malos modos.

—Te dije que iba a hablar contigo —respondió él con el mismo tono.

—¿En serio sigues creyendo que voy a cumplir tus órdenes? Porque ni lo sueñes. —Se cruzó de brazos, con el ceño fruncido.

—¡Eres muy tozuda!

—¡Tanto como tú!

Se miraron desafiantes y en silencio durante unos minutos, hasta que Ashenee bajó la guardia. Estaba cansada y no quería seguir discutiendo. De nuevo, su madre y su abuela aparecieron en su mente.

—¿Por qué, Kangee? ¿Por qué no puedo regresar? —Comenzó a llorar de nuevo—. ¿Por qué el Gran Espíritu me ha traído aquí sin darme ni siquiera una explicación o haberme dejado despedirme de mi familia?

—Yo... No tengo respuesta a tus preguntas. —Agachó la cabeza. Sintió pena por ella, pues, literalmente, no podía hacer nada.

—Ni siquiera sé cómo están, ni ellas saben que estoy viva...

Kangee, que seguía de pie frente a ella, se acercó un poco, pero a una distancia prudente.

—Wakani me ha contado lo de tu misión. Yo te acompañaré, te ayudaré.

—No puedes abandonar a tu hija para ayudar a una desconocida, Kangee; tienes que cuidar de ella.

—Lo siento, Nutahi... No creerás que soy tan débil, ¿verdad? Soy un guerrero y mi misión es proteger a mi pueblo y tú ahora eres parte de él —dijo de muy malos modos; ¿estaba dudando de que era débil y que no regresaría a casa sano y salvo? Era el mejor guerrero de la tribu y él era el único que podría ayudarla a llevar a cabo tan ardua tarea.

Pero Ashenee no escuchaba sus palabras, seguía pensando en su familia.

—Si hubiera algún modo de decirle a mi madre que estoy bien...

Kangee comenzó a darle vueltas a la cabeza buscando un modo de ayudar a la muchacha.

—¡Ya sé! Vamos, convocaré una reunión urgente con mis padres y con Wakani.

Kangee la cogió de la muñeca y sintió una vez más aquella electricidad cada vez que se rozaban y tiró de ella fuera del tipi, en dirección a la tienda de Wanageeska y Talutah.

CAPÍTULO 10

—¡Es una locura! ¡No pienso permitirlo! —gritó Wanageeska con rabia, mientras daba vueltas por el gran tipi.

—Es arriesgado y peligroso, no podemos permitir que lo haga —apuntó Talutah, de acuerdo con su esposo. ¡Era una auténtica locura!

—Es fácil perder la vida buscando una visión, Ashenee —explicó Wakani, que también pensó que era mala idea.

—Definitivamente, no —sentenció el anciano. No iba a permitir que le ocurriera nada a la enviada de Wakan Tanka.

—Padre, es la única forma. Ya que no podrá regresar a casa, al menos que pueda comunicarse con ellas —comentó Kangee, tratando de convencerlos.

—No —dijo rotundo el jefe de la tribu.

—¿Con quién creéis que estáis hablando? Soy Nutahi. —Se sentía como si empezara a aceptar que era la enviada del Gran Padre—. Os he traído alimento y agua —prosiguió—. Os agradezco vuestro techo y vuestra hospitalidad, pero se hará mi voluntad. Y mi voluntad es poder hablar con mi familia —respondió un poco harta de que la trataran como si fuera de su propiedad. Ella no le pertenecía a nadie, tan solo a sí misma; nadie decidiría en su nombre.

—Nutahi, encontrar una visión no es tarea fácil. Normalmente, suelen tardarse años en conseguir una —comentó Talutah—. Ojalá fuera tan sencillo...

—Siempre hay alguien que la encuentra sin haberla buscado —explicó Kangee dirigiéndose hacia Wakani—. Ella, sin desearlo, tuvo una visión una mañana de primavera. Recordad que el Gran

Espíritu le mostró cómo morirían algunos de nuestros hermanos durante el ataque de un oso. Y así ocurrió. Perdimos a tres guerreros.

—Tu hijo tiene razón —respondió la aludida. Watan Tanka se le presentó al cumplir los quince años, le habló bajo la forma de una víbora y la convirtió en una inteligente y poderosa chamana—. Aun así, sigue siendo algo complicado.

—Tiene que haber alguna forma... —Ashenee estaba tan triste y decepcionada que empezaba a perder toda esperanza de volver a ver a su familia.

—Aunque... —dijo Wakani, llamando la atención de todos—. Puede que haya una forma —calló enseguida al sentir la mirada de los jefes de la tribu y sus hijos en ella.

—Habla —ordenó Wanageeska.

—Es... —miró a Ashenee, arrepentida de haberlo mencionado—. Un sacrificio.

—¿Un sacrificio? —preguntó Wanageeska—. Podemos sacrificar alguno de nuestros mejores caballos.

—No de ese tipo. Hablo de un sacrificio humano.

Todos guardaron silencio tras un horrible suspiro.

—¿A qué te refieres con que sea humano? —Ashenee no entendía—. ¿Entregar mi sangre al igual que hizo Kangee, ofreciéndola al Árbol Sagrado?

Si solo era eso, no dudaría en hacerlo.

—¿Serás capaz de asumir el coste de tu deseo? Si ofreces algún miembro de tu cuerpo, el Gran Espíritu sabrá que deseas de verdad esa visión —explicó Wakani con la esperanza de que no optara por esa opción.

Era una locura.

El rostro de la muchacha se volvió pálido como la nieve. Entonces entendió las palabras que su abuela le repetía muy a menudo: «La sangre tiene un gran poder, nieta, y mucho más en los rituales».

—Lo haré. Y ninguno de vosotros podréis impedírmelo —sentenció ella, sin pensarlo un segundo más.

—Nutahi...

—No, Wanageeska. Tengo que hacerlo, con vuestro beneplácito o sin él.

De repente, un fuerte trueno estalló sobre su cabeza, sobresaltando a todos excepto a Ashenee, que parecía esperar aquel estruendo, pues ella lo había provocado.

—Yo te acompañaré. Te ayudaré —dijo Kangee.

—Yo también te acompañaré —espetó Ohitekah, que se había mantenido al margen. ¡Ni en sueños iba a permitir que Kangee y ella estuvieran solos durante a saber cuánto tiempo!

—Tú no irás —lo amenazó su hermano de malos modos.

—Tú no eres quién para prohibirme nada —dijo el primero—. Yo la encontré; por lo tanto. yo diré qué hacer con ella.

—¡Ni hablar! ¡Gracias a mi sangre está aquí, así que me pertenece!

Ashenee no daba crédito a lo que oía, ¡los dos hermanos la trataban como si fuera un animal que hubieran encontrado y estuvieran decidiendo quién se lo quedaba o no!

—¿¡Perdonad!? ¡Sigo aquí, idiotas! —respondió la chica, bastante enfadada. Dio una patada muy fuerte a una torre de leña que tenía a su lado—. No soy ninguna pieza de caza ni ningún premio, por lo que ninguno de vosotros tiene poder sobre mí. Ni se os ocurra tratarme como tal.

—Haré contigo lo que me plazca —dijo Ohitekah.

—¿Con quién te crees que estás hablando? ¡Soy el primogénito y el mejor guerrero de la tribu! —Kangee no iba a permitir que su hermano quedara por encima de él. ¡Ashenee era suya, de su propiedad!

—Nutahi... En nuestra tribu existe una regla: aquel que encuentra alguna pieza de caza o tesoro, decide qué hacer con él —explicó Talutah. Para ellos eso era lo más normal del mundo.

—Pero resulta, ¡oh, miradme! No soy ningún animal, ¡ni una cosa! —gritó con sarcasmo—. Por lo tanto, ¡ninguno decidiréis por mí!

—¡Estás en mi tribu! —dijo Wanageeska alzando la voz—. ¡Y yo soy quien decidirá aquí!

—¡Yo no pedí estar aquí! —respondió Ashenee cada vez más enfadada. Un fuerte trueno retumbó en el cielo. Los allí presentes se encogieron—. ¡No voy a permitir que me tratéis como si no tuviera voz ni voto! ¡Y me importan una mierda vuestras estúpidas reglas! De donde yo vengo, las mujeres somos fuertes y luchamos, tomamos nuestras propias decisiones, trabajamos y somos grandes jefas de trabajo y familia. Mi madre me enseñó a no temer a los hombres como vosotros. —En el fondo sintió un poco de miedo, pues no sabía cómo iban a reaccionar aquellos nativos ante todo lo que estaba soltando por la boca, pero no podía mantenerse callada—. Tampoco necesitamos que un hombre se ocupe de nosotras, somos autosuficientes. No os necesitamos para sobrevivir.

—¡Nutahi! —Kangee estaba asombrado y un poco enfadado por su tono de voz. ¡Nadie se había atrevido nunca a hablarle así a su padre!

—¡Cállate tú también, Kangee! —lo amenazó mientras su cuerpo se tensaba.

Todos guardaron silencio. Talutah se sorprendió al ver a su esposo tan alterado. Tenía el rostro rojo de rabia y parecía que estaba a punto de estallar. La joven los retó con la mirada, a todos y cada uno de ellos. Wakani dudó con lo que acababa de ver: sus iris, durante una milésima de segundo, se habían vuelto del color del fuego.

—Haré lo que crea oportuno con mi vida —prosiguió—. Haré lo que sea necesario para volver a casa. No quiero seguir aquí —dijo desafiando a Wanageeska sin apartarle la mirada.

El anciano desvió la vista hacia su esposa y después a Wakani, que estaba muy sorprendida. Habían subestimado a aquella joven. Su aspecto frágil sin duda engañaba.

Kangee iba a decir algo más, tratando de defender a su padre, pero este se lo impidió con un movimiento de mano.

Wanageeska soltó un suspiro y agarró a su invitada con suavidad del brazo.

—No puedo entender cómo te sientes, pero sé que es duro para ti —habló el anciano de nuevo, resignado ante la cabezonería de la muchacha, cuyo cuerpo comenzaba a relajarse—. Kangee te guiará hasta la Montaña de los Espíritus. Allí pasarás incontables amaneceres hasta que encuentres tu preciada visión. Puede incluso que no la recibas nunca.

—No me moveré de allí hasta que lo consiga —dijo ella.

—¿Y yo, padre? —quiso saber Ohitekah, que no estaba de acuerdo—. ¡Es mi obligación ir con ellos!

—No. Eres mi segundo mejor guerrero; tu obligación es quedarte aquí protegiendo la tribu. Nutahi —se dirigió de nuevo a Ashenee—, puedo asegurarte que será duro... No podrás beber ni comer. Tan solo tendrás unas pieles para abrigarte y algo de yesca para hacer una hoguera. Tampoco puedo asegurarte cuánto tiempo estarás allí arriba.

—No me importa. Soy fuerte —respondió ella—. Si Wakan Tanka no me permite volver, al menos necesito decirles que estoy bien.

—Que el Gran Espíritu te guíe y te proteja.

Wanageeska dio por finalizada la reunión. En absoluto le gustaba su decisión, pero si el Gran Espíritu había decidido que llegara hasta ellos, era por una buena razón. Además, por un momento temió la reacción de Ashenee. Si aquella jovencita era la elegida, poco podría hacer.

Su esposa Talutah también la bendijo, repitiendo las palabras de su esposo.

—Cuida de ella, hijo mío —le susurró el anciano a Kangee, en quien confiaba plenamente—. Protégela con tu vida si fuese necesario. Ella es importante para nosotros, Wakan Tanka la ha enviado por alguna razón. Y procura no enfurecerla —dijo más cerca de su oído—. Quiero tenerte de vuelta.

—Lo haré, padre. Yo también estoy convencido de que Ashenee nos ayudará.

Wakani organizó unos fardos con gruesas pieles y alimentos para los dos jóvenes, pues el camino hacia la Montaña de los Espíritus era largo y necesitarían recuperar fuerzas antes de que Nutahi se encontrase con el Gran Espíritu. «Eso si tiene suerte», pensó la chamana.

Kangee preparó a los caballos con ayuda de Wakani, que le pidió, al igual que su padre, que cuidara de ella.

La camarera, tras varias discusiones más con Wanageeska, cambió su atuendo indio por sus pantalones vaqueros. Estaba acostumbrada a los pantalones y así iría más cómoda; además, estaba segura de que ir con vestido sobre el caballo sería muy incómodo. Por otro lado, se puso una camisa de ante oscuro que le entregó Talutah, la cual le quedaba un poco ancha, aunque no le importó.

Ohitekah se acercó a su hermano y le apoyó la mano en el hombro.

—Eres afortunado, hermano. Nutahi es la mujer más hermosa que he visto en mi vida —comentó.

—Sé cómo la miras.

—¡Oh, no me digas que te gusta! Y yo que pensaba que aún amabas a tu esposa…

—¡No me gusta esa desgarbada muchacha! Ni se te ocurra volver a mencionar a Imikeka. —Se enfureció Kangee, señalándolo con el dedo—. Me han ordenado que cuide de ella y lo haré; por lo tanto, espero que no te entrometas y que protejas a los nuestros mientras estoy fuera.

Ohitekah iba a decir algo, sin embargo, cerró la boca en el último instante, pues Ashenee llegaba acompañada por sus padres.

La joven se despidió de los ancianos mientras la pequeña Imaki corría hacia ellos. Cuando llegó, se abrazó a las piernas de su padre.

—¿Volverás pronto? —preguntó la niña, con esperanza.

—Volveré antes de que te des cuenta. Te quedarás con Wakani y con los abuelos. No me deshonres durante mi ausencia —respondió Kangee. Aún no se había marchado y ya la echaba de menos.

—Seré buena —prometió la pequeña, dándole un beso en la mejilla.

Imaki también se despidió de Ashenee, no sin recordarle que había prometido quedarse con ellos.

La joven intentó subir a su hermosa yegua blanca con motas color canela y crines doradas, pero al no tener una silla, le fue bastante complicado. Finalmente, Kangee la ayudó a montar tras poner unas alforjas sobre el lomo de los animales. Así fue más fácil para ella.

El guerrero, por el contrario, de un ágil salto montó sobre el lomo de su caballo de capa oscura y tan negro como la noche.

A paso lento, la tribu se despidió de ellos deseándoles buen viaje hasta su regreso.

—¿Cuánto tardaremos en llegar a la Montaña de los Espíritus? —quiso saber ella.

—Si todo va bien y el calor nos lo permite, tan solo pararemos dos noches para descansar —explicó él—. No está muy lejos de aquí.

—¡Eeeh! ¡Os olvidáis de míííí! —gritó alguien a su espalda.

Pero Kangee parecía no oírlo. Ashenee se volvió y vio a Pequeño Lobo correr tras ellos. Los caballos iban tranquilos, a paso lento, así que el lobo pudo seguir su ritmo sin problemas.

—No sabía que querías venir… —le dijo ella al animal. Aún no estaba acostumbrada a poder hablar con él.

Aunque no fue el lobo quien respondió.

—No me gusta cómo te mira mi hermano —habló él—. Me ordenaron protegerte y eso haré.

Ashenee iba a decir algo, pero calló. Sonrió al saber que se sentía protegida por aquel atractivo guerrero.

—¿Mi humano te parece un candidato interesante para la procreación? —soltó de pronto el lobo.

—¡¡NO!! —gritó con los ojos como platos. ¿¡Cómo se le ocurría decir algo así!?

—¿No qué? —Kangee se giró hacia ella.

Ashenee exhaló un suspiro, pensando en algo que pudiera contestar para disimular, pues recordó que el muchacho no podía oír a los animales, así que se pegó en el cuello, mirando con ira a Pequeño Lobo.

—Vuestro lobo tiene pulgas, acaba de picarme una.

Si hubiera llegado a enterarse de que podía hablar con los animales, seguro que habría pensado que estaba loca.

—Nosotros estamos acostumbrados. También tú acabarás haciéndolo —soltó con brusquedad. Era un poco quejica.

Continuaron el camino en silencio. Tan solo ella oía mil y una voces en la cabeza, que supuso que serían de los animales del bosque. Por un momento, incluso, creyó oír una dulce melodía en la brisa que hacía danzar las ramas de los árboles.

—Necesito un descanso. Tengo mucha sed… —dijo una suave voz de mujer.

La muchacha enseguida supo que se trataba de su yegua. Se echó hacia delante y miró al animal; vio el cansancio en sus ojos.

—¿Podemos parar un momento? —pidió ella—. Mi yegua necesita beber.

Por suerte se encontraban al final del bosque, donde aún podían ver el río.

Ashenee se bajó preocupada de lomos de su caballo, pues parecía no encontrarse nada bien. Sin embargo, el de Kangee se encontraba en perfecto estado.

—Está enferma —susurró la grave voz del equino negro, que miraba a su compañera mientras relinchaba.

La muchacha entristeció al escuchar aquellas palabras.

—Kangee… Mi yegua está enferma —dijo ella acariciando el hocico del caballo.

El muchacho bajó de un salto y dejó a su montura beber del arroyo mientras se acercaba a la yegua. Pudo comprobar la verdad en las palabras de Ashenee y comprendió que el animal no aguantaría el viaje. Bajó todos los bártulos de su lomo y los dejó en el suelo, mientras ella seguía acariciándola con cariño.

—¿Me la puedo comer? —preguntó Pequeño Lobo.

Ashenee dejó pasar la pregunta; aunque en los ojos de Pequeño Lobo refulgía un hambre asociado a su raza, el tono de su pregunta estaba impregnado en tristeza.

—No sé qué le ocurre… —dijo con pesar.

—Nieve es una yegua joven, no entiendo qué puede pasarle... —respondió Kangee, preocupado también. Era la yegua de su hija. Si le pasara algo, a Imaki se le partiría el corazón.

—No podrá continuar, deberíamos llevarla de vuelta al poblado.

—Si lo hacemos, perderemos mucho tiempo.

—Haz tu viaje, pequeña Nutahi, no os preocupéis por mí —respondió la yegua con voz calmada.

—Volveré a por ti, te lo prometo —dijo Ashenee abrazando el hocico de Nieve.

—Sé que lo harás, pero trataré de regresar al campamento —susurró la yegua, cansada.

Ambos dejaron al animal allí tumbado junto a la orilla del arroyo y bajo la sombra de un alto y frondoso roble.

El chico colocó las alforjas sobre Espíritu, su negro corcel, y después de un ágil salto se sentó a lomos del animal.

—¿Podrás con nosotros dos? —le preguntó Ashenee al equino. Este movió la cabeza asintiendo, confirmando que podría. Él también estaba preocupado por su compañera.

Kangee estiró el brazo y ella lo miró.

—Irás delante de mí. Te dejaré llevar las riendas —dijo él con voz grave, aunque en el fondo estaba nervioso. Mucho. Tan solo había compartido una vez su caballo con una mujer y fue con su esposa.

Ashenee lo tomó de la mano. De nuevo sintieron la electricidad recorriéndoles las yemas de los dedos. Tiró con fuerza de ella y quedó sentada delante de él, entre sus piernas. Ella cogió las riendas y tiró, señal que Espíritu aceptó y que hizo que comenzara a andar.

Con cada paso, ella sentía el calor del pecho del guerrero contra la espalda, ¡y eso que llevaba una camisa de piel puesta! Incluso podía sentir cómo el corazón le latía frenético, tanto como el suyo propio. De pronto, sin que ella lo ordenara, Espíritu comenzó a galopar a toda prisa.

Ashenee cerró los ojos al experimentar varios torrentes de energía entre las piernas; la fuerza del caballo al galopar, la presión del viento contra la cara, el olor del bosque, los murmullos de los animales, las manos de Kangee, que se aferraban a sus caderas para no caerse... Sus mejillas se llenaron de rubor al notar la proximidad del cuerpo del jinete; por suerte, él no tenía forma de verlo.

Kangee tragó saliva. Aquel gesto tan íntimo estaba comenzando a excitarlo de una manera inexplicable. Trató de soltarse, pero el caballo iba ta deprisa que no podía hacerlo; ni siquiera podía agarrarse a los fardos, ya que si lo hacía sería inevitable que se cayera. Aún sujeto a ella, rogó para sus adentros para que no notara la erección de su entrepierna. ¡Pero ¿por qué se sentía así?! La euforia del viaje se convirtió en preocupación, no por lo que se les venía encima, sino por aquellas cosas tan extrañas que comenzaba a notar.

Pequeño Lobo tuvo que acelerar su carrera para poder alcanzarlos y le echó la bronca al caballo por haberle hecho correr tanto.

—No queda mucho para llegar a la Montaña del Espíritu —dijo el equino.

Pero el sol comenzaba a ocultarse, así que Kangee decidió hacer un alto y acampar al pie de unas pequeñas montañas.

—Buscaré algo de leña y encenderé una hoguera. Nos protegerá del frío y de los animales; además, me muero de hambre.

Ella asintió y se quedó unos minutos a solas con Pequeño Lobo. Cuando Kangee regresó, prendió fuego la yesca y colocó ramas finas hasta que subieron las llamas. Después puso ramas más gruesas. Tenían un buen montón para toda la noche.

El lobo se sentó al lado del guerrero, que apartó un poco de carne para dársela cuando ellos terminaran. Llevaban carne ahumada, que comieron junto a tortas de maíz que les habían hecho unas muchachas de la tribu. Además, Kangee llevaba su arco y sus flechas, así como cuchillos, por si podían cazar algún conejo.

Ashenee estaba hambrienta y devoró su ración con avidez. El agua, metida en bolsas hechas con los hígados de a saber qué animal, le supo a gloria.

La cena transcurrió en completo silencio, tan solo se oían los relinchos de Espíritu. Tras ello, se tumbaron en las pieles que habían estirado en el suelo.

Ashenee admiraba las estrellas, deseando una y otra vez que apareciera la aurora que la había llevado a aquel tiempo, tan lejos de los suyos. Sintió que se le humedecían los ojos y se los frotó. No quería llorar de nuevo. Miró a Kangee, que estaba tan callado y con el ceño tan fruncido que comenzó a sentirse mal por él. Tenía la impresión de que no quería estar ahí, con ella. Lo más probable era que deseara estar con su hija y no acompañándola en algo tan estúpido. Tenía la sensación de que en ese viaje no iba a ocurrir nada bueno y empezó a sentir miedo y arrepentimiento.

—¿Echas de menos a tu esposa? —preguntó ella de repente, tratando de calmarse por un lado y de romper el incómodo silencio por otro.

—Cada día que pasa la añoro más. Aunque…

—¿Qué ocurre? —quiso saber la joven. Quizá… ¿habría vuelto a enamorarse? Con tan solo imaginárselo comenzó a sentir una extraña punzada de celos.

—Tener a Imaki a mi lado me llena de dicha. Sé que cuando termine mi duelo, mi padre y el Gran Espíritu me proporcionarán una nueva esposa; de hecho, ya tienen una candidata: Totomi.

Una inesperada punzada de dolor atravesó el corazón de Ashenee. Así que eso había sido todo, la energía entre los dos había quedado relegada a un segundo plano, avasallada por la realidad. La muchacha intentó desviar la conversación:

—Debe de ser maravilloso tener un hijo.

—Lo es, es el regalo más hermoso que puede darte el Gran Espíritu. Ahora, es tu turno, responde con sinceridad, ¿no te encuentras a gusto entre nosotros? Eres powani como yo, como Imaki, Wanageeska o Talutah.

—Siempre he soñado vivir así, seguir la tradición de nuestra tribu.

Ashenee le explicó la forma en que vivía su amiga Magaki en su poblado, que ella visitaba tantas veces como le era posible.

—Si consigues enviar a tu espíritu junto a tu familia y decirles que estás bien... ¿Te quedarás con nosotros? Imaki te ha cogido cariño —dijo, girando la cabeza para mirarla.

Ella no supo qué responder. Era cierto que echaba de menos a su familia, pero también lo era que lo que deseaba desde hacía mucho tiempo era vivir en un campamento con su madre y su abuela y, tal vez algún día, formar una familia. Echaba de menos su mp3 con su música favorita y un café con leche bien caliente, azúcar, espuma y canela, al igual que los que Daniel le hacía en la cafetería.

Daniel.

Desde que estaba allí, no había vuelto a pensar en él, al menos no tanto como solía hacerlo antes de llegar. Lo peor de todo era que no lo echaba de menos en absoluto. ¡Pero ¿qué le pasaba?!

Observó en silencio las estrellas y soltó un suspiro.

—¿Ves aquellas brillantes estelas que atraviesan el cielo a toda velocidad? —cambió de tema.

—Son estrellas.

—No.

—¿No? Entonces... ¿qué son? —quiso saber el guerrero, levantando una ceja. ¿Acaso era una estúpida por pensar que eran otra cosa? ¡No había nada más allá de las estrellas!

—Dicen que es la Cazadora de Almas de los Justos.

—¿Cazadora de Almas? —se interesó él. Se apoyó sobre el codo izquierdo y estuvo atento a lo que ella le contaba.

—Existe una leyenda que habla de Memewi, una niña cheyenne con cabellos dorados como el sol y ojos color cielo. Ninguno de su tribu se explicaba cómo había podido nacer ese bebé tan especial, pero todos estaban de acuerdo en algo: el Gran Espíritu había enviado a aquella hermosa niña por alguna razón. Dicen que cuando cumplió cinco primaveras, uno de sus azulados ojos se tornó verde, del mismo tono que la copa de vuestro Árbol Sagrado —comentó la muchacha antes de continuar con el relato—. Una mañana, mientras la pequeña Memewi recolectaba el trigo junto a sus hermanos de tribu, el cielo se oscureció y un fuerte rayo cayó cerca de ella. Cuando abrieron los ojos, un precioso caballo blanco y rizadas crines grisáceas apareció ante ellos. Todos supieron que se trataba del Gran Espíritu bajo una de sus incontables formas. Desprendía un aura tan mágica y pura que todos se arrodillaron frente a él.

»—Memewi —habló suavemente el animal, sin mover la boca—. He venido para buscarte. Sé que has descubierto en tu interior un gran poder y por eso debo llevarte conmigo.

»Pero Liluu, su madre, no iba a permitir que ni el mismísimo Gran Espíritu la separara de su hija. Discutió con él sin importarle las consecuencias, hasta que fue Memewi quien decidió por sí misma acompañar al Gran Padre.

»—Lo siento, madre, pero el Padre de todos me necesita. Debo ir con él.

»Y, dicho eso, la muchacha, que ya había cumplido diecisiete primaveras, abandonó a su esposo y a su hija, y montó en el lomo del blanco corcel, que galopó hacia los cielos a través de un rosado haz de luz que parecía salir de las nubes como los rayos del sol.

Ashenee paró un segundo su relato, tenía la boca seca y le dio un largo trago a la bolsa de agua.

—¿Qué quería el Gran Padre de Memewi? —Kangee estaba muy interesado en la historia.

—El Padre de todos le enseñó en qué consistía su poder —prosiguió—. Memewi había descubierto hacía poco qué era capaz de hacer con las manos. La mujer más anciana de la tribu estaba enferma, tanto que la muchacha le besó la frente. La anciana sonrió, feliz, y cerró los ojos para siempre.

»Ella pudo ver cómo un aura dorada salía del pecho de la mujer hasta que se le formó una especie de llama de fuego dorado en la mano.

»Memewi se asustó tanto que lanzó con fuerza la llama hacia el cielo, donde desapareció.

»—Tú serás la Cazadora de Almas y siempre me seguirás allá donde esté —dijo el Gran Espíritu—. Eres buena y tu poder es magnífico. Podrás salvar las almas de los justos y aquellos que confiesen sus pecados, y llevarlos al lado de nuestros antepasados y donde moran los espíritus, donde jamás volverán a sentir dolor alguno, odio o rencor.

»—¿Y cómo sabré quién es justo? —preguntó la muchacha.

»—Ellos te reclamarán y tú escucharás su llamada. Ten, hija mía; este arco tiene parte de mi espíritu. Lanza sus almas al cielo, que ellas llegarán hasta donde yo me encuentre.

»El Gran Padre le entregó un arco que parecía estar hecho de piedras preciosas brillando bajo los rayos del sol. Aprendió a convertir aquellas pobres, justas y arrepentidas almas en brillantes flechas que lanzaba con su mágico arco, guiándolas hacia el seno de nuestro creador.

Terminó su relato con una gran sonrisa.

—Qué historia tan fascinante —comentó Kangee sin dejar de mirar a la muchacha—. ¿Y qué pasó con la familia de Memewi?

—Se sintieron orgullosos de ella. —Sonrió. Deseó que algún día su madre y su abuela sintieran ese mismo orgullo hacia ella.

—Ashenee... ¿Crees en todas las leyendas y sueños que nos has contado?

—Siempre he creído en nuestro Padre... Pero sí, ahora creo en todo aquello que para mí era desconocido. Deberíamos dormir —cambió de tema.

—Tienes razón, mañana al alba continuaremos. No nos queda mucho camino.

Le dio la espalda y se tapó con las pieles. No tenía ningún miedo a dormir allí en medio del campo, pues cuando visitaba a Magaki, a veces, cantaban alrededor de una hoguera y dormían junto a ella, pero al abrigo de unos toldos de piel.

—Buenas noches, Kangee —dijo ella sin volverse.

—No has traído tu atrapasueños... Espero que no tengas pesadillas, Ashenee.

Ella sintió un escalofrío al oír su nombre en los labios del guerrero. Su voz grave se le clavaba en el alma, como si fuese la mejor melodía que hubiera escuchado en su vida. Se imaginó que le susurraba cerca del oído mientras dormían juntos y abrazados. La piel se le erizó y sintió un placentero calor en el bajo vientre. Se encogió bajo las pieles, tratando de borrar de la mente aquellos románticos pensamientos. Cerró los ojos y comenzó a tatarear mentalmente Heroes, de David Bowie, su canción favorita. Y lo hizo hasta que, al final, se quedó dormida.

CAPÍTULO 11

El sueño que Ashenee tuvo esa noche fue muy lúcido, intenso, diferente. Caminaba por el poblado en dirección al Árbol Sagrado, aquel hermoso sauce al que Wanageeska y Talutah y sus hermanos adoraban.

De repente sentía unas fuertes manos que la cogían con suavidad de las caderas. Una de ellas le recorría el vientre, le acariciaba los pechos hasta llegar al cuello. La otra mano le soltaba la cintura y le apartaba el cabello mientras unos suaves labios le besaban la nuca hasta llegar a la fina piel del cuello.

Sintió un inmenso placer al notar aquel contacto en su piel, trató de girarse para así besar con sus propios labios aquellos que la estaban volviendo loca.

Pero cuando se volvió hacia el hombre que estaba a su espalda, despertó.

—Nutahi, despierta, debemos continuar —pidió Kangee mientras la zarandeaba con suavidad.

Ashenee abrió los ojos y se encontró con el hermoso rostro de su acompañante.

—Buenos días —dijo ella, remolona. Se estiró con una sonrisa en la boca. ¿Sería él quien la besaba con tanta devoción?

El muchacho había preparado el desayuno, que tan solo eran unas tortitas de maíz y agua. Desayunaron en silencio y recogieron todas sus pertenencias.

—Sonreías mientras dormías. ¿Qué soñabas? —quiso saber el joven.

—¡Soñabas con él! —se burló pequeño lobo.

—¡Mientes! —contestó de malos modos.

—No hace falta ser tan grosera —respondió Kangee, arrugando la frente.

Había metido la pata de nuevo. Debía recordar no hablar tan alto cuando se dirigiera al lobo.

—Yo... Lo siento, es que tengo mal despertar... —se inventó.

No le gustaba mentir y en realidad no sabía por qué le ocultaba la verdad a Kangee.

—Tengo que ser sincera contigo... —dijo tras unos segundos—. He descubierto, antes de que estallara el rayo y este destruyera la Gran Roca, que puedo oír a los animales. Puedo entenderlos sin necesidad de hablar. Pequeño Lobo es el que más me habla. Espíritu también lo hace, ¿verdad, pequeño? —dijo acariciando las crines del animal.

Este relinchó y asintió con la cabeza.

—¿Es cierto lo que dices? ¡Es imposible! —aseveró el guerrero.

—Pequeño Lobo —se agachó hacia él y le acarició la cabeza—, dime algo que tan solo Kangee sepa.

—Tiene una oscura mancha en la ingle —respondió el lobo—. Pregúntale por Ohitekan. Ah, y él te desea como mujer, pero eso no me lo ha dicho, quizá ni siquiera lo sepa; yo lo he descubierto por cómo huele su piel cuando está cerca de ti.

Ashenee no supo qué decir ante tal respuesta.

—¿Qué pasa? ¿Se ha quedado mudo? —se carcajeó Kangee.

—N-no —titubeó ella—. En tu ingle, tienes una mancha oscura —dijo con vergüenza—. Y quiere que te pregunte por algo que pasó con Ohitekah...

Al joven se le esfumó la sonrisa del rostro. Enfadado, tiró uno de los macutos al suelo. Después, se alejó de ellos unos metros.

—¿Qué le ocurre? —dijo ella, sin entender nada.

Pequeño Lobo se lamió el morro, indolente. Fue Espíritu el que contestó:

—Los malos recuerdos suelen atormentarlo. No le hagas caso, se le pasará —susurró con desgana mientras olfateaba el suelo en busca de comida.

Pequeño Lobo se acercó a su amo y le rozó la mano con el hocico.

—Dile que lamento haber mencionado sus secretos, pero que debe entender. Los dos debéis hacerlo, debéis ver la verdad —dijo el animal.

—Dice que lo siente mucho. Que no debería haber dicho eso de tu hermano —tradujo ella—. Sea lo que sea lo que haya hecho Ohitekah, no puedes vivir del rencor. El odio es el más terrible de los males, Kangee.

El guerrero acariciaba al animal cuando Ashenee se acercó hasta ellos. Apoyó la pequeña mano con cariño sobre el fuerte hombro del joven.

—Marchémonos o perderemos mucho tiempo —le pidió ella.

El guerrero se volvió y entrelazó con ella las manos para ayudarla a subir a lomos del caballo. Una vez que Ashenee se acomodó en la grupa, Kangee saltó y se sentó a horcajadas, colocándose a su espalda.

Espíritu comenzó la marcha, seguido por Pequeño Lobo, que caminaba a su lado.

El resto del camino lo hicieron en silencio; era obvio que Kangee estaba algo molesto. O quizá cansado, quiso creer Ashenee.

Por suerte no hacía calor y el trayecto fue más tranquilo que la tarde anterior.

—Ya hemos llegado —dijo espíritu de teniéndose a los pies de la montaña, tras pasar casi toda la mañana de viaje.

Kangee bajó del animal y quitó todos los bártulos de su lomo para que pudiese descansar.

Iba a ayudarla a bajar, pero ella fue más rápida y lo hizo sola. No quería molestarlo más, al menos no por el momento.

El muchacho estiró sus pieles en el suelo y preparó una fogata mientras la joven enrollaba las suyas para subir más cómodamente la montaña.

—No podré ayudarte a subir, debes hacerlo tú sola —explicó Kangee rompiendo el silencio que los rodeaba. En el fondo se moría por ir con ella y protegerla. Comenzaba a sentir una extraña necesidad de estar a su lado en todo momento, pero no debía; ella era la elegida, la salvadora. Y aquel momento era sagrado.

—Yo te acompañaré —dijo Pequeño Lobo—, estaré algo alejado, aunque alerta a cualquier peligro que te aceche.

—Gracias, Pequeño Lobo. —Ashenee le abrazó la peluda cabeza.

—¿Qué ha dicho? —preguntó el muchacho.

—Se quedará a mi lado para avisarte si necesito ayuda —respondió ella.

Él asintió, de acuerdo con lo que el animal respondía. No iba a dejar que le pasara nada. Su familia y Wakan Tanka confiaban en él y no iba a decepcionarlos.

—No subas a lo más alto. A unos metros encontrarás un saliente —le explicó el guerrero.

—¿Cómo lo sabes?

—Ya estuve aquí una vez.

Ashenee sintió curiosidad. Tal vez se lo contara el algún otro momento. Después se ató las pieles a la cintura y a la espalda, a modo de mochila, y escaló hasta el estrecho sendero que había unos metros más arriba.

—¡Eres la más lenta de tu especie, Nutahi! —se burló el lobo.

Miró hacia arriba y vio al animal en lo más alto de la montaña. No se explicaba cómo había sido tan rápido subiendo. Tampoco sabía cómo había conseguido escalar hasta el sendero, pues a ella, que no estaba en forma y que no hacía ningún ejercicio, le estaba costando mucho subir.

Kangee, desde abajo, sentía el impulso y la necesidad de ayudarla, pero no debía: ella tenía que esforzarse si de verdad deseaba tener aquella visión.

Cuando Ashenee alcanzó el sendero, tenía los brazos doloridos de escalar; al menos pudo descansar unos segundos antes de continuar el empinado paseo hasta la cima.

Desde allí miró hacia abajo, donde Kangee la saludaba, sonriente mientras montaba el campamento.

Siguió su camino y cuando llegó a la cima creyó desfallecer. Tenía la boca tan seca que parecía que tenía corcho en lugar de lengua. Lo peor era que no podía beber ni comer nada.

Pequeño Lobo la empujó con el hocico hasta el círculo de pequeñas piedras que había en el suelo.

—Hemos llegado. Enciende una hoguera, realiza tu sacrificio e implora por la conexión que anhelas. Si consigues dominar al demonio de las llamas, puede que el Gran Espíritu te encuentre antes —le explicó el animal.

El animal se alejó de ella y la dejó sola en aquel extraño lugar. La muchacha se deshizo de las pertenencias que llevaba a la espalda y las dejó en el suelo, a un lado y al otro prendió la yesca con varias piedras, tal y como había aprendido hacía ya tiempo gracias a Magaki.

Después, tras comprobar que no se apagaba a pesar del viento que allí hacía, se asomó al precipicio. Estaba a bastante altura, un paso en falso y se precipitaría al vacío.

Observó a su alrededor. El espectáculo era magnífico: podía ver el bosque y distinguir el humo de las hogueras del campamento. También pudo ver las montañas donde despertó el día de la aurora boreal y el árido desierto en el cual vio a la manada de búfalos y al hermoso ternero blanco.

Cerró los ojos, cogió aire y lo soltó. Aquel aroma a tierra mojada se le antojaba maravilloso.

Regresó al círculo y, al introducir un pie en él, sintió el mágico poder que allí habitaba. Cuando estuvo completamente dentro del anillo de piedra, cogió una de las pieles, la estiró sobre la arena y apartó la otra por si tenía que echársela por encima. Se sentó sobre ella y cerró los ojos.

Al principio no podía oír nada. Aguzó el oído y comenzó a reconocer algunos sonidos: el aleteo de una mariposa que volaba cerca de ella, la respiración agitada de Pequeño Lobo, que se encontraba a seis metros de distancia... También oyó la bella melodía que creaba el viento que bailaba a su alrededor, despeinando su corta melena.

De repente, aquel dulce sonido se transformó en voces humanas. Miles de plegarias le inundaban los oídos. Aquel cambio tan brusco la desconcertó; no sabía muy bien qué hacer, así que se dispuso sin más a completar el ritual que Wanageeska le había explicado.

De la cintura cogió una funda de piel donde guardaba el cuchillo de sílex que la tribu usaba para sus sacrificios y que Wakani se había encargado de entregarle. Se cruzó de piernas y se apoyó el cuchillo sobre el muslo derecho.

Cerró los ojos, cogió aire y lo soltó despacio. Lo repitió varias veces hasta que consiguió calmarse. Estaba aterrada.

Sin levantar los párpados, comenzó a recitar:

—Oh, Wakan Tanka, Gran Espíritu, Padre de todos, cuya voz oigo en los vientos, cuyo aliento da vida a todo el mundo, yo imploro tu bendición. Oh, Gran Espíritu, soy tu hija Ashenee. Nutahi me llaman en la tribu, aquella que vino de las estrellas. Te ruego que me honres con una visión. Deseo regresar a mi tiempo, aunque sea por un instante, para poder ver por última vez a mi familia y decirles que estoy bien, que no se preocupen por mí. A cambio, juro lealtad al Árbol Sagrado y a los espíritus, cumpliendo todo aquello que me ordenen. Padre de todos, te pido que aceptes mi sacrificio.

Ashenee abrió los ojos y cogió el afilado cuchillo de la pierna. Se lo acercó al cuello sin apenas temblar. Tenía mucho miedo, pero debía hacerlo; era la única opción.

La afilada piedra le seccionó con rapidez la cabellera: la melena le llegaba ahora por encima de los hombros. Hacía tiempo que no lo tenía tan corto.

—Ofrezco parte de mi alma, pues ahora sé lo que el cabello significa para nosotros.

Cerró los ojos y lanzó el resto del pelo al cielo, sin percatarse de que sus oscuros cabellos, que ahora flotaban por el aire, se habían convertido en finas láminas brillantes y azuladas, como si de mágicos hilos se tratara.

Pequeño Lobo estaba fascinado con lo que sus grisáceos ojos veían. ¡Jamás había visto nada tan poderoso! ¡Ni siquiera Wakani era capaz de hacer algo así!

—También te ofrezco parte de mi cuerpo y mi sangre, sacrificio que espero que sea suficiente.

Ashenee plantó la mano izquierda en el suelo y tras coger aire e infundirse a sí misma valentía, se dispuso a seccionarse el meñique y el anular, esperando que aquello sirviese.

Se apoyó la afilada hoja sobre los dedos y cerró los ojos. Hizo fuerza y deseó no sentir dolor, pero sabía que, cuanto más le doliera, más valor tendría aquella prueba.

—¡ALTO! —le gritó una voz en la mente.

Ella abrió los ojos y buscó a su alrededor, pero no encontró a nadie. Se volvió hacia donde Pequeño Lobo se encontraba, y este retrocedió con las orejas gachas, hasta casi ocultarse tras una gran roca.

—He escuchado tus ruegos, hija mía —dijo de nuevo aquella dulce voz de hombre.

—Gran Espíritu, ¿eres tú quién me habla? —Reconocería aquella voz en cualquier lugar, aunque necesitaba confirmar que se trataba de él.

En los cielos se oyó un graznido.

La muchacha alzó la vista al despejado cielo azul y vislumbró una gran y magnífica águila de brillantes plumas negras por todo el cuerpo excepto por la cabeza, que eran de color blanco.

El ave descendió en picado hacia donde ella se encontraba. Al posarse en el suelo, el águila se convirtió en un anciano de blanca y trenzada cabellera, con exquisitos ropajes y joyas, además de plumas que le adornaban el canoso pelo. El aura que lo rodeaba era tan poderosa que mientras se acercaba a ella, allá por donde él pisaba, crecían hermosas flores silvestres.

Sin duda, era él, el Gran Espíritu, el Padre de todos.

Ashenee se postró de rodillas ante él, con los codos flexionados y la frente apoyada en el suelo.

—Nutahi, hija mía, ponte en pie —dijo aquel espíritu, cuya voz ahora era más grave—. Sacrificar parte de tu alma y tu predisposición a entregar parte de tu cuerpo ha sido suficiente sacrificio. Mírame —pidió.

Ella, que había mantenido la cabeza baja, no se atrevía a mirarlo.

—No soy digna de miraros, Padre —respondió ella, casi en un susurro.

—Te ruego que te pongas en pie. Necesito ver a través de tus ojos.

No quería enfadar al Wakan Tanka, por lo que levantó la cabeza lentamente y le miró los pies descalzos. Subió la vista poco a poco hasta que posó los ojos en los grises ojos del espíritu.

Este la observó durante unos segundos, haciendo que Ashenee sintiese cómo un escalofrío le recorría la columna vertebral.

—He escuchado tus ruegos, pero antes de dejarte ir, deberás hacer un juramento.

—Haré lo que sea —respondió ella con determinación. En realidad, haría cualquier cosa que él le pidiera. Era un dios y como tal debía atender a sus órdenes.

—Voy a encomendarte una importante misión. Wakani ya te habló de ello. Si consigues cumplirla, volverás a casa con tu madre y tu abuela —explicó el espíritu, sin decir nada más.

—Lo juro. Si no obedezco, aceptaré el castigo que me impongas —dijo ella, con la mano en el corazón. Recorrería universos enteros o nadaría océanos si con ello regresaba con su familia.

—Acércate hija mía.

Ashenee se puso en pie y dio unos pasos hacia el Gran Espíritu, que se había adentrado en aquel círculo sagrado. El anciano rozó la suave mejilla de la muchacha, que sintió una inmensa paz interior.

—Siéntate de nuevo en el círculo con los ojos cerrados. Siente la lluvia como si fuera parte de ti, como si la hierba fuera parte de tu piel. Cuando sientas todo eso, no tardarás en obtener lo que deseas. Pero te advierto que no será durante mucho tiempo. Y no pienses escapar, pues no podrás —sentenció el anciano mientras se alejaba de ella—. Pequeña Nutahi, no eres igual que los demás. El poder que reside en tu interior ha empezado a despertar. Debes olvidar todos tus miedos, notar el frío y el calor y abrir tu corazón y tu espíritu.

Ashenee, que había cumplido las órdenes del Gran Espíritu, no pudo responder; se sentía como en un sueño.

Aquel anciano susurró unas palabras que la desconcertaron en un idioma desconocido para el lobo. Wakan Tanka se convirtió de nuevo en águila y alzó el vuelo hacia el cielo.

La muchacha intentó buscar en su interior aquel enorme poder que el Padre aseguraba que poseía. ¿Cómo iba a tener magia, de esa de poderes, como en las películas? Era ridículo. Cerró los ojos y soltó un suspiro de resignación. Al menos lo intentaría. Entonces, se quedó en trance.

El cielo se cubrió de oscuras nubes y se originó una tormenta. Los rayos caían cerca de ella, haciendo que Pequeño Lobo temiese por la vida de Ashenee, pero sabía que no debía acercarse, pues, si lo hacía, podía ponerla en peligro.

La lluvia comenzó a caer de inmediato, empapando únicamente a la muchacha. Era como si tuviera encima de la cabeza una sola nube que hubiera descargado sobre ella. El suelo se cubrió de agua, hojas, nieve, hierba, flores silvestres y finalmente la tierra se secó.

Ashenee notó que el espíritu se le salía del cuerpo y se vio a sí misma sentada en el círculo con las piernas cruzadas y los ojos cerrados.

Se sentía como una ligera pluma arrastrada por el viento.

Mapiya no podía dejar de mirar el cuerpo de Ashenee tendido sobre aquella austera cama de hospital. Desde la noche en que se vio la aurora boreal, su hija estaba en coma. Los médicos no encontraban explicación. No había causa alguna para su patología; las analíticas habían salido impolutas, los resultados del TAC no evidenciaban tumores, malformaciones, coágulos, derrames ni encefalitis. Lo único que los profesionales habían concluido es que el cuerpo de la muchacha se había desconectado como si tuviera un interruptor y este estuviera en off. Hasta que encontraran la forma de volver a conectarla, la muchacha permanecería postrada y enchufada a un soporte vital.

Mapiya se dirigía cada noche a Wakan Tanka, rezando para que cuidara de ella y se la devolviera sana y salva, pero sus ruegos parecían no ser escuchados. Wakanda intentaba reconfortarla sin mucho éxito.

—Hija mía, debes alimentarte; tanto llorar y no comer te está dejando en los huesos —dijo la anciana, muy preocupada por ella. Incluso le parecía que había envejecido rápidamente por permanecer tanto tiempo allí metida, sin pegar ojo y sin separarse de la muchacha.

—No tengo apetito. Tan solo quiero que mi niña despierte... ¡La echo tanto de menos! —Comenzó a llorar una vez más.

—Sabes tan bien como yo que todo saldrá bien.

De repente, la vista de la anciana se nubló. Tuvo que agarrarse a su hija para no caer al suelo.

—¿Wakanda, estás bien?

Pero ella también empezó a ver borroso. ¿Qué les pasaba?

Cuando ambas mujeres consiguieron recuperar la visión, se encontraron en un precioso bosque repleto de altos pinos. A través de sus pobladas y verdes hojas se abrían paso los rayos del sol.

—Madre, ¿dónde estamos? —preguntó Mapiya abrazándose a la anciana.

—No lo sé, hija mía. —Ella también estaba preocupada.

Un fuerte viento apareció de repente y las despeinó, obligándolas a cerrar los ojos.

—¿Mamá? ¿Abu? —dijo una voz que reconocieron al instante.

—¿Ashenee?

Mapiya abrió los ojos y distinguió la silueta desgarbada de su hija, que se acercaba hasta ellas.

—¡Mamá!

—¡Ashenee!

La joven abrazó con fuerza a las dos mujeres. Ninguna de las tres pudo evitar derramar lágrimas de alegría.

Mapiya acarició el rostro de su hija con cariño.

—¿Estás bien, cariño? ¡Llevas meses en coma! ¡Y nadie sabe por qué!

—¿En coma? Pero...

—¡Eso da igual! ¡Cuéntanos qué ha pasado!

—He viajado a través del tiempo con la aurora boreal. Creo que llegué al año mil ochocientos y algo. Me encontró una tribu de nuestros antepasados powani. Aunque no puedo volver... No aún.

—¿Por qué no? —preguntó la anciana. ¡Tenía la esperanza de que pudieran regresar a casa por fin las tres!

—Ofrecí mi cabello a cambio de esta visión.

—Entonces... No eres real... —Para Mapiya sí lo era, pues aún rozaba la piel de su hija.

—El Gran Espíritu me ha llevado a aquel tiempo por alguna razón y hasta que no cumpla la misión que me ha encomendado no podré regresar —explicó Ashenee—. Tengo poco tiempo. Necesitaba deciros que estoy bien, que no os preocupéis por mí.

—Han pasado tres meses desde que desapareciste —dijo su abuela, con visible tristeza.

—¿Tres meses? —La joven no daba crédito a lo que oía. ¡Pero si tan solo había pasado unos días en la tribu!—. Da igual, eso no es lo importante.

—Cielo, ¿eres feliz allí? —quiso saber su abuela, con la esperanza latiéndole en el pecho.

—Me tratan muy bien, ¡incluso me llaman Nutahi! Dicen que mi llegada les proporcionó lluvia y alimentos. Tengo que irme. Regresaré pronto —prometió la muchacha—. Mamá, abu... Os quiero tanto... No sabéis cuánto os echo de menos.

—¡Espera! —pidió Mapiya al ver que su hija se alejaba—. Toma, llévate mi amuleto; a ti te hará más falta que a mí.

Su madre se quitó del cuello su collar de cuero, del que pendía una punta de flecha hecha con sílex, amuleto que había pasado de madres a hijas desde hacía muchísimas generaciones. Wakanda se lo había entregado a su hija y ahora era ella quien se lo entregaba a Ashenee.

La joven sonrió mientras su madre le abrochaba el collar.

—Te protegerá de cualquier mal. —Mapiya peinó con los dedos el corto cabello de la muchacha.

—Pronto volveremos a vernos, os lo prometo —se despidió tras abrazar a su madre y a su abuela por última vez.

Una potente luz las cegó un instante, parpadearon y al abrir de nuevo los ojos se encontraban de nuevo en el hospital. Ashenee continuaba tumbada en la cama, conectada a la máquina de oxígeno que respiraba por ella, así como las vías que le suministraban alimento y medicación.

Mapiya y Wakanda se abrazaron con lágrimas en los ojos, agradeciéndole al Gran Espíritu que Ashenee siguiera con vida.

Ashenee se frotó los ojos y después los abrió.

—Al fin despiertas —dijo el animal—. Me habría apenado que no volvieras. Por otra parte, debes de estar deliciosa... Te habría honrado bien.

El animal se relamió, ella sonrió y le rascó las orejas, intentando apartar de ella la imagen mental de Pequeño Lobo mordisqueando su cadáver.

—¡Las he visto! —respondió Ashenee abrazándolo.

—He visto caer lluvia, nieve, hojas y crecer flores... Nutahi, el Gran Espíritu tenía razón, no eres como los demás.

—No digas tonterías. Es cierto que dijo que en mi interior hay poder y lo noto aquí —dijo, señalándose el pecho—, pero no sé cómo despertarlo para poder ayudarlo en esa misión que me ha encomendado. Vamos, Kangee debe de estar preocupado.

Ashenee recogió las pieles y bajó por el empinado camino hasta donde el guerrero se encontraba. Cuando llegó abajo, saludó al caballo, que relinchó de alegría.

—Bienvenida de nuevo, Nutahi —dijo el joven guerrero, alegrándose al comprobar que se encontraba bien; incluso le pareció verla más hermosa que nunca—. ¿Qué ha ocurrido?

Ella sonrió. Después le contó todo, excepto aquello tan importante que Wakan Tanka le había susurrado.

Habló durante tanto tiempo que ninguno de los dos se dio cuenta de que había oscurecido tanto que ya no podrían regresar al poblado, así que decidieron pasar la noche allí. Ashenee comió algo de carne y bebió hasta saciarse, hasta que cayó en un apacible sueño en el que apareció un halcón.

CAPÍTULO 12

Lo recogieron todo y se dirigieron de nuevo al poblado. Kangee no daba crédito a lo que ella le había contado horas antes, pues muy pocas personas eran capaces de hablar con el Gran Padre.

—¿Y cuál es esa importante misión encomendada por Wakan Tanka? —quiso saber el muchacho, que iba sentado delante de Ashenee, sujetando las riendas de Espíritu.

—Aún no he obtenido esa respuesta. Supongo que no tardaré en averiguarlo. —Ella, agarrada a su cintura, respondió con sinceridad.

—Quizá el Árbol Sagrado te ayude.

—Será lo primero que haga al llegar al poblado.

El camino se les hizo eterno; el calor era abrasador. Ambos estaban tan concentrados en lo ocurrido por la mañana que no eran conscientes del íntimo roce que los unía: las manos de Ashenee rozaban la piel de las caderas de Kangee, que se había quitado la camisola e iba con el pecho desnudo.

—Nutahi —dijo Espíritu, el caballo donde iban montados—. Todos nosotros —se refirió a os animales— escuchamos lo que el Wakan Tanka te dijo, ¿por qué no usas tu poder para invocar un poco de agua?—Eso estaría bien. Tengo calor —apoyó Pequeño Lobo.

La muchacha meditó las palabras del animal. Si el Gran Espíritu tenía razón, ella podría invocar la lluvia o incluso la tormenta o el viento.

Cerró los ojos y se concentró.

»Oh, Gran Espíritu, Padre de todos… —La oración de Ashenee no llegó a ser pronunciada, hizo uso de pensamiento y corazón—.

Si en mi interior duerme ese poder, permítenos sentir la lluvia sobre nosotros». De inmediato, sintió algunas gotas de agua sobre el rostro. Abrió los ojos y sonrió.

Pequeño Lobo dio vueltas sobre sí mismo al notar que su pelaje se mojaba.

Se dibujó una sonrisa en el rostro de Kangee, que supuso que había sido ella quien había provocado la lluvia que en ese momento caía torrencialmente sobre ellos.

Hicieron un alto y recogieron agua con una de las pieles para que tanto ellos como los animales pudieran beber. Después de comer algo bajo la lluvia, que los ayudó a mitigar el terrible calor, retomaron el camino. Ashenee deseó que cesase y paró de llover. Así pudieron regresar con tranquilidad al poblado.

La noche se les echó encima. La temperatura había bajado bastante y aún estaban empapados, por lo que Kangee tuvo que hacer una gran fogata para poder entrar en calor. Ashenee, muerta de frío, se tumbó junto al fuego sobre una de las pieles y se arropó con otra.

El muchacho, que hasta entonces había estado desnudo de cintura para arriba, tuvo que ponerse su camisa de ante, pues también comenzaba a notarse helado.

Ver tiritar de frío a aquella esquelética muchacha lo estaba poniendo muy nervioso. Sentía lástima de la pobre chica que había recibido una inesperada visita del destino. Además, había jurado que la protegería con su vida y así lo haría, dio su palabra y nunca incumpliría su promesa, y mucho menos si en realidad se trataba de quien todos hablaban.

Con sus pieles se acercó a Ashenee y se tumbó a su lado, echando las pieles por encima de ella y tapándose él también. La abrazó con fuerza intentando darle calor. Apenas se rozaban, pero el gesto le gustó a la muchacha.

—Gracias —le agradeció tiritando.

Poco a poco notó que el cuerpo empezaba a entrarle en calor, a pesar de tener la ropa mojada.

—Quizá deberíamos quitarnos esta ropa y ponerla a secar —comentó Kangee.

—¡No! Me quedaré más fría aún... —Se moriría de vergüenza si él la veía desnuda. Ya la había visto en varias ocasiones y no iba a hacerlo una vez más.

—Kangee habla con verdad: si no atemperas tu cuerpo, además de lenta y poderosa, serás una humana enferma —dijo Pequeño Lobo.

—No miraré, te lo prometo. Ni siquiera me acercaré a ti —respondió el muchacho, quitándose la ropa mojada y poniéndola sobre las rocas que rodeaban el lugar donde habían montado el campamento, junto al fuego.

Ashenee lo vio ponerse en pie, desnudo, aunque enseguida se puso la piel por encima, ya que habían bajado considerablemente las temperaturas al caer el sol. Después, se tumbó en el lecho, un poco apartado de ella. Tragó saliva. ¿Por qué se sentía tan atraída hacia él? ¿Por qué ardía en deseos de que se tumbara junto a ella y la cubriera con su atlético cuerpo? Tras darle vueltas, se quitó las prendas por debajo de la gruesa piel de búfalo y se las entregó a Kangee, que con una sonrisa se levantó y las colocó junto a su ropa, esperando que se secasen pronto.

—Descansa, yo haré guardia —dijo el joven, sentándose apoyado en otra de las rocas y abrigado hasta el cuello.

Pequeño Lobo se tumbó junto a la muchacha para procurarle un calor que Kangee no quería darle para no incomodarla.

Incluso el animal se dio cuenta de que estaba helada. Aun así, bostezó y cerró los ojos; no tardó en quedarse traspuesta.

El subconsciente le estaba jugando una mala pasada. De nuevo soñó con ese desconocido guerrero que hacía palpitar su corazón a mil por hora. Tenía un curioso parecido al guerrero que la acompañaba en busca de su visión. Sintió que una cálida mano le recorría suavemente la espalda, acariciando su costado y descendiendo con cariño hacia su vientre. Se le erizó el vello y comenzó a jadear. Deseó que las caricias no acabasen nunca, que sus dedos se colaran bajo su ropa interior mientras la besaba con pasión.

El calor de su mano se convirtió en gélido, pero aun así se le antojó placentero.

—Nutahi —susurró una voz cerca de su oído—. Despierta.

Ella no era consciente de que aún dormía, hasta que notó aquel frío tacto una vez más subiendo por encima de su ombligo.

—¡Despierta! —dijo de nuevo la voz junto a su oreja.

Y Ashenee abrió los ojos.

A su derecha vio a Kangee, muy cerca de ella. Podía sentir su cálido aliento en la piel.

—¿¡Es que en esta época no sabéis despertar a la gente de otra manera!? —dijo ella de malos modos.

—¡Shhh! ¡No hables tan alto! —pidió él, llevándose el dedo índice a los labios y pidiéndole que callase.

El muchacho levantó las pieles que tapaban el semidesnudo cuerpo de ella, pero la joven intentó zafarse.

Pequeño Lobo gruñó bastante enfadado.

—¡No me toques! —gritó Ashenee.

—¡Cállate, mujer!

De un tirón destapó completamente a la joven, que intentó taparse como pudo mientras él acercaba la mano a su fina cintura.

—¡Que no me toques te digo!

—¡Maldita niña! ¡Mira!

Kangee había movido con rapidez la mano, rozando el estómago de ella, enseñándole lo que había encontrado.

Ashenee gritó con tanta fuerza que casi se quedó sin aire.

El chico sujetó con destreza la cabeza de una víbora que estaba más que dispuesta a clavar los afilados y venenosos colmillos en la carne de ella.

Ashenee se levantó de la piel de inmediato, sin importarle que el joven la viera desnuda. Se acercó hasta su camiseta ya seca y se tapó el pecho y las partes íntimas.

El guerrero revisó los lechos y comprobó que no había ningún otro animal peligroso, como escorpiones o tarántulas. Después de asegurarse, colocó la serpiente en el suelo, cogió su puñal y se lo clavó en la cabeza. Cuando comprobó que estaba muerta, la lanzó a la fogata y la bicha comenzó a arder lentamente.

El guerrero, que vestía de nuevo sus perneras, se acercó a ella con el resto de la ropa y le dio la espalda, para que pudiera vestirse tranquila.

—Kangee, yo... Lo siento. No debí gritarte.

—Échate a dormir de nuevo —respondió de muy malos modos.

—¿Y tú no duermes?—No tengo sueño —mintió. Apenas podía mantenerse despierto.

—Yo haré guardia ahora —dijo el lobo.

—Yo también —secundó Espíritu—. Debéis descansar.

—Ellos vigilarán —le explicó Ashenee al guerrero, que estaba sentado, apoyado contra la pared de piedra.

Kangee asintió y se colocó la camisa, después se acopló en el suelo y se tapó con la piel. Ella, agradecida con los animales, también se tumbó, pero esta vez cerca de su acompañante. Se arropó y después pasó la mano por encima de la cadera de Kangee. Se juntó más a él y, aunque estaba muerta de vergüenza, se sintió tan a gusto a su lado que no pudo apartarse.

El guerrero sonrió al sentir el brazo de la chica sobre él. Ella tenía el cuerpo helado. Aun así, notó que poco a poco comenzaba a recuperar su temperatura normal. Sabía que era gracias a él, que desprendía mucho calor, y más ahora, que comenzaba a excitarse al tenerla tan cerca. ¿Por qué había cambiado, tan de repente, de opinión hacia él? ¿Había comenzado a confiar o es que tan solo tenía frío? Fuera lo que fuera, no importaba; le gustaba estar cerca de ella, lo tranquilizaba. Cerró los ojos y trató de dormir, pero el rápido latir del corazón de Ashenee, que podía notar a través de sus prendas, se lo impedía. Giró un poco la cabeza y pudo ver que estaba dormida y su lenta respiración lo corroboró, así que se acopló entre las pieles y bostezó.

No tardó en quedarse dormido.

Ashenee soñó de nuevo con un formidable halcón, el cual le explicó de parte de Wakan Tanka cuál era aquella arriesgada misión. La visión exigió silencio a cambio de revelar el objetivo de la muchacha, pues si se descubría la motivación, el mundo de los mortales y la realidad de los espíritus estarían en peligro. Juró con convicción y fervor que jamás contaría nada.

—Debes aprender a utilizar tu poder para ayudar a los demás y jamás en beneficio propio —le explicó el ave de oscuro plumaje.

—Lo haré —prometió ella.

—Nutahi, debes ser responsable con este don que te ha ofrecido el Gran Espíritu. Todo poder conlleva una gran carga. Habrá ocasiones en las que desees no haber obtenido ese poder, pero deberás recordar por qué él ha confiado en ti.

Dentro de las brumas del sueño, Ashenee distinguió el graznido de un cuervo azabache y el piar de una paloma nívea. Los dos animales eran bellos y convivían en armonía: él cubría con su manto de plumas el cuerpo de ella, la paloma le proporcionaba comida y le atusaba los cálamos con ardorosa devoción. No pudo evitar enternecerse con la estampa, extraña, sí, pero a la vez hermosa. No duró mucho: un ave pequeña, demasiado para hacerles daño según dictaba la lógica, pio para alejar al cuervo. Aprovechando su ausencia, atacó con ferocidad al ave blanca y huyó acto seguido. El suelo bajo sus delicadas patas se tiñó de sangre, primero roja y vibrante, coagulada y emponzoñada después. El líquido impregnó las alas de la paloma y le impidió volar por mucho que lo intentaba. El graznido del cuervo, al ver caída a su compañera, rompió el corazón de Ashenee, que se acercó a los dos animales. Sostuvo en las manos a la paloma, llenándola de paz en sus últimos momentos. La depositó en el suelo bajo la atenta mirada del cuervo, que se había vuelto, si cabía, más negro.

Ella alargó la mano para acariciar al animal y paliar su agonía, pero despertó de improviso. Se dio cuenta de que estaba abrazada a Kangee y no recordaba en qué momento se había acercado tanto a él. Apartó el brazo con cuidado para no despertarlo y se dio la vuelta, apoyando la espalda contra la del chico. Entonces vio a Pequeño Lobo, que seguía a su lado y la miraba con expectación.

—¿Con quién hablabas? —preguntó el animal.

—Con un halcón… —susurró.

—Están deliciosos, pero tienen muchas plumas. —Se relamió.

—Sí. Y ni se te ocurra comerte ninguno —sentenció ella, señalándolo con el dedo.

—Duerme un poco más, aún queda para que amanezca.

Ashenee no respondió. Bostezó y cerró los ojos, y cayó de nuevo en un apacible sueño.

Los primeros rayos de sol la despertaron. Se desperezó y se apartó un poco las pieles, pues comenzaba a tener algo de calor. Se giró para ver si Kangee seguía dormido, pero no lo encontró ni a él, ni a Espíritu.

—¿Kangee? —lo llamó —. ¿Dónde está, Pequeño Lobo?

—No lo sé —respondió el animal ladeando la cabeza—. Lo vi marcharse. Pensé que regresaría enseguida.

—Nos ha dejado solos…

Se levantó y buscó al muchacho por todas partes, incluso subió a las rocas que los habían resguardado esa noche y tampoco lo localizó. Se había llevado sus pieles y la comida.

—¿He hecho o dicho algo para que se enfadase? —quiso saber ella, a punto de echarse a llorar. ¿Ahora cómo volvería? ¡No sabía dónde estaban!

—No que yo recuerde… ¿Y por qué te preocupa tanto que se haya marchado? Estamos cerca del poblado. Yo conozco el camino.

—¡No me importa en absoluto! —Ashenee pudo distinguir que el animal hacía una mueca con las cejas a modo de *eso no te lo crees ni tú*—. De acuerdo, claro que me importa… ¡Tiene agua y alimento!

—Claro…

—Pero ¿quién te crees que eres para ponerme en duda?

Ella dio por finalizada la conversación en el momento en que empezó a recoger todas sus pertenencias. Apagó los restos de la hoguera con tierra, se colocó las pieles sobre los hombros y, siguiendo al lobo, continuaron el trayecto.

Estaba muy enfadada con Kangee, pensando mil y un planes para vengarse de él. ¡Se iba a enterar de quién era ella! ¡No tenía ni idea de con quién se había topado!

Pequeño Lobo ni siquiera abrió el hocico, ya que no quería echar más leña al fuego.

El cielo se había nublado y, en ese momento, se oyó un fortísimo trueno sobre su cabeza. Tanto ella como el animal sabían perfectamente que el enfado de Ashenee había sido el culpable de la tormenta que se formaba rápidamente.

De pronto, sintió que un fuerte brazo la cogía de la cintura y la levantaba en volandas del suelo y acabó sentada, con las piernas a los lados, sobre Espítitu. Había sido todo tan rápido que cuando se dio cuenta de lo ocurrido, vio a Kangee tras ella.

—¿Adónde creías que ibas? —preguntó el muchacho con enfado.

—¡Serás idiota! —replicó ella, dándole un empujón—. ¡Te habías marchado sin mí!

—Sin nosotros —corrigió Pequeño Lobo.

—¡Quiero decir sin nosotros! —terminó ella, señalando al animal.

—Tan solo fui en busca de agua y algo de comida, pues se habían terminado las provisiones. Me preocupé al no veros en el campamento —respondió el chico—. Además, le pedí a Pequeño Lobo que te avisara.

El aludido levantó las orejas, pero se mantuvo en silencio.

—Ya, seguro que sí.

—¡Eres una chiquilla testaruda! —dijo él enfadado.

—¡No soy ninguna cría! ¡Déjame bajar! ¡Iré andando! —Se revolvió entre los brazos de Kangee, pero era más fuerte que ella y la tenía bien sujeta.

—No —sentenció.

El rostro del joven se tornó serio, tanto que Ashenee lo temió. No conocía a ese hombre y no sabía de lo que sería capaz de hacerle; por lo tanto, estuvo callada durante el resto del viaje.

—Ashenee... Kangee tiene razón —habló el animal—. Me dijo que te avisara, pero... Quiero volver a casa y dormir.

La chica soltó un suspiro y bajó la cabeza, arrepentida de haberle hablado así. Ella había reaccionado tal y como él lo habría hecho si hubiera llegado a encontrarse solo.

Tras medio día de camino y después de hacer una corta parada para comer algunas bayas que Kangee había encontrado, al fin avistaron el bosque, lo que quería decir que ya habían llegado. Espíritu cruzó el río por el lado menos profundo. A cada paso que daba el animal, el agua salpicaba a sus jinetes, aliviándoles un poco el calor que tenían. Pequeño Lobo gruñó: no le hizo gracia volver a mojarse.

Fueron en busca de Nieve, la blanca yegua que habían dejado allí, enferma, pero no la encontraron, cosa que preocupó y entristeció a la muchacha. Al llegar al poblado, Kangee bajó del caballo y estiró los brazos hacia Ashenee para ayudarla a bajar.

La agarró con firmeza por la cintura y la bajó despacio. Cuando tocó el suelo con los pies, ella, que había apoyado las manos en los hombros de él, lo miró a los ojos. Aquellos iris oscuros no eran tan negros como había imaginado. Podía distinguir algunas motas doradas, incluso verdes. Estaba completamente hipnotizada, no podía apartar la vista de él. Estaba tan absorta que incluso le pareció ver más allá de su alma. Vio el dulce rostro de una joven de largas trenzas y una bonita sonrisa. «Imikeka». Supo que era ella, la esposa de Kangee. Sintió celos de lo guapa que era, incluso más que ella...

El guerrero, ajeno a lo que Ashenee sentía, le apartó los mechones desigualados de la cara y se los colocó, despacio, detrás de la oreja.

—Eres testaruda, mujer.

—Lo sé.

—Y me gritas. Mucho.

—Lo siento. Ella, al sentir las yemas de los dedos de él en la mejilla, salió de su trance y parpadeó. Sintió que los mofletes se le enrojecían al ver que él acercaba de nuevo la mano hacia su rostro, pero, de repente, el lobo se sacudió el agua con ganas, mojando a sus amigos, que se apartaron rápidamente.

—¡Serás...! —maldijo Kangee.

El animal sacó la larga lengua rosada a modo de burla y se puso en postura de juego: patas delanteras estiradas y casi rozando el suelo mientras meneaba el rabo mojado.

Entonces, Wanageeska, que ayudaba a varios jóvenes con el arco y las flechas, oyó la voz de su hijo. Lo buscó por todas partes hasta que lo vio corriendo tras el juguetón lobo.

—¡Ya están aquí! ¡Kangee y Nutahi han regresado! —gritó el anciano llamando la atención de todos, que dejaron de hacer sus cosas y se acercaron a los jóvenes.

Wakani fue la primera en llegar al lado de los muchachos y se llevó las manos a la cabeza al ver el corto cabello de ella.

—¡Por el Gran Espíritu! —Talutah alzó la voz, preocupada—. ¿Qué le ha ocurrido a tu cabello, pequeña?

—Fue una ofrenda al Gran Padre —respondió ella sin darle tanta importancia—. Aunque mereció la pena. —Miró a Ohitekah, que se había unido al grupo.

—¿Pudiste verlas? —preguntó Wakani.

Ashenee asintió, sonriente y a la vez triste, pues sabía que pasaría mucho tiempo hasta que volviera a ver a su madre y su abuela.

Imaki, que acababa de despertarse, vio que su padre había regresado y corrió a sus brazos. Kangee la abrazó con fuerza y cariño. La había echado tanto de menos durante aquel tiempo que pensó que no podría soportarlo. Había salido más veces fuera del poblado para cazar, pero nunca había tardado tanto en regresar como en esta ocasión.

—¡Celebremos la vuelta de Nutahi! —exclamó Ohitekah levantando los brazos.

Todos estallaron en júbilo y comenzaron los planes de fiesta.

—¿Y por qué deberíamos celebrarlo? —dijo una mujer en tono despectivo.

Todos se volvieron hacia el lugar del que provenía la voz.

Era Totomi, una bonita muchacha de dieciséis años, de ojos pequeños y rostro ovalado. Tenía los brazos cruzados a la altura del pecho y mostraba en la cara una mueca de enfado.

—No es una de los nuestros —dijo la chica, retando a Ashenee con la mirada—, no ha pasado el ritual de iniciación.

—¡Totomi! —la reprendió Wanageeska—. Ella vino de las estrellas, no se ha criado con nosotros. —Señaló el cielo—. El ritual es para los hombres. Ninguna mujer ha pasado por él.

—Y ha hablado con el Gran Padre, ¿verdad, niña? —repuso Wakani, apoyando el comentario de Wanageeska.

Ashenee asintió. Todos se quedaron asombrados ante aquellas palabras y fue entonces cuando se dieron cuenta de lo corto que era su cabello.

—¡Ha perdido el alma! —gritó una anciana.

—¡Y sigue viva! —repuso otra, más sorprendida aún.

—Claro que sigo viva. Perder el cabello no significa morir —explicó Ashenee—. Tan solo ofrecí parte de mi alma. Pronto la recuperaré.

—Aun así, Totomi tiene razón. —Ohitekah metió cizaña—. No es de nuestra tribu.

—No voy a permitir que ella pase por el rito —sentenció Talutah.

—¿En qué consiste el ritual? —preguntó la muchacha, con una mezcla de miedo y curiosidad. Había leído sobre algunas ceremonias y muchas de ellas eran un poco… sangrientas.

—Los jóvenes pasarán a ser adultos ofreciendo al Wakan Tanka su dolor a cambio de purificación, de su bendición —explicó Talutah.

—Haré lo que sea para demostrar quién soy y adónde pertenezco —dijo Ashenee, mientras Talutah se llevaba las manos a la boca, ahogando un grito.

Tragó saliva. En el fondo estaba aterrada ante la idea de que aquel rito fuera más doloroso de lo que quería pensar. Pero tenía que hacerlo. Era otra de las pruebas del Gran Espíritu, de eso podía estar segura.

Kangee se sintió ignorado y, sin ser consciente de lo que Ashenee pretendía hacer, ya que había estado pendiente de su hija, se marchó con ella y con Espíritu. Nadie le preguntó cómo se encontraba o qué tal había ido el viaje; todas las atenciones eran para la mujer a la que había ayudado, protegido de una víbora, alimentado, abrigado. Por un momento, se imaginó a la muchacha durante la iniciación, muriendo a causa de la pérdida de sangre y… ¿Por qué razón la sola idea de perderla le dolía en el alma? ¿Por qué razón acaba de darse cuenta de que amaba a la mujer que vino de las estrellas? ¿Cómo podía haber ocurrido? ¡Él le había prometido amor eterno a Imikeka! La quería de verdad y siempre lo haría; sin embargo, lo que comenzaba a sentir por la recién llegada era muy distinto. Cada vez que la veía, su corazón palpitaba muy rápido y, si ella se le acercaba, latía con mucha más fuerza. Sentía que ya no le era leal a su esposa, pero los sentimientos que crecían en su interior eran mucho más intensos; nunca había sentido nada parecido. A pesar de que Imikeka y él se unieron en matrimonio por orden de sus padres, ambos se conocían desde pequeños y acabaron, contra todo pronóstico, enamorándose.

Acompañado por Imaki, llevó a Espíritu con los demás animales. Allí le dio alimento y agua para beber, y mientras este comía, con ayuda de su hija, le cepilló las crines.

—Espíritu, ¿por qué esa desgarbada mujer consigue que mi corazón baile de nuevo? ¿Por qué quiero yacer con ella, hacer que sonría, colmarla de amor? —le preguntó en un susurro, para evitar que su niña lo oyera. Soltó un suspiro. Ya sabía la respuesta.

—Te has enamorado de ella —respondió el caballo, a sabiendas de que él no podía oírlo—. La amas porque es la otra mitad de tu alma.

Oyó un relincho que le resultó bastante familiar. Se giró y vio a la blanca yegua que Ashenee y él abandonaron en el bosque.

—¡Nieve! ¡Estás aquí! ¡Y estás bien! —Abrazó el hocico del animal, feliz de verla sana y salva—. Qué contenta se va a poner Nutahi cuando te vea. Pero... —Tocó su abultado abdomen y sintió que algo grande se movía en su interior—. ¡Vas a ser mamá! ¡Por eso estabas cansada! —La yegua movió la cabeza asintiendo—. Imaki, ¡Nieve va a tener un potrillo!

—¡Qué bien! ¿Y quién va a ser su papá? —preguntó la niñita.

Espíritu se acercó a la yegua y le acarició el hocico con el suyo.

—¡Vaya! Espíritu, eres todo un conquistador. —Palmeó sonriente el lomo del negro animal.

—Papi, creo que son pareja —respondió Imaki acariciando el suave cabello de Espíritu.

Kangee, sin poder evitarlo, sonrió ante las palabras de su hija. ¡Qué lista era para ser tan pequeña! Si había llegado a entender eso... ¿podría comprender lo que sentía por Ashenee?

Tomó de la mano a la pequeña y juntos regresaron junto a Wanageeska y Talutah, que deseaban saber más de su viaje.

Ashenee se dio cuenta de que Kangee había desaparecido y fue en su busca, dejándolos a todos allí plantados; seguían discutiendo sobre el rito que ella debía pasar.

Al no ver tampoco a Espíritu, imaginó que había llevado al animal a su lugar de descanso, así que se dirigió hasta allí. Vio a Imaki y a su padre marcharse en dirección contraria, hacia el tipi de Wanageeska.

—¡Kangee! —lo llamó.

El guerrero, al verla, le pidió a su hija que buscara a su abuela y después fue hasta la chica, con una gran sonrisa en la cara.

—Acompáñame, tengo que enseñarte algo.

Kangee la tomó de la mano y tiró de ella hasta donde se encontraba el grupo de caballos. Allí la joven vio a Nieve y, con un feliz gritito, corrió hasta ella y se le abrazó al cuello.

—No estaba enferma, Nutahi, ¡está preñada! —le contó la buena nueva.

—Regresé a buscarte, pero no estabas... —dijo Ashenee, acariciando el blanco hocico de la yegua, encantada ante la gran noticia.

—Me sentía inútil y regresé a paso lento —respondió el animal—. No quería ser un lastre para ti, por eso decidí quedarme. Deberías hablar con él, está triste —dijo dirigiendo la mirada hacia el chico.

Ashenee asintió y, tras depositar un beso en el morro de la yegua, se acercó hasta el guerrero, que se encontraba apoyado sobre el comedero de madera.

—Kangee, ¿estás bien? —Apoyó la mano en el hombro de él, obligándolo a mirarla.

—Están contentos con tu regreso —respondió él, de malos modos.

—Quiero agradecerte todo lo que has hecho para ayudarme. Me has protegido y te has preocupado por mí. Gracias.

Lo besó muy cerca de la comisura de la boca. Sintió deseos de besarlo en los labios, pero no supo por qué. Por un instante, se imaginó que le besaba los gruesos labios mientras enredaba los dedos en su largo cabello.

Kangee estaba paralizado, con los ojos cerrados, intentando controlar el impulso que lo incitaba a devorarle la boca. Dio un paso hacia delante y agarró los hombros de la muchacha. El corazón de Ashenee se detuvo antes de empezar a galopar con estrépito, aunque su arranque duró poco: el muchacho la empujó con suavidad, todavía con los ojos cerrados, y la alejó de él.

—Natuhi, no sé qué costumbres tiene tu familia, pero esta no es una de las nuestras. La próxima vez que te acerques a mí como mujer, procura tener claro qué quieres conseguir con ello.

—Yo no... yo...

Los párpados de Kangee se abrieron; proyectaban una intensidad que la paralizó. La negativa de sus balbuceos le había ocasionado un gran dolor.

—Si tú no, yo tampoco.

Se giró, despreciando su contacto visual, para volver a atender a Espíritu. Ashenee tragó saliva y dio un paso hacia atrás.

—Te espero al anochecer en el ritual —dijo Ashenee, cabizbaja y girando el cuerpo en dirección a la aldea.

Kangee, que aún seguía conmocionado por el beso que ella le había dado, no cayó en lo que realmente significaban esas palabras.

Wakani y Talutah prepararon a Ashenee, vistiéndola con piezas de pieles que le tapaban los pechos y las partes íntimas. Le pintaron el cuerpo con pinturas blancas y una gruesa raya negra alrededor de los ojos, a modo de antifaz.

—No tienes por qué hacerlo —repetía una y otra vez Talutah, muy preocupada por ella—. Tan solo los hombres están obligados a llevarlo a cabo.

—Es doloroso —comentó Wakani—, casi tanto como un parto. Ninguna mujer realiza este rito, solo es para hombres. Nosotras ya tenemos bastante con parir. —Sonrió, tratando de tranquilizarla.

—Nosotras podemos aguantar tanto dolor como ellos o más —se defendió Ashenee, cansada de ver cómo menospreciaban a las mujeres en aquella época. Aunque, en realidad, no se diferenciaba mucho de su tiempo...

—¿En serio crees eso? —le preguntó Ohitekah, que parecía el guardaespaldas personal de la chica. No se había separado de ella desde que comenzó a prepararse para el ritual.

—Por supuesto que sí. ¿Qué crees que somos? ¿El sexo débil? ¡Qué machista es vuestra forma de vivir!

—¿Qué es *machista*?—Quiere decir que los hombres os creéis superiores a nosotras y las mujeres somos iguales a vosotros. Podemos cazar, cocinar, aguantar dolor, trabajar...

—¡Ja! —Rio el chico—. Las mujeres no valéis para cazar. Vuestro trabajo es cuidar a los hijos y...

—¡A eso me refería! —le cortó ella, cada vez más enfadada. ¿Cómo podía hacerlos entrar en razón?—. Ya me gustaría a mí veros aguantar el dolor de un parto. —Lo retó con la mirada.

Ohitekah abrió la boca para contestarle, pero su padre le ordenó, con un movimiento de mano, que se callara de una vez.

—Sin duda, eres muy valiente. No he dudado ni por un instante de que lo completarás sin problemas —dijo Talutah, convencida de ello—. Además, no serás la única que pase por el ritual; algunos de los más jóvenes deberán hacerlo para completar su cambio de niños a hombres. Ya sabes que no se trata solo de rezar pidiendo ayuda a los espíritus, sino también de una ofrenda de carne para demostrar la valentía de nuestra raza.

—Lo sé. Estoy dispuesta a ello —sentenció la joven.

Totomi entró en la tienda y avisó de que todo estaba preparado para el ritual.

—Me gustaría ser yo quien la ayudara —dijo la recién llegada.

Talutah dio su consentimiento, por lo que nadie podría quitarle su importante puesto en ese ritual.

Todos salieron del tipi y se dirigieron a la gran hoguera que ya casi alcanzaba el cielo. Al ver llegar a los jóvenes que iban a pasar el ritual, sonaron los tambores y las mujeres comenzaron con los cánticos, a los que, tras unos minutos, se unieron el resto de los miembros de la tribu.

Alrededor del fuego se colocaron siete muchachos que apenas tendrían trece o catorce años, o eso le pareció a Ashenee. Su cuerpo estaba adornado con oscuras pinturas: negras, marrones, imitando a leopardos, cebras... Tan solo vestían taparrabos e iban descalzos, como la chica, que se unió a ellos en círculo, de espaldas al fuego, mirando al sol, que ya estaba a punto de ocultarse entre las montañas.

El suelo estaba cubierto de guijarros, que debían pisar mientras cantaban y daban vueltas alrededor de la hoguera.

Ashenee se dispuso a ocupar su lugar sobre las afiladas piedras, pero alguien la cogió del brazo y tiró de ella hacia atrás.

Se giró y vio a Kangee, que llevaba pintado el rostro y parte del cuello y los hombros con pinturas negras.

—¿Qué crees que estás haciendo? Esta es la fila de los hombres, para verlo tienes que ponerte aquí, conmigo —le ordenó el guerrero.

Ashenee parpadeó extrañada y cayó en la cuenta: Kangee no sabía que ella iba a participar, solo que iba a estar presente. Se deshizo de su contacto, mirándolo con determinación.

—Quiero pertenecer a vuestra tribu con pleno derecho. Soy la enviada de Wakan Tanka y quiero ser una guerrera powani.

—Vamos, Nutahi —dijo Totomi. Es la hora.

—¿¡Ella!? Si Totomi se ocupa de la parte más dolorosa temo por ti, no va a ser benévola contigo.

—¿Por qué temes? Sé que podré aguantar el dolor.

—No...

—Apártate, hermano —lo cortó Ohitekah—, el ritual va a comenzar.

Ohitekah tiró del muchacho y lo alejó de Ashenee, que pisó los guijarros aguantando el dolor. Sabía lo que venía a continuación y, aunque se sentía preparada para afrontarlo, seguía temiendo el dolor que iba a causarle. Miró a Totomi y al resto de los hombres, listos para comenzar el ritual. Los tambores sonaron con más fuerza y los cánticos se alzaron más allá de la música.

Wakani se acercó a ella y le apretó el brazo, tratando de infundirle fuerza, pues iba a necesitarla.

—Estaré bien —respondió la chica. Le temblaban las piernas, tenía un fuerte dolor en la boca del estómago y el corazón le latía a mil por hora. ¿Por qué no se había echado para atrás? ¡Estaba aterrada!

Y el ritual comenzó tras unas palabras de Wanageeska, animando a los jóvenes que, al terminar la noche, amanecerían como adultos.

Totomi imitó los pasos de los ayudantes y cogió unas garras de águila, arrancó con ayuda de un cuchillo de sílex las uñas y se las clavó a Ashenee en la espalda, a la altura de los omóplatos. Al resto de los jóvenes se las incrustaron en el pecho.

El dolor que esta sintió cuando la carne se le rasgó fue horrible, más de lo que esperaba. Tenía los ojos anegados en lágrimas. Trató de no llorar y mucho menos delante de Totomi; sabía que le hacía daño a propósito y no iba a darle la satisfacción de verla llorar. Se fijó en los chiquillos que tenía a cada lado y algunos no podían evitar llorar en silencio.

Mientras aguantaban aquel tormento, debían danzar sobre los guijarros alrededor de la hoguera, hasta que el jefe de la tribu diera la orden de parar.

Totomi sonreía. Podía ver el dolor en el rostro de la mujer que a su amado Kangee parecía gustarle. Estaba segura de que así era, ya que no dejaba de mirarla. No iba a ponérselo nada fácil, de eso estaba segura. Por el momento, haría que esas señales quedaran de por vida en su cuerpo, así el guerrero la rechazaría, pues ya no sería tan perfecta.

CAPÍTULO 13

El dolor que Ashenee sintió en aquel momento fue terrible. Jamás pensó que los powani fueran tan crueles en ese tipo de ritos. Lo había hecho por interés, porque necesitaba su ayuda: los necesitaba a todos para cumplir aquella complicada misión.

Wakani le curaba las heridas con sus ungüentos; evitarían que la sangre de las heridas se contaminara y acabara muriendo por una infección. Tras las primeras curas, los demás iniciados continuaron con sus tareas, tal y como Ashenee podría hacer en cuanto terminara de taparle las recientes cicatrices.

De repente, un muchacho irrumpió en el tipi donde las dos mujeres se encontraban y ellas se volvieron asustadas, pues no se lo esperaban.

—¡Wakani! ¡Es Mekeki! ¡No puede respirar! —intentó decir el chiquillo mientras hacía lo posible por recuperar el aliento tras la carrera—. ¡Ven, por favor!

La chamana y la muchacha siguieron al chico hasta la tienda donde yacía la mujer. Al entrar, vieron que los hijos y nietos de Mekeki se encontraban allí, despidiéndose de ella.

—El Gran Padre la requiere a su lado —dijo Wakani, arrodillada en el suelo, mientras tocaba la frente de la mujer, que estaba bastante fría.

La anciana era ya demasiado mayor y apenas podía respirar y abrir los ojos. La chamana les pidió a los familiares que lo prepararan todo para el funeral. Por desgracia, la señora se marcharía junto a los espíritus a lo largo del día.

Todos los hombres salieron y se quedaron las mujeres, incluidas Ashenee y Wakani, que ayudaron a las otras muchachas a asear y vestir a Mekeki con sus mejores ropas.

La joven peinó los blancos cabellos de la mujer y le hizo dos largas trenzas, que adornó con cuentas y plumas de halcón. Después, siguiendo las instrucciones de Wakani, le pintó en el rostro, bajo los ojos y el puente de la nariz, una gruesa línea con pintura roja, el color de la vida.

Notó que el pecho de la mujer dejaba de subir y bajar, lo que confirmaba que había fallecido. Sus hijas y nietas comenzaron a llorar sin dejar sus quehaceres mientras entonaban cánticos de vida y muerte. No podían parar ahora, debían continuar para que Mekeki pudiera ir lo más bonita posible al lado del Gran Espíritu.

Una vez que hubieron acabado, entraron los hombres de la familia para sacar el cuerpo sin vida de la mujer fuera del tipi. Hemeki, el primogénito de Mekeki, era quien la llevaba en brazos; tras llegar al rincón más alejado del poblado, donde tenían lugar los funerales, dejó con suavidad el cuerpo de su madre sobre una magnífica piel que la mujer había hecho con sus propias manos y se arrodilló para abrazarla por última vez.

Toda la familia se despidió de la anciana con besos y abrazos mientras el resto de los miembros de la tribu entonaba canciones funerarias. Después, estos también despidieron a la anciana, colocándole sobre el pecho y alrededor del cuerpo hojas del sauce, el Árbol Sagrado.

—Pequeña Nutahi, ¿nos harías el honor de proceder a la guarda del espíritu? —pidió Lomoke, una de las hijas de la fallecida.

—¿La guarda del espíritu? —Ashenee no sabía qué era eso, aunque le sonaba que alguna vez su abuela le había hablado de ello.

—Debes cortar un poco de pelo de Mekeki —explicó Wakani.

La chica se dio cuenta de que hacer aquello era un honor para la familia y no dudó ni un instante en hacerlo.

Hemeki, el hijo, le entregó un afilado cuchillo con el que procedió a cortar las dos trenzas de la anciana. Después, las envolvió en un trozo de piel roja, acompañadas por algunas hojas del sauce, y finalmente ató la piel con una cinta de cuero.

Wakani le explicó con detalle qué era el ritual de la guarda del espíritu: el cabello que le cortaban al fallecido lo guardaban los familiares durante diecisiete lunas llenas y, al pasar ese tiempo, debían enterrarlo bajo el Árbol Sagrado para que el Wakan Tanka, a través de las raíces del sauce, acudiera en busca del espíritu; así irían juntos al mundo de los cielos.

Envolvieron a la anciana en sus mejores pieles y la colocaron sobre un camastro de madera, lo alzaron sobre una especie de andamio con gruesas ramas y lo elevaron aproximadamente a dos metros de altura, donde, de sol a sol, durante un día completo, la familia custodiaría el cuerpo hasta el día siguiente, cuando lo incinerarían.

Ashenee acompañó a la única hija de Mekeki hasta el sauce sagrado y entre las dos enterraron el cabello de la mujer. Le rogó al Gran Espíritu que guiara a la anciana hasta reencontrarse con él y sus antepasados. Después, regresó a su tipi con Wakani.

El sol salió de entre las montañas para dar la bienvenida a un nuevo día. Pequeño Lobo aulló; era como si llamara a despertar a todo el clan. La tribu se reunió al completo y acompañó a la familia de Mekeki hasta donde se encontraba el cuerpo de la mujer. El primogénito prendió fuego con una antorcha de matorrales secos y grasa de búfalo a las pieles donde su madre esperaba a reencontrarse con Wakan Tanka. Otro de sus hermanos sacrificó uno de los mejores caballos que poseían para que el espíritu del animal acompañara al alma de Mekeki hasta el seno del Gran Padre.

Los llantos de la familia y los cánticos de los demás miembros de la tribu acompañaron a la mujer hacia los cielos, más allá de donde ningún mortal podría llegar.

Las llamas consumieron lentamente el cuerpo de la anciana bajo la atenta mirada de Ashenee, que no había asistido nunca a un funeral. Se le encogió el corazón al imaginarse que aquella anciana podría ser su madre o su abuela. Las lágrimas le caían sin control. Aquel sentimiento de dolor provocó que el cielo se cubriera de nubes y oscureciera con rapidez, dando lugar a una fina lluvia que cayó sobre todos ellos. A pesar de ello, las llamas se alzaban varios metros sobre su cabeza.

Trató de limpiarse las lágrimas con la mano, pero estaba calada hasta los huesos. Al levantar el brazo hacia el rostro, sintió un fuerte tirón en la espalda: una de las heridas había vuelto a abrirse y comenzó a sangrar. Ohitekah, que se encontraba tras ella, se dio cuenta y le hizo una señal a Wakani. La chamana le pidió que acompañara a la muchacha hasta su tienda; allí lo tenía todo preparado para hacerle una nueva cura. Ella tardaría un poco en ir, pues tenía que recitar un último salmo en honor de Mekeki, así que ambos se marcharon hasta el tipi que las dos mujeres compartían.

Una vez en la tienda, Ashenee sintió todo el peso de la tristeza y el dolor sobre los hombros. Se limitó a sentarse dándole la espalda a Ohitekah. Se acarició los brazos para reconfortarse. Era una de las cosas que más echaba de menos, tener a alguien con quien compartir un abrazo, un gesto de cariño sin tener que pensar si estaba dando a entender lo que no era. El episodio con Kangee así se lo había demostrado.

Ashenee miró sin llegar a ver, solo por mantener los ojos abiertos y la mente despejada. Divagaba, perdida entre recuerdos llenos de afecto; tal vez por eso no advirtió que las caricias del guerrero pasaban de ser curativas a anhelantes. Ohitekah, perturbado por la desnudez y la belleza de la muchacha, comenzó a repasar las prominencias de sus vértebras, disfrutando con la manera en que se erizaba el vello de la muchacha. Inhaló el perfume de su cabello, dejó que su entrepierna se preparase para la acción. Fue entonces cuando Ashenee tomó conciencia de dónde y con quién se encontraba; quiso levantarse para poner fin a su cura, pero las ásperas manos de Ohitekah se lo impidieron.

Conteniendo el aliento, la muchacha se apartó con brusquedad, recuperando la verticalidad para enfrentarse a él.

—No vuelvas a tocarme —amenazó con el rostro encendido por la ira.

Él también se alzó, obligando a la muchacha a levantar la barbilla para seguir mirándolo.

—Sé que lo deseas, tu cuerpo me lo dice —dijo él, más que confiado.

—Es imposible que mi cuerpo te diga algo que niega mi voz.

—Algunas hembras dicen que no para evitar una deshonra que en realidad desean. Dime, si no lo quieres, ¿por qué estoy en tu tienda?

Él avanzó un paso, ella retrocedió dos. Ashenee quería responder que en ningún caso ella le había pedido que entrara, que en ningún caso iba a haber una retribución, pero no pudo: Ohitekah se lanzó hacia ella y le agarró con una mano las muñecas, utilizando su envergadura y las heridas de ella para doblegarla hasta poder tumbarse sobre ella. Le clavó la excitación sobre los muslos, zafándose de todo golpe que ella quería propinarle.

—¡¡Suéltame!! —gritó, tratando de soltarse.

—No hasta que seas mía.

Ashenee le propinó un rodillazo en el costado y consiguió aflojar su bloqueo lo suficiente como para rodar hacia la entrada del tipi, pero él era mucho más rápido. La tormenta en el exterior se intensificó, las paredes de piel parecían de papel al dejar pasar la luz de los relámpagos. Afuera, los lugareños gritaban, los niños lloraban en trágica armonía y los caballos relinchaban. Ohitekah consiguió poner bocabajo a Ashenee, sujetándole la cabeza contra el suelo del tipi mientras le levantaba la falda.

Ashenee sintió cómo su cuerpo se tensaba, presa del pánico. No era capaz de apartarlo de encima de ella y se temió lo peor. Notó los dedos de Ohitekah agarrando la goma de sus bragas y trató de gritar, aunque él seguía besándola con fuerza. Tenía que hacer algo, pues no podía permitir que siguiera adelante: le mordió con tanta fuerza el labio que sintió un sabor metálico en la boca.

—¡Serás...! —Soltó las muñecas de ella y se llevó la mano al labio inferior, que sangraba bastante—. ¡Maldita seas!

Alzó el puño para golpearla y ella se cubrió la cara con los brazos para evitar el golpe; sin embargo, este nunca llegó. Oyó gritos y gruñidos, hasta que notó que el peso que tenía sobre el vientre desaparecía.

Abrió los ojos y se encontró a Ohitekah tratando de zafarse de Pequeño Lobo, que había apresado el brazo del guerrero con las fuertes mandíbulas. El animal tiró del joven hacia el exterior de la tienda para que todos pudieran verlo.

—¡Suéltame, animal! ¡Te mataré! —amenazó Ohitekah de rodillas en el suelo, mientras cogía un cuchillo de su cinturón de cuero.

Pequeño Lobo vio que le acercaba la afilada arma a las costillas, pero no llegó a rozarlo. Ohitekah, que se revolvía, dejó de moverse.

Pequeño Lobo levantó la vista y pudo ver a Ashenee, que se encontraba de pie a su espalda y con otro cuchillo apoyado en la garganta del guerrero. Si se movía un solo milímetro, le seccionaría la garganta en una milésima de segundo.

—Suéltalo —le ordenó al lobo.

El animal abrió las fauces y dejó libre el brazo ensangrentado de Ohitekah.

—Debería cortarte el cuello ahora mismo —amenazó la muchacha. Estaba tan furiosa que sentía que en su interior afloraba el deseo de acabar con su vida. Sentía la necesidad de hacerlo, como si fuera un paso importante para sobrevivir en aquel tiempo. Desde el primer momento en que lo conoció no le gustó un pelo, lo veía mala persona, alguien dañino. Y, en efecto, no se había equivocado.

El cielo se cubrió rápidamente de oscuras nubes y comenzaron a sonar unos fuertes truenos. La tribu se asustó, no por los truenos y relámpagos, sino por ver que aquella desgarbada muchacha doblegaba a uno de sus mejores guerreros.

—Eres despreciable, Ohitekah. Eres egoísta y envidioso. El Gran Espíritu te odia —dijo ella—. Te advertí que no me tocaras y no me hiciste caso. Ahora debes asumir las consecuencias. —Le apretó el cuchillo contra la garganta y le hizo un pequeño corte en la piel.

Llegaron entonces los jefes de la tribu. Wanageeska analizó la situación, escuchando con detenimiento a Ashenee, que relató de forma breve y concisa lo que había ocurrido. El anciano dejó a criterio de Ashenee si su hijo menor merecía vivir. Talutah quiso intervenir para salvarlo, pero su esposo se lo impidió.

Kangee llegó justo en el momento en el que ella comenzó su relato. Apretó los puños, dejándose llevar por la ira.

—Jamás vuelvas a acercarte a mí, Ohitekah. Si lo haces, no dudaré en matarte. —Ashenee le apartó el cuchillo de la garganta y, en su lugar, le cortó su larga melena, que llevaba recogida en una trenza. Después lo empujó y se apartó de él.

Ohitekah observó que todos lo miraban con desprecio y no permitiría que una cría lo dejara en ridículo.

Se puso en pie y, empuñando su cuchillo, se giró hacia Ashenee, que en ese mismo instante le daba la espalda. Al oír los gritos de los niños, entre ellos los de la pequeña Imaki, se volvió a tiempo mientras estiraba el brazo hacia el guerrero haciendo que, de inmediato, un rayo cayera ante ella, cegando momentáneamente a Ohitekah, que tuvo que taparse los ojos y retroceder. Kangee aprovechó aquel momento para placar a su hermano. Se oyó un crujido: posiblemente le había roto un par de costillas. Después se sentó a horcajadas sobre él y lo amenazó con su propia arma, que había dejado caer al suelo.

—Aquí, ahora, antes de que mueras, confiesa. Libera tu conciencia, da firmeza a mi suposición o niégamela para que pueda verte morir tranquilo. —Kangee sintió que el corazón le latía tan fuerte que le dolía el pecho.

—No sé de qué...—Dilo —lo cortó Kangee—. Dime cómo acabaste con su vida. Hoy has intentado hacerlo con Natuhi, visto mi interés por mantenerla con vida y protegerla; ¿qué no harías con mi esposa? ¡Dilo! ¡¡CONFIÉSALO!!

—Si sabías lo que hice, ¿por qué no has hablado hasta ahora?

Kangee gritó y su grito rompió la densa masa de nubes. El sol le caía sobre la espalda, otorgando luz sobre su maltrecho corazón. Una vez que hubo descargado toda su rabia, hundió el cuchillo en tierra, cerca del rostro de su hermano; su filo le procuraría una muerte demasiado rápida; sus manos serían más lentas; su venganza, mucho más completa.

—Tú... Tú mataste a Imikeka.

Una ola de silencio ahogó cada murmullo, cada suspiro, cada conjetura. La estupefacción dio paso a la tristeza y a la ira. Ashenee se acercó a los dos hermanos, y tomó el rostro de Ohitekah con fuerza y desprecio.

—¿Es eso cierto? ¿Mataste tú a la esposa de tu hermano?

Y, en ese momento, Ashenee recordó. No le hizo falta que contestara, pues ella misma lo había visto en sueños: el cuervo, la paloma y el gorrión traidor.

—Deseaba carnalmente a Imikeka, pero ella me correspondía a mí por ser el primogénito. Así lo quiso Wanageeska —respondió Kangee, sin darle la oportunidad a su hermano de abrir la boca—. No pudo soportar que ella me perteneciera.

Ohitekah estaba furioso y a la vez dolorido. Su brazo presentaba una horrible y sangrante herida donde Pequeño Lobo le había mordido.

—¡Confiesa tus pecados para que el Gran Espíritu pueda perdonarte! —le pidió ella con lágrimas en los ojos, a sabiendas de que el Padre de todos no lo haría.

Kangee, al ver el silencio de su hermano, agarró el cuchillo que había clavado en la tierra y le apoyó el filo en la garganta, provocándole un buen corte, bastante más grande y profundo que el que Ashenee le había hecho minutos antes.

Notó que la sangre le recorría el cuello y le caía por la nuca. Miró a Kangee. Estaba furioso, jamás lo había visto así; ¡estaba dispuesto a matarlo!

—¡Lo confieso! ¡Lo hice! ¡Envenené a Imikeka! —respondió Ohitekah, pensando que así se libraría del castigo del Wakan

Tanka. Si confesaba, lo acogería en su seno—. ¡Jamás debió ser tuya! ¡Me pertenecía a mí, que soy mejor que tú!

—¿Es cierto eso? —Talutah sintió que le temblaban las piernas. El corazón le latía a mil por hora y amenazaba con salírsele del pecho. ¡Su hijo menor no podía haber hecho algo tan horrible!

Kangee sintió que su corazón escupía odio. Por mucho que le deseara una agonía larga y cruel a su hermano, un último acceso de piedad lo llevó a coger de nuevo el cuchillo y a colocárselo en el pecho. Sería rápido, más de lo que se merecía. Lanzó un nuevo grito al alzar el cuchillo para descargarlo con fuerza sobre su objetivo. Ohitekah cerró los ojos en señal de rendición.

—¡NO! —chilló Ashenee, colocándose en la trayectoria del arma. No iba a permitir que la sangre de ese bastardo manchara las manos de Kangee—. Si lo haces, serás igual que él. Y no quieres serlo, ¿verdad, Kangee?

La muchacha le aferró la cara entre las manos para conseguir que él clavara los ojos en ella, que olvidara la muerte y se refugiara en la luz que Wakan Tanka le había concedido. Los brazos de Kangee perdieron firmeza al cabo de pocos segundos; Ashenee levantó entonces la mano y le arrebató el cuchillo. Alzó al guerrero y le pasó una de las manos por el varonil rostro. No llegó a tocarlo, pero la energía que ambos compartieron desde el primer contacto apareció y reconfortó a Kangee. Otros guerreros se acercaron y le propinaron patadas a Ohitekah. Wanageeska pidió entonces paso; su voz retumbó por toda la aldea:

—Quedas desterrado. Para siempre.

Ohitekah se puso en pie como buenamente pudo. Aquel castigo le prohibía llevarse ninguna de sus pertenencias, ni siquiera su arco, sus cuchillos o pieles para el invierno. Ya no merecía nada de la tribu. Había perdido el respeto de los suyos y el derecho a considerarse un powani. Tres guerreros lo acompañaron a lo más profundo del bosque, de donde jamás podría regresar. Si lo hacía, su destino sería la muerte, una muerte lenta y dolorosa.

—Ven conmigo —susurró Ashenee, tan imperceptiblemente que Kangee tuvo que acercarse un poco más a ella—. Ven conmigo —repitió.

Ashenee llevó a Kangee al Árbol Sagrado, donde lo obligó a sentarse apoyando la espalda en el grueso tronco del sauce.

—Respira hondo, por favor —pidió ella.

Él, sin importarle que lo viera tan enfadado, se cubrió el rostro con las manos, evitando así que ella se asustara. Cuando parecía que se había calmado un poco, fue la primera en hablar:

—Te contaré una historia —comenzó—. El anciano de una tribu, que hablaba con sus nietos sobre la vida, les dijo: «Una gran batalla entre dos lobos está ocurriendo en mi interior. —Se arrodilló frente a él y le secó con la mano los restos húmedos de las mejillas—. Uno de ellos, el negro, representa la maldad, la ira, el dolor, el temor, la envidia, el rencor, la culpa y el resentimiento, la avaricia, la arrogancia, la inferioridad, el orgullo, la mentira, la competencia y la superioridad. El otro lobo, de color blanco, representa la bondad, la alegría, la paz, el amor, la esperanza, la dulzura, la serenidad, la amistad, la humildad, la generosidad, la verdad, la compasión y la fe. Esta misma pelea está ocurriendo dentro de todos vosotros y de todos los seres de la tierra».

»Los niños pensaron todo lo que el anciano les había contado y uno de ellos preguntó: «Abuelo, dime... ¿cuál de los lobos ganará?». Y el anciano respondió: «El que tú alimentes». —Miró al joven a la cara—. Kangee, no puedes vivir del rencor o el lobo negro te dominará.

—¿Y qué si lo hago? Llevo años intentando perdonarlo...

—Ese era el lobo blanco. Tú eres bueno y has sido compasivo con él. Sin embargo, a Ohitekah lo domina el lobo negro; él jamás será como tú. Una vez te dije que eras bueno y valiente, y cada vez me lo demuestras más.

—¡Ha estado a punto de deshonrarte! —Calló. No podía ni pronunciar aquellas palabras delante de ella.

—Lo sé. He tenido mucho miedo, Kangee, ni te imaginas cuánto. No sé ni de dónde conseguí sacar fuerzas para defenderme. Gracias al Gran Padre, Pequeño Lobo me oyó.

—Debería haber sido más cuidadoso con mi hermano...

—No es culpa tuya, ni siquiera pienses en eso, porque no voy a permitírtelo. Además, me has salvado la vida. Otra vez.

—Tú lo hiciste, aquel rayo cegó a mi hermano y pude detenerlo...

—Aun así, me defendiste cuando no tenías por qué hacerlo.

—Es mi deber como guerrero proteger a mi tribu y a todos sus miembros. Y ahora tú eres de los nuestros.

Ashenee sonrió.

—Aunque seas tosco y grosero, tienes buen corazón.

—No me conoces. Tú no sabes nada de mí.

—Sé cuanto necesito. Kangee, quiero que me enseñes a luchar, a cazar y a todo lo que sea necesario para poder llevar a cabo mi misión.

Él, ya más tranquilo y con gesto imperturbable, la cogió de las manos y la miró a los ojos.

—Lo haré, Nutahi. Te enseñaré a ser un guerrero más. Me has demostrado que, aunque seas mujer, puedes ser tan fuerte y despiadada como cualquiera de mis hombres. Nadie volverá a mirarte como si fueras frágil. Te acompañaré allá donde vayas, lo juro, aquí frente al Árbol Sagrado —dijo él, contagiando a Ashenee de su fuerza y energía.

Tenía que prepararse. Iban a ser unos días muy duros para ella.

CAPÍTULO 14

Y los meses pasaron, y con ellos llegaron las primeras nieves del invierno. Ashenee se sorprendió al ver que no movían el campamento de sitio, pues aquel lugar donde se hallaban era magnífico, las montañas y el bosque los resguardaban tanto de las fuertes nieves como del calor insoportable, y con el río al lado, siempre tendrían alimento.

Kangee cumplió su promesa y aquellos meses de frío y hielo le enseñaron todo lo que ella necesitaba saber para luchar y cazar para sobrevivir entre los suyos.

Aprendió a utilizar cualquier tipo de arma, en especial el arco y las flechas. Kangee le exigía el doble que a sus otros discípulos. Le gritaba y la menospreciaba, tratando de endurecer su forma de ser. Sí, fue muy duro para ella. Era demasiado exigente. La presionó, la llevó hasta el límite de sus fuerzas. Lloró. Sangró. El dolor se apoderó de su cuerpo durante semanas, pero, a pesar de no poder con su alma, seguía adelante por el bien de su vida y de la misión de Wakan Tanka. Todo dependía de ella. «Si no lo consigo, tanto esfuerzo habrá sido en vano», se decía una y otra vez. Tenía el presentimiento de que algún día debía enfrentarse a sus mayores miedos y debía estar preparada.

Durante todo el tiempo que duró su entrenamiento, se llevó golpes por todas partes. Tuvo la cara magullada durante días, cortes en los brazos y las piernas e incluso se rompió tres dedos de la mano izquierda.

No, Kangee no había sido, desde luego, blando con ella. Y en parte lo agradeció, ya que se dio cuenta de que era mucho más fuerte de lo que pensaba, no solo físicamente, también psicológicamente. Después de semejante entrenamiento, cualquier cosa que ocurriera no le haría tirar la toalla. No ahora, no con Kangee a su lado.

El guerrero estaba sorprendido con ella. No esperaba que fuera tan dura, que aguantara tan bien los golpes que le propinaba. Sí, era muy agresivo, más que con el resto, pero en el fondo sabía que ella podía, que era digna de llevar a cabo la gran tarea de Wakan Tanka.

Por otro lado, Wakani le enseñó a preparar los ungüentos que ella usaba para curar heridas o bajar las fiebres de los enfermos. No le fue difícil aprenderlos, incluso le dio varios consejos a la chamana usando los trucos e ingredientes que su abuela Wakanda utilizaba en casa, cosa que le vino a las mil maravillas a Wakani, que seguía pensando que Ashenee era única y especial.

Aquella noche nevó de nuevo. Ashenee, abrigada con pantalones de piel, camisa hasta las rodillas y una gruesa piel de búfalo, afinaba la puntería con el arco y las flechas que Wanageeska le había regalado. Se había convertido en uno de sus mayores tesoros; con ellas cazó su primer ciervo. Gastó tres flechas hasta que consiguió abatirlo. La chica acompañó a los hombres a cazar y los ayudó: consiguió llevar una pieza al poblado. Fue algo importante para ella, pues era como si hubiera pasado una gran prueba de fuego para ser una más en la tribu; ni siquiera el ritual de iniciación fue tan importante para ella como aquella hazaña. ¡Ni su madre ni su abuela se creerían que lo había hecho!

Regresó al tipi que compartía con Wakani, donde la esperaba una buena hoguera y caldo de carne caliente. Al oler la comida, la boca se le hizo agua; estaba hambrienta. A unos pasos de la tienda se encontraba la de Kangee, que en ese momento se hallaba sentado sobre unas pieles en la entrada, viendo a Imaki jugar con la nieve que iba acumulándose en el suelo. La pequeña, al verla, corrió hacia ella y saltó a sus brazos.

—Nutahi, ¿ya vas a dejar el arco? ¿Jugarás conmigo mañana? —le preguntó la pequeña acariciando las suaves pieles de búfalo que la muchacha llevaba encima.

—Claro que sí, te haré un vestido. ¿Qué te parece?

La niña no contestó, pero el grito de alegría que dio fue suficiente respuesta para Ashenee.

Imaki corrió hacia su padre, se tiró sobre él y le contó feliz lo que ella le había dicho.

Wakani, al oír el gritito de la niña, se asomó por la tienda y, al ver a la joven, sonrió, alegre de verla de nuevo, pues no había sabido de ella en todo el día, ya que llevaba sin pisar la aldea desde el alba. La llamó y la chica entró. El fuego caldeaba la estancia y ella lo agradeció; comenzaba a sentir las manos y los pies helados. Una vez dentro, corrió las pieles que tapaban la entrada, si no, se escaparía todo el calor. Dejó caer el abrigo de piel sobre su camastro y se sentó en el suelo frente a la hoguera, forrado también con pieles, que aislaban del frío del suelo. La chamana le ofreció un cuenco con el guiso que tenía en una olla sobre otro pequeño fuego.

—Sabes que les partirás el corazón cuando te marches, ¿no? —le dijo la mujer con voz triste, tras darle un sorbo a su caldo.

—Lo sé... Sin embargo, he de hacerlo... —respondió ella con pesar. No solo le partiría el corazón a Imaki; el suyo propio también se haría trizas—. Me gusta estar aquí, con vosotros. Si pudiera, traería aquí a mi familia... Aunque eso es imposible, casi tanto como que al fin encuentre la forma de regresar. —Soltó un suspiro.

—Nosotros podremos superarlo, pero Imaki y los más pequeños no.

—No sabes cuánto me dolerá alejarme de ella...

—Y de su padre.

—Kangee es tosco y agresivo. Además, físicamente no es mi tipo.

—¿Tu tipo? No entiendo qué quieres decir —comentó Wakani mientras se llevaba otra cucharada a la boca.

—Me gustan con cabellos dorados y ojos como el cielo. Kangee es todo lo opuesto.

—Las almas gemelas no entienden de razas, color de piel, cabello o mirada, sino de lo que hay en nuestro interior. El corazón es el que manda, no tus ojos; ellos tan solo valen para mirar en lo más profundo del ser que tienes enfrente. Si te propusieras observar y no solo mirar, verías algo especial en él. Bueno, en él o en cualquiera de los hombres de la tribu.

Ashenee agachó la cabeza. ¿Por qué razón le había mentido? Era obvio que comenzaba a sentir algo por Kangee. Era guapo, muy guapo, incluso más que Daniel. Aunque él no lo dijera y se ocultara bajo esa fachada de *chico duro,* cada mañana la recibía con una cálida sonrisa que derretiría cualquier corazón de hielo, pero cuando la miraba con aquella devoción, como el recién casado mira a su esposa o como él miraba a su pequeña Imaki, le temblaban hasta las piernas. Si el revoltijo que sentía en el estómago sumado a la cara de tonta que se le ponía al verlo no era amor... que un rayo le cayera encima. Levantó la mirada y vio que Wakani reía. ¿Acaso podía leerle los pensamientos? Rezó por que no fuera así, pues si llegaba a enterarse de las cosas que deseaba hacerle... le daría un infarto.

—No, no puedo saber en qué piensas. —Eso sí que pudo notarlo en su mirada—. Aunque sí sé que te has enamorado de él.

—Yo...

—¿Tan terrible sería estarlo? Es nuestro mejor guerrero y cazador.

—No es eso... Es que a mí me gusta otro chico...

—¿Y él siente algo por ti?

—Eso creo...

—Se puede querer a dos personas a la vez, pero no con la misma intensidad. Sé que tienes sentimientos hacia Kangee, no puedes negarlo. Piensa, Ashenee, piensa qué tipo de amor habita en tu corazón. Ten, tómate esto. —Le dio un vaso tallado en madera—. Con esto descansarás bien esta noche.

La chica lo tomó y lo bebió despacio, ya que estaba ardiendo. Notó que los párpados le pesaban cada vez más. Trató de mantener los ojos abiertos, pero no podía; la infusión de Wakani estaba haciendo efecto.

La chamana le cogió el vaso y Ashenee se tumbó en su colchón de pieles y se acomodó entre las mantas. Cerró los ojos y bostezó.

—Descansa, pequeña —susurró Wakani mientras acababa su cena. Después, regresó a sus quehaceres.

Ashenee cayó en un profundo sueño. Soñó con su madre y su abuela. Ambas se encontraban en la montaña donde ella cayó en coma.

Podía verlas desde el cielo, como si fuera un pájaro. Ninguna de las dos soltó una lágrima por ella, pues sabían que estaba viva y eso las reconfortaba. También podía oír a su abuela entonando aquellas canciones que tanto le gustaban.

La muchacha, desde lo más alto, sentía que cada una de esas palabras se grababa en lo más profundo de su ser. Hablaban de lo orgullosa que estaba de ella, de que era un gran honor estar bajo el mando de Wakan Tanka, de que debía ser fuerte y de que tenía que regresar convertida en una poderosa mujer.

Quiso hablar, pero no lo hizo, no porque no pudiera, sino porque no quería despertarlas de su apacible sueño. Bajó de los cielos, caminó desde el saliente de la montaña y entró en la gruta. Se acercó a ellas, alargó la mano hacia el arrugado y tostado rostro de su abuela y le acarició con cariño la mejilla. La anciana notó aquel contacto como una suave brisa. Enseguida sonrió, pues supo que se trataba de su nieta.

Mapiya, que llevaba tiempo sin dormir, descansó por primera vez; estaba dentro de la cueva secreta a la que la muchacha solía ir, abrazada a la manta que le había dado calor a su hija aquella horrible noche.

La joven se arrodilló frente a ella y la besó en la mejilla. Ante tal contacto, la mujer sonrió en sueños. Estaba segura de que estaba soñando con ella.

De repente, se le nublaron los ojos y Ashenee los frotó incómoda. Poco a poco fue enfocando la mirada y se encontró frente a la cafetería donde ella trabajaba. Se acercó hasta el gran ventanal y miró a través de él. Allí estaba Daniel, tan guapo, igual que siempre. Se había cortado el pelo, lo tenía de punta y estaba sonriente. Había muchos clientes, algunos habituales. Parecían felices; era como si nadie la echara de menos, algo que la entristeció.

Entonces, una preciosa Magaki salió de la cocina con varios platos de comida en las manos. Ashenee vio algo que le llamó la atención: Daniel acarició la mejilla de Magaki, en cuyos dedos lucía una alianza de oro, al igual que en la mano derecha de ella.

—Pero qué... —No entendía nada.

Y la respuesta llegó enseguida: Daniel besó con cariño los labios de Magaki.

Se llevó las manos a la boca y ahogó un grito.

—¡Malditos seáis! —quiso gritar; sin embargo, ningún sonido salió de su garganta—. ¡Traidores! ¡Pensé que me queríais! ¡Ni siquiera me habéis echado de menos! —Las lágrimas comenzaron a agolpársele en los ojos, amenazando con salir.

Golpeó con fuerza los cristales del local, que no emitieron sonido alguno. Estaba tan enfadada y decepcionada que su humor empeoró por segundos, haciendo que la ventana que golpeaba se rompiera en mil pedazos, asustando a todos los clientes del local, incluida a ella misma. Entonces sintió un fuerte dolor en las manos, bajó la mirada y las vio cubiertas de sangre.

En ese momento, todo a su alrededor se tornó oscuro y sintió que el sueño la vencía una vez más.

Por primera vez en muchísimo tiempo, Ashenee tuvo una pesadilla: el atrapasueños no había funcionado.

Kangee no podía dormir. Llevaba horas dando vueltas en su camastro y ya no sabía qué hacer. Se abrigó bien y salió fuera del tipi dejando a la pequeña Imaki durmiendo, bajo el cuidado de Pequeño Lobo, que al verlo levantarse, se movió y se tumbó más cerca de la niña.

Se sentó sobre unas pieles junto a la entrada y encendió un pequeño fuego. Cogió su cuchillo y se puso a afilar finas ramas para convertirlas en flechas mortíferas. Cuando llevaba un rato, oyó un triste sollozo que parecía provenir de alguno de los tipis más alejados del suyo. Como no sabía qué podría encontrarse, decidió ir a ver con su cuchillo en la mano. No hizo ningún ruido para poder percibir mejor de dónde provenía aquel llanto.

Rodeó la tienda de Wakani y se alejó un poco del poblado. Gracias al silencio de la noche, pudo oír con claridad. Fuese quien fuese, se encontraba junto a la Gran Roca, destruida hacía meses por un fuerte rayo.

Oculto en la negrura de la noche, descubrió quién lloraba.

—¡Nutahi!

Guardó su arma en el cinturón que le colgaba de las caderas y corrió hacia donde la joven se encontraba. Se arrodilló frente a ella y le cogió el rostro con las manos.

—¿Estás bien? —La obligó a mirarlo—. ¿Qué te ocurre?

—No me quieren, Kangee, ¡ninguno de ellos me echa de menos!

—¿Quiénes? ¿Tu familia?

—¡Daniel y Magaki!

El muchacho, que ya conocía toda su historia, incluida la de Kamali, aquel impresentable cheyenne que la abandonó hacía ya mucho tiempo, se sentó a su lado y ejerció el papel de amigo. No solo Ashenee había dominado las técnicas de ataque, defensa y caza; el aguerrido guerrero también había tomado lecciones de aspectos sociales actuales. Haciendo memoria de las clases magistrales sobre amigos, confidentes y consuelo, Kangee le pidió que le contara qué había ocurrido y ella se lo explicó todo. Estaba claro que había sido una pesadilla.

Una vez reconfortada, Ashenee quiso incorporarse, aunque sus rodillas temblaron en el último momento. Kangee, preocupado, le ofreció las manos como apoyo y notó algo húmedo en el acto. Se asustó al descubrir que aquella sustancia era sangre. Decidió coger a Ashenee en brazos y llevarla rápidamente al poblado. Estaba herida y debían curarla.

Ella, abrazada a su cuello y apoyada en su pecho, se sintió bien, por lo que se dejó hacer.

Enseguida llegaron y Kangee la llevó hasta su propia tienda. La sentó sobre las pieles y él lo hizo a su lado. Le cogió con suavidad las pequeñas manos y las observó a la titilante luz de la hoguera que había encendido. Tenía pequeños cortes en los nudillos y el canto de las muñecas.

—¿Cómo te has hecho esto? —quiso saber el muchacho, preocupado. ¿Acaso alguien había tratado de atacarla? ¿Acaso Ohitekah había regresado para acabar con ella?

—Golpeando un cristal —respondió ella con lágrimas rodándole por las mejillas.

—¿Un cristal?—Es un material que ponemos en nuestros tipis cuadrados para impedir que el viento entre. Es transparente, al igual que el agua, así que podemos ver lo que hay al otro lado —le explicó—. En mi sueño golpeaba uno hasta romperlo y desperté así —dijo como si no le importaran las heridas. Era más importante el dolor que sentía en el pecho.

Kangee le pidió a Pequeño Lobo, que seguía dentro de la tienda del guerrero, que fuera a buscar a Wakani. Este obedeció, despertó a la chamana y la guio hasta donde ellos se encontraban.

—Nutahi, ¿qué ha ocurrido? —preguntó, observando las cicatrices de la muchacha.

—He tenido un sueño, Wakani.

—No ha sido un sueño, pequeña... Ha sido una visión —confesó la mujer—. Y, por lo que veo, ha sido demasiado real.

Ashenee le contó a ella también todo lo que había vivido. Kangee, que acababa de enterarse de lo que había hecho el hombre al que ella amaba, sintió el estómago revuelto. Él jamás haría algo así y mucho menos si él también la quería. La infidelidad para él era un terrible pecado.

—No son heridas graves, tan solo superficiales. —Cogió un pegote de nieve y se lo colocó sobre los nudillos—. Esto te bajará la inflamación y hará que deje de sangrar. Si es cierto lo que me contaste del día de la visión, cuando conseguiste hablar con tu familia, debes darte cuenta de que el tiempo pasa más rápido allí que aquí. Entiende que ellos hayan rehecho su vida...

—Tienes razón, pero es tan duro...

—Hazme caso y descansa. Mañana estarás mejor.

—Si cierro los ojos, los veré de nuevo... —susurró acurrucándose en Kangee—. No quiero dormir.

La chamana se dio por vencida y los dejó allí solos frente al pequeño fuego.

—¿Te importa si me quedo aquí contigo? —preguntó ella.

Él se encogió de hombros. Cogió una gran piel y se la echó por encima de los hombros, cubriéndolos a los dos. Estaba helada. Él podía sentir el frío de su piel incluso a través de la ropa, aunque eso no era nada en comparación con el calor que comenzaba a sentir en el pecho, que le bajaba rápidamente hasta el bajo vientre. Cada vez deseaba más a la mujer de las estrellas. Por una parte, sentía un indudable respeto hacia esa joven que se sentó a su lado, aunque, por otra, sintió que la entrepierna le palpitaba, presa de un terrible deseo. Pero ¿qué le pasaba? ¿Por qué se sentía así cada vez que estaba cerca de Ashenee?

Soltó un suspiro y trató de serenarse; no era momento de pensar en otra cosa que no fuera averiguar qué le había ocurrido a Nutahi.

Ashenee se sacudió la nieve de una de las manos y sacó de sus altas botas de ante blanco su inseparable mp3, al que todavía le quedaba algo de batería, gracias a que apenas lo usaba, excepto en casos especiales. Se puso un casco en la oreja bajo la atenta mirada del muchacho. Ella le ofreció el segundo auricular con una sonrisa. Él, que ya conocía gracias a ella aquella mágica caja de música, se lo colocó en el oído a la espera de que aquellos extraños ritmos le inundaran la oreja.

Últimamente, cuando se sentía nostálgica, escuchaba las canciones que su abuela le cantaba, grabadas con una vieja grabadora y pasadas al reproductor a través de su lento ordenador. Ahora que entendía todas y cada una de aquellas palabras echaba más de menos a su madre y su abuela.

Los ojos comenzaron a cerrársele lentamente. Decidió acomodarse y se tumbó sobre las pieles, apoyando la cabeza en las piernas de Kangee, mientras seguían escuchando aquellas hermosas nanas. Se quedaría así hasta que se agotara la batería por completo.

El joven, avergonzado, excitado y sin saber muy bien qué hacer, comenzó a acariciarle el cabello, tratando de relajarla. Realmente lo hizo. Aquel contacto la relajó tanto que se quedó completamente dormida.

—*Tehichika*[3] *Nutahi. Tehichika* —dijo en un susurro.

Cuando su respiración corroboró que se encontraba en el mundo de Hotaka, la cogió en brazos y la metió en la tienda. La dejó con suavidad al lado de Imaki, que dormía plácidamente. Bostezó. Estaba cansado y también se echó junto a su hija, pero al lado contrario donde Ashenee se encontraba. Les echó unas pieles sobre el cuerpo y cerró los ojos. El sueño lo venció y por fin se quedó dormido.

Pequeño Lobo entró en la tienda sin hacer ningún ruido y se estiró a sus pies. Vio la escena con cariño; parecían una auténtica familia. Se acopló bien y soltó un gruñidito de felicidad. Sus ojos grises también se cerraron.

---

3 Tehichika, significa «te amo». Invención de la autora.

Ashenee cayó en un sueño profundo, cálido y acogedor. Caminaba descalza sobre la nieve. A cada paso que daba, la nieve y el hielo se fundían y la hierba verde y las coloridas flores crecían en las pequeñas huellas que dejaba en el inmaculado lugar. Era como si la primavera se adelantara con su caminar.

Esa mañana, el poblado estaba en silencio y ella se dirigió hacia el Árbol Sagrado, aunque pasó de largo. Acarició las suaves ramas que caían del tronco como estelas de fuegos artificiales y sintió cosquillas al rozar sus verdes hojas. A pesar de que era invierno, aquel hermoso árbol nunca envejecía ni sus hojas se marchitaban, siempre permanecían perfectas creando una armoniosa mezcla de tonalidades.

Continuó hasta el bosque y siguió paseando hasta el río, que ahora estaba cubierto por una gruesa una capa de hielo. Anduvo completamente descalza sobre el brillante espejo, sin sentir frío en los pies desnudos. De repente, el hielo se quebró a tan solo unos metros de ella.

De las aguas heladas salió una hermosa mujer de cabellos blancos, pálida tez y etérea como un espíritu. Sus ojos azules la miraban con sorpresa. Sin embargo, la muchacha no estaba asustada; al contrario, era como si esperara que algo saliera de ahí.

Le recordó a la Dama del Lago de las historias que Daniel le contaba sobre el rey Arturo y los caballeros de la mesa redonda.

—Pequeña Nutahi, al fin puedo conocerte —dijo aquella mujer con una bonita voz.

—¿Quién eres? —preguntó la joven, sin necesidad de mover los labios.

—Soy Kora, el espíritu de l Agua —respondió aquel etéreo cuerpo—. Te preguntarás qué hago en tus sueños. —Ella asintió, sorprendida de que supiera quién era. Incluso sabía el nombre que le habían puesto en la tribu—. Estoy aquí para prevenirte, los espíritus están furiosos porque tú eres especial. Temen tu poder y anhelan aquello que estás buscando.

La muchacha no se imaginaba que aquella mujer supiese tanto sobre su misión.

—¿Cómo sabes todo eso? —le preguntó la chica, dando un paso hacia ella.

—Wakan Tanka me ha pedido que venga en tu busca, pues en un futuro necesitarás mi ayuda. —La etérea mujer se acercó a ella, le cogió la mano y le puso algo sobre la palma—. El momento se acerca. Conseguirás controlar mi poder, pero temo que pueda ser insuficiente. Toma, esto te ayudará cuando creas que todo está perdido.

Ashenee observó lo que Kora le había entregado: era un frasquito de cristal con un líquido transparente. Lo observó a la luz del sol y vio millones de colores en aquel bote, como si estuviera lleno de purpurina multicolor. Tener aquel frasquito entre los dedos le hizo cosquillas; había tanta magia dentro de él que podía notar cómo le corría por las manos. Miró a la mujer, que no le dijo nada más, pues la chica entendió qué debía hacer.

—Pequeña, hay en tu interior tanto poder y tanto amor que hasta yo debería arrodillarme ante ti —dijo Kora, inclinándose ante ella, pero Ashenee no se lo permitió y la ayudó a ponerse en pie—. También he de advertirte de algo importante: haz siempre lo que te dicte el corazón. Ahora, despierta, la primavera te está esperando.

Dicho esto, la mujer desapareció convertida en agua, que cayó sobre el hielo y mojó los pies desnudos de la muchacha.

Ashenee despertó con una sonrisa. Se desperezó y se frotó los ojos. Había dormido a las mil maravillas a pesar de la horrible visión de Magaki y Daniel. Sin embargo, aquella efímera paz que la embargaba desapareció de repente: aquella no era la tienda de la chamana. Todavía tumbada, se concentró en cada pequeño detalle que pudiera identificar hasta que sus ojos se posaron sobre una colección de armas: todas pertenecían a Kangee, estaba segura de ello.

Se incorporó y pensó que se encontraría con la pequeña Imaki, pero la niña no estaba; tan solo se encontraban ella y el guerrero, que aún dormía algo alejado de ella.

Se puso en pie y se dispuso a salir del tipi, aunque era demasiado tentador tener a Kangee dormido tan cerca. Se acercó despacio hasta el muchacho y se arrodilló enfrente de él. Tenía el rostro tranquilo y, a pesar de que era mayor que ella, también tenía gestos aniñados, lo que le pareció adorable. Le apartó el cabello del rostro y le rozó con cariño la mejilla.

Le parecía un muchacho atractivo, incluso más que Daniel, pero sabía que por mucho que sintiese algo por aquel guerrero, lo suyo jamás llegaría a buen puerto. No tendrían futuro, pues ella regresaría tarde o temprano a su tiempo y él se quedaría allí, solo de nuevo. Y no quería —ni podía— hacerle daño.

Entonces, Kangee comenzó a hablar en sueños.

—*Tehichika. Tehichika* —repitió.

«Te quiero. Te quiero». Ashenee necesitaba saber quién lo visitaba en sueños. ¿Acaso era Totomi? ¿Otra de las chicas de la tribu? ¿¡Y a ella qué más le daba!? ¿Qué era ese doloroso sentimiento que sentía en el pecho? ¿Eran celos? ¿Ella celosa? ¿¡Y por qué motivo debería estarlo!?

—No lo niegues —le sobresaltó una voz en la mente.

Buscó de dónde provenía y encontró a Pequeño Lobo tumbado cerca de donde ella había dormido. Tenía los ojos cerrados, pero aun así sabía lo que había hecho.

—Te gusta —dijo de nuevo el animal, bostezando.

—No es cierto —respondió ella en voz baja, para no despertarlo.

—No sabes mentir —afirmó el animal estirándose y saliendo de la tienda.

Ashenee lo siguió; aquel no era ni el momento ni el lugar para discutir con el lobo. Una vez fuera, se acercó a él.

—Eres un pesado. No siento nada por él —sentenció mientras dirigía inconscientemente la mirada hacia el interior del tipi.

—No sé por qué te empeñas en negar lo evidente. Todos saben que os gustáis, lo único que ocurre es que sois demasiado cobardes como para atreveros a dar el siguiente paso.

—No soy ninguna cobarde y lo sabes. Acepté la misión de Wakan Tanka —dijo con la cabeza bien alta, tratando de mostrarle seguridad.

—Esa tarea es complicada, lo sé, pero aún lo es más hacer feliz a un corazón roto.

Ella abrió la boca para decir algo, aunque no tenía palabras. Pequeño Lobo estaba en lo cierto. Kangee tenía un enorme vacío en el pecho, pero, por mucho amor que sintiese, no era la mujer adecuada para un guerrero como él. Se merecía a alguien mucho mejor, alguien que pudiera ofrecerle lo que ella no podía. Además, no tenía ni idea de si Wanageeska había dado por finalizado el tiempo de luto de su hijo. Esa era una de las tradiciones más importantes de los powani.

Entonces, Ashenee notó una pequeña presencia tras ella.

—¿Por qué regañas a Pequeño Lobo? —dijo una voz infantil a su espalda y ella se giró—. ¿Se ha portado mal? —Notó triste a Imaki.

La muchacha sonrió y se agachó hasta ella.

—No lo estaba regañando, tan solo hablaba con él. —Trató de tranquilizarla, acariciando su dulce rostro—. ¿Verdad, pequeño?

—¡¿Hablas con él?! —preguntó la niñita, incrédula.

—Claro que sí, ¿tú no?

La chiquilla negó con tristeza. El lobo se acercó a ellas y buscó la mano de Ashenee para que le acariciase la cabeza. Imaki, sonriente, abrazó el peludo y suave lomo del animal.

—Pronto llegará la primavera. No olvides que me prometiste que me harías un vestido —le dijo la niña.

—No lo he olvidado. Ven, dejemos a tu padre descansar.

Le ofreció la mano, en la cual observó que no quedaba ni rastro de las heridas que hacía tan solo unas horas sangraban. La niña se la tomó y se dirigieron a la gran hoguera, que ardía de nuevo para dar calor a la tribu. Allí ya se encontraban Wanageeska, Talutah y Wakani, comiendo algo de carne seca como desayuno. Al ver la comida se le hizo la boca agua y el estómago le rugió, así que tomó un poco para saciar el hambre.

—Pronto se acabarán las provisiones —les comentó Wanageeska a los miembros de la tribu. Gracias a la enviada del Wakan Tanka tenían de sobra para pasar el invierno—. Rezaremos para que la primavera llegue cuanto antes y así poder mandar a nuestros cazadores en busca de comida.

Ashenee vio la tristeza en el rostro del hombre. Tenía que hacer algo para ayudarlos, pues no podía permitir que pasaran hambre una vez más. Entonces, tras recordar el hermoso sueño que había tenido con Kora, tuvo una idea: les pidió a todos que entonaran hermosas canciones al ritmo de los tambores y las flautas.

No entendían a qué se debía tal celebración pero, al venir la petición de Nutahi, la que trajo las lluvias y el alimento, no se negaron. Las mujeres comenzaron los cánticos, seguidos de los niños y niñas, a los que se unieron los hombres con los tambores.

Ashenee comenzó a bailar sin parar alrededor de la hoguera. Las niñas, jovencitas y algunas mujeres de mediana edad imitaron sus movimientos.

Bajo sus pies, la nieve comenzó a derretirse como en su sueño, dando paso a la verde hierba y a las flores silvestres que crecían con rapidez.

Todos se asombraron de lo que estaba ocurriendo. Aquella mujer, la que llegó a través de las estrellas, ¡estaba convirtiendo el invierno en primavera!

La joven bailó por todo el campamento creando a cada paso un hermoso paisaje repleto de color. Los árboles secos volvían a tener sanas y verdes ramas cubiertas de hojas. Los helados arbustos y matorrales lucían ahora el verdor que nunca habían tenido. Los pájaros cantaron de nuevo mientras volaban sobre su cabeza. El sol, oculto tras oscuras nubes, poco a poco fue apareciendo tras ellas mientras que un brillante arcoíris surcaba el cielo.

La muchacha bailaba con los ojos cerrados, sin ser realmente consciente de todo lo que estaba haciendo. Sentía que su cuerpo desprendía un agradable calor, así como la nieve fundiéndose bajo sus pies. Incluso notó la verde hierba creciendo bajo ellos.

Pequeño Lobo, con la boca abierta, sacudió la cabeza y entró rápidamente a la tienda de Kangee y lo despertó. ¡Tenía que ver todo lo que estaba ocurriendo fuera! Le mordió el bajo de las perneras y tiró con suavidad.

—¿Qué quieres? —preguntó de malos modos. Llevaba un rato despierto a causa del jaleo, pero no quería levantarse.

Al ver que el animal seguía tirando de él, por fin se puso en pie y siguió al animal fuera de la tienda. No podía ser real aquello que sus ojos veían. Era totalmente imposible que de repente la nieve se hubiera fundido. ¡Eso no podía pasar en un día! El lobo le mordió de nuevo los pantalones y tiró de él hasta donde se encontraba Ashenee.

La vio bailar y sonreír. Se la veía muy feliz. Miró sus pies descalzos y vio que era ella quien derretía el hielo. ¡Era imposible! Dirigió la vista al animal, que sacó la lengua en un intento de que él entendiera que no era un sueño, que en verdad Ashenee estaba cambiando de estación bailando. Corrió hacia ella, que se chocó accidentalmente con él.

Ashenee abrió los ojos y se encontró con el sonriente rostro de Kangee. Lo cogió de las manos y lo obligó a bailar con ella, mientras el blanco hielo se fundía por completo bajo sus pies.

Una vez más, sintieron la electricidad al rozarse, algo que ya era habitual cada vez que se tocaban. Sin dejar de mirarse, bailaron en círculo mientras el corazón les latía desenfrenado, pero no por la danza, sino por la proximidad de los cuerpos. Ashenee le acarició el rostro con cariño y Kangee bajó la mirada, sentía los pies fríos y vio que la nieve desaparecía bajo ellos. Era una sensación tan maravillosa que tuvo que cerrar los ojos para disfrutar de ella; era algo tan placentero y le concedía tanta paz que deseó que nunca terminara, que ella no lo soltara nunca.

CAPÍTULO 15

Aquel brusco y hermoso cambio de estación alegró los corazones de la tribu. El agua del río volvía a correr y los animales salían de sus escondites, lo que les facilitaba la caza.

La celebración de la llegada del buen tiempo duró casi una semana, llena de festejos, cánticos y música.

Mientras todos bailaban, Ashenee, con una sonrisa de oreja a oreja, tejía un bonito vestido para Imaki, lleno de flecos y coloridas cuentas de madera que había pintado a mano utilizando distintos colores. La pequeña la admiraba con fascinación, pues aquella mujer estaba convirtiéndose en una madre para ella.

La chica, por su parte, se sentía unida a esa pequeña de una extraña manera; no era capaz de separarse de ella. Era un encanto de niña, amable, obediente, preciosa y amaba a su padre y a cada uno de los miembros de la tribu. Siempre intentaba ayudarlos a todos, pero la pobre, al ser tan chiquitita, lo único que hacía era estorbar y acababa llorando desconsoladamente. Por suerte, siempre que le pedían que se marchara, Pequeño Lobo estaba a su lado. Se tiraba al suelo dando vueltas para hacerla reír y que olvidase el berrinche anterior.

Ashenee había aprendido mucho de todos y cada uno de los miembros de la tribu. Wakani seguía enseñándole cómo hacer ungüentos o infusiones y Talutah le había enseñado a tejer.

Aquella mañana, Kangee y un grupo de cazadores regresaban al campamento con varias piezas, entre ellas dos ciervos y un jabalí, así como perdices. El guerrero observó a la joven, que estaba con Imaki haciéndole el vestido. Su padre, Wanageeska, se dio cuenta de cómo su hijo miraba a la mujer de las estrellas y no le gustó en absoluto. Se levantó de las pieles y, desde su tipi, se dirigió hasta donde la muchacha se encontraba con su nieta.

—Nutahi, olvidé hablarte de nuestras leyes, de Wakan Tanka —dijo Wanageeska acercándose a ella.

Ashenee e Imaki, que no sabían a qué se refería, dejaron la costura a un lado y escucharon atentamente al jefe de la tribu.

—Debes tratar la Tierra y a todo lo que hay en ella, incluido cualquier tipo de vida, con mucho respeto. La Tierra es nuestra madre y debemos cuidar de ella, tomando de ella lo que es necesario y nada más. Debes mostrar un gran respeto por tu semejante. Haz lo que se debe hacer para el bien de todos. Da asistencia y cariño donde se necesite. Haz siempre lo que creas que está bien y mira después el bienestar de tu cuerpo y la mente. Dedica una parte de tus esfuerzos al bien común. Y las dos más importantes: sé siempre sincera, honesta y hazte responsable de tus actos.

El hombre tomó un respiro. A Ashenee le parecieron unas preciosas leyes, mil veces mejores que las que existían en su tiempo.

—Ábrele el corazón y el alma al Gran Espíritu, agradécele constantemente cada nuevo día. Disfruta del viaje de la vida, pero no dejes huellas en el camino —concluyó el anciano mientras miraba atentamente a la muchacha.

¿Acaso había sido eso una indirecta? «Disfruta del viaje de la vida, pero no dejes huellas en el camino» sonaba como tal. ¿Lo decía por algo que había hecho o por algo que simplemente intuía que podía pasar? ¿Por qué aquellas palabras habían caído sobre ella como un jarro de agua fría?

Talutah llamó la atención de su esposo, pues necesitaba su ayuda. Se levantó y se alejó con ella.

—¿Puedo probármelo? —preguntó la pequeña Imaki haciendo que Ashenee se olvidara de lo que había oído.

Ayudó a la niña a quitarse las ropas que llevaba puestas y le puso el vestido que ella había cosido. La pequeña estaba preciosa y el traje le quedaba como un guante. Junto con los collares de turquesas que llevaba puestos, estaba mucho más que bonita.

—Quiero estar guapa para papá.

Ashenee sonrió. Hizo que se le sentara en las piernas y le deshizo las trenzas. Después peinó con los dedos su largo cabello y le hizo dos moños, uno a cada lado de la cabeza, con la raya en medio y atados con cintas de cuero marrón.

Cuando terminó, la pequeña corrió a mirarse a un balde de agua y regresó muy contenta. Ahora era su turno. A pesar de que Ashenee aún tenía el pelo corto, la niña le hizo varias trenzas que ató con cuero y las adornó con cuentas y plumas. Para ser tan pequeña, lo hacía muy bien.

Kangee las vio a las dos sonrientes y felices. Por suerte, ella estaba allí para hacerse cargo de su hija mientras él estaba fuera. Lamentablemente, la niña estaba cogiéndole demasiado cariño y se le partiría el corazón cuando se marchara. Al igual que a él.

En ese momento se encontraba a la entrada de su tienda, haciendo más flechas para reponer las que había gastado durante la caza. Entonces decidió llevar a cabo algo que llevaba pensando desde hacía días. Se puso en pie y caminó hacia ellas.

—Imaki, ¿podrías ir con Wakani, por favor? Necesita que la ayudes —le pidió su padre.

La aludida, que estaba cerca de ellos, lo miró y vio en su rostro una súplica. Sin decirle más, la chamana supo que el guerrero necesitaba hablar con Ashenee.

—Vamos, pequeña, necesito buscar algunas hierbas, ¿vienes? —le pidió la mujer.

A la niña se le iluminaron los ojos; por fin podría ayudar a alguien. Se puso en pie y cogió la mano que ella le ofrecía, dejando a los adultos solos.

—Me gustaría enseñarte algo. —Se puso en cuclillas frente a Ashenee, que estaba recogiendo todo lo que había usado para confeccionar el vestido—. ¿Me acompañarías?

—Claro —respondió con una enorme sonrisa.

Mientras ella guardaba todos los utensilios, Kangee se marchó y tras unos minutos regresó con Espíritu, su caballo.

—¿Y Nieve? —preguntó ella, extrañada porque no la hubiera cogido.

—Desde que dio a luz no quiere separarse de su potro. Dejémosla descansar.

De un salto subió a lomos del animal y estiró el brazo, al que ella se agarró con fuerza. Gracias al impulso, montó tras él.

—¿Adónde vais? —Pequeño Lobo apareció por allí.

—Quiere saber adónde vamos —le explicó Ashenee al chico, dirigiéndose al lobo.

—A la morada de Kora. —Sonrió él en respuesta.

El animal se dio media vuelta: aquel plan era muy aburrido para él.

—Vamos, Espíritu, ¡corre como el viento! —soltó un grito de triunfo mientras se agarraba a las negras crines del animal.

Espíritu galopó por el poblado bajo la atenta mirada de todos. Se asió con fuerza a las caderas del guerrero para evitar salir disparada por la velocidad.

A Totomi no le hizo ninguna gracia ver a aquella desconocida junto al hombre al que amaba. Se juró a sí misma que se vengaría de ella; no permitiría que Kangee se desposara con Ashenee: Kangee le pertenecía, así lo había decidido su padre.

Los más pequeños y otros más mayores los saludaron a su paso.

Cabalgaron entre campos de maíz que ya comenzaban a crecer con rapidez gracias a la magia de la mística mujer que lo acompañaba. Atravesaron el bosque a un paso más tranquilo. Hubo un momento en el que bajaron de lomos del caballo y continuaron a pie, mientras Espíritu los seguía. Caminaron despacio por un angosto camino hasta lo más alto de la montaña, hasta un saliente repleto de verde hierba y flores de todos los tipos y tamaños.

En aquel hermoso lugar nacía el río en el que tantas veces se había bañado Ashenee. Tenía una anchura de más de veinte metros, aunque no cubría demasiado. Le recordó mucho a la montaña donde vieron la aurora boreal, donde todo comenzó. Se le encogió el corazón al empezar a recordar aquel día.

Kangee le procuró un lugar cómodo al caballo para que descansase un rato.

Mientras, Ashenee, tratando de no llorar, se acercó al precipicio por donde el agua cristalina caía en cascada. No había mucha altura, tan solo dos o tres metros hasta donde el río fluía con más tranquilidad. Desde allí arriba podía distinguir el fondo cubierto de grandes y redondeadas piedras. Le encantaba el sonido del agua cayendo, al igual que el sonido de la lluvia. Si fuera por ella, se quedaría horas y horas escuchando aquella maravillosa melodía. Se agachó en la orilla y cogió un poco de agua entre las manos y bebió. Miró su reflejo en el espejo líquido que había frente a ella. El pelo le había crecido más de lo que imaginaba y aquellas trenzas que Imaki le había hecho le gustaban mucho.

De pronto, el reflejo que veía cambió. Se vio a sí misma amando a Kangee. Lo besaba como si hubiera muerto y sus besos lo devolvieran a la vida. Sacudió la cabeza y con la mano borró aquella imagen en el río. ¿Por qué seguía fantaseando con él? ¿Cuál era la razón por la que estaba enamorándose de él? ¿Acaso el Wakan Tanka tenía algo que ver en todo lo que sentía por él?

En ese mismo instante, Kangee se acercó a ella.

—Aún está muy fría, pero creo que me daré un baño. Wakani dice que es bueno para el espíritu. ¿Vienes? —le preguntó.

El muchacho empezó a quitarse la ropa. Ashenee se sonrojó y se dio media vuelta. Él, al ver su pudor, sonrió. Se quitó los mocasines y se quedó solo con el taparrabos.

—Venga, quítate la ropa, no querrás tenerla mojada —le dijo él de nuevo.

—No voy a desnudarme delante de ti —respondió de malos modos, más roja que un tomate.

—Tranquila, no es un entrenamiento; no voy a golpearte; además, no muerdo. —La miró con picardía. Se acercó a ella e intentó quitarle la camisola que llevaba.

—¡Te he dicho que no! —negó de nuevo.

—Tú lo has querido.

Kangee la cogió en volandas y caminó hasta el precipicio.

—¡Qué haces! ¡Bájame! —gritó ella intentando zafarse. Al principio creyó que iba a meterla en el agua ahí donde estaban, aunque no fue así. Al ver que se acercaban más al precipicio, vio sus intenciones—. Ni se te ocurra hacerlo —lo amenazó ella, bastante seria.

—Oh, no me das miedo, Nutahi.

—¡No me dejes caer! —Se le agarró con tanta fuerza al cuello que creyó que podía hacerle daño.

Él dio un paso más hacia la catarata.

—¡No! ¡Kangee no lo hagas! ¡No me sueltes, por favor! ¡Es peligroso!

Él no hizo caso a sus súplicas y la miró con diversión.

—¡Por el Gran Espíritu no me sueltes! ¡Puedes matarme!

Ella intentó deshacer su abrazo para que no la tirase, pero, con un impulso, él la lanzó a cascada abajo.

Ashenee pasó los metros de vuelo gritando. Al llegar al agua, notó millones de punzadas en el cuerpo. Estaba muy fría, más de lo que habría imaginado.

Cuando consiguió salir a la superficie, casi no podía respirar, así que cogió tanto aire como pudo hasta colapsar sus pulmones. Cuando recuperó el aliento, miró hacia arriba y vio a Kangee, que se reía de ella con ganas.

—¡Eres un idiota! —consiguió decir ella—. ¡Podías haberme matado!

—¡Tendrías que haber visto tu cara! —respondió él desde lo alto.

Pero él no iba a librarse. Espíritu se acercó silencioso hasta su amo y con el hocico lo empujó con fuerza, haciéndolo caer por el precipicio.

Ashenee, que había visto lo que había hecho el animal, soltó una gran carcajada.

Kangee cayó al agua, salpicando a la muchacha, que tuvo que cerrar los ojos. Cuando los abrió, no vio por ningún lado al chico.

—¿Kangee?

De repente, apareció tras ella, que soltó un fuerte grito.

—¡Me has asustado! —Lo golpeó con el puño en el hombro.

—Eres asustadiza, ¿eh, pequeña? —se burló él.

—¡No vuelvas a hacerlo! —le ordenó ella.

—Eres aburrida. No sé cómo ese Daniel se fijó en ti.

—¿Aburrida?

Aquella palabra le dolió más que el hecho de que hubiera nombrado al impresentable de Daniel.

—No soy aburrida... ¿verdad? —se dijo a sí misma con tristeza. Que él pensara eso de ella no le sentó nada bien.

Su pensamiento se dispersó gracias a Kangee: vio que su cuerpo atravesaba limpiamente y con maestría todo el río. Una vez que estuvo en la orilla, cerca de la cascada, le hizo un gesto a Ashenee; la muchacha no tardó mucho en seguirlo, escalando con dificultad las rocas llenas de musgo y líquenes. El guerrero le ofreció la mano y ella la aceptó; así la ayudó a subir a tierra firme.

—Siento lo que te dije. No creo que seas...

—Da igual —lo cortó ella.

—Acompáñame. Quiero enseñarte algo —pidió él.

Se adentró en la catarata, empapándose con el agua que caía con fuerza, y ella lo siguió.

Se encontraban en una pequeña y angosta gruta de techos bajos. De las puntiagudas estalactitas caían gotas de agua que les mojaban la cabeza.

—Dicen que Kora apareció el día en que se formó el río y que su morada era esta cueva —explicó él. Tras unos pasos más, la guio hasta un rincón lleno de flores—. Aquí enterré las cenizas de mi esposa —dijo con tristeza—. Cuando Imaki sea mayor, la traeré para que conozca a su madre.

Soltó la mano de ella y se arrodilló ante la tumba.

—Las flores están marchitas, tengo que ir a buscar más —dijo, cogiendo las flores secas y apretándolas contra su pecho.

Ashenee se dio cuenta de la pena que había en sus palabras. Incluso su rostro se había tornado triste. No podía ni imaginarse el dolor que tenía que sentir al perder a alguien a quien amaba, y mucho menos tras enterarse de que su propio hermano había acabado con la vida de su esposa. Sintió la necesidad de abrazarlo, de estrecharlo y no soltarlo jamás.

—¿Puedo? —preguntó la muchacha.

Kangee se apartó sin entender qué quería hacer.

La joven posó las manos sobre la tierra donde descansarían para siempre los restos de Imikeka. Sintió el espíritu de aquella mujer en su interior y le hizo saber que aun estando en el seno del Gran

Espíritu, ella seguía amándolo. «Hazlo feliz» repetía una y otra vez una dulce voz en el viento que le erizó el vello. Era como si Kangee también lo hubiera oído, pues se sentía incómodo en aquel lugar y mucho más al sentir a la vez las dos mujeres que amaba.

Ashenee cerró los ojos sin apartar las manos del suelo y llamó a ese poder que dormitaba en su interior y que parecía despertar a pasos agigantados. De repente, comenzaron a crecer unos finos y verdes tallos que se convirtieron poco a poco en hermosas flores de colores. Las secas que Kangee tenía en las manos se convirtieron en polvo, que se deslizó entre sus dedos hacia el flujo de agua de la cascada. Abrió los ojos y se puso en pie.

—Nunca más se marchitarán —dijo ella con una sonrisa.

El guerrero se arrodilló de nuevo frente a la tumba de su esposa y comenzó a llorar. Para él, derramar lágrimas no era otra cosa que demostrar que tenía alma y corazón. Estaba consumido por el dolor, con el corazón roto, corazón que depositó en aquella cueva hacía ya cinco años. Se desahogó, soltó toda la rabia, el tormento que llevaba en el interior desde hacía tanto tiempo. Aquel hueco era su refugio, su lugar para estar a salvo. Nadie conocía aquel sitio, excepto él y ahora Ashenee.

La muchacha notó un fuerte pinchazo en el pecho. Verlo llorar fuer más doloroso para ella de lo que pensaba. Nunca lo había visto así y sintió lástima, tanta que pudo experimentar el malestar que él tenía como si fuera el suyo propio. Estaba dolido y triste.

—La echo tanto de menos... —habló él tras limpiarse las lágrimas con el dorso de la mano—. Nunca pude despedirme de ella.

—¿Cómo ocurrió? —quiso saber ella mientras se arrodillaba junto a él—. Perdóname. No es necesario que me lo cuentes. No quería hacerte daño al recordar, lo siento... —Agachó la cabeza, avergonzada. ¡¿Por qué se le había ocurrido decirle eso?! ¡Era una estúpida!

—Era mala época para la caza. —Se limpió de nuevo las lágrimas—. Salí con otros cazadores en busca de algo de comida. Ohitekah debía quedarse en el poblado junto a los guerreros, pues habíamos tenido problemas con algunos lobos y animales salvajes. Tuvimos suerte en la caza y conseguimos tres ciervos, pero, cuando regresamos, todos me miraban con tristeza. No entendía la razón hasta que vi a mis padres salir de mi tienda con Imaki en brazos, que tenía pocos días de vida. Tras ellos iba Wakani. Su rostro era puro horror. Entonces entré en el tipi y descubrí su cuerpo sin vida.

—¡Es horrible! —Ashenee se llevó las manos a la boca—. ¿Cómo supiste que había sido tu hermano?

—Descubrí bajo su cabeza una pequeña pluma del tocado de Ohitekah. Aunque me negué a creerlo, no dejaba de repetirme una y otra vez lo mismo: solo él lleva plumas de gorrión en toda la aldea.

—No puedo creer que hiciera algo así. ¿Y cómo...?

—¿Cómo lo hizo? —la cortó él—. Cuando llegué, traté de despertarla, aunque no respiraba. ¡Me asusté tanto! La zarandeé y descubrí unas gotas de sangre en la almohada. Le giré la cabeza y le vi un pequeño corte en el cuello. Olía a podredumbre... Era veneno de víbora. Por ese pequeño corte debió de inocularle el veneno, y lo ocultó gracias a su cabello. ¡Imaki no dejaba de llorar y pensé que también le había hecho daño a ella! Pero no, la niña no le interesó. Sentí ganas de matarlo, Ashenee. ¡Tendría que haberlo hecho en aquel mismo momento! Llevo aguantando tanto tiempo la rabia, el dolor y la culpa...

—Tú no eres el culpable, no vuelvas a pensar eso. Nunca.

Ashenee se dio cuenta de que aquello era realmente horrible. Ahora entendía por qué odiaba a Ohitekah. Ella también lo habría hecho. Tal vez ella sí habría tratado de acabar con su vida.

Tenía el corazón a mil por hora, podía sentir la tristeza y la rabia que habitaba en el interior de Kangee. Una vez más, el deseo de intentar consolarlo acudía a ella. Cada vez se daba más cuenta de lo enamorada que estaba de él y de lo complicado que era el amor; tal vez el empeño de su abuela para que ella fuera feliz mereciera la pena.

Aunque no podía. No era capaz de robarle la nostalgia que sentía por su esposa a aquel triste guerrero que tenía frente a ella.

Tras unos minutos en silencio, se puso en pie y se dirigió a la entrada seguido por Ashenee, pero ella lo agarró del brazo y lo obligó a mirarla.

—Cuando cruces la cortina de agua, esta se llevará tus lágrimas y te purificará —dijo ella, como si pudiera en realidad hacer eso—. Todo pensamiento negativo que te ronde por la cabeza por la traición de tu hermano quedará atrás, igual que tu dolor.

Kangee la observó con fascinación. Ojalá su don lo hiciera, ojalá pudiera dejar de pensar en ello como un castigo por haberse marchado y haber dejado solas a Imikeka y a su hija. No quería volver a sentirse culpable. Quería perdonar, ser igual que el lobo blanco, y era muy difícil.

—Si quieres ser un nombre nuevo —lo tomó de la mano—, sal. Camina con la cabeza bien alta pensando en ello, en tu deseo. Te prometo que, a partir de ahora, todo cambiará.

El guerrero cerró los ojos y le soltó la mano. Dio un paso al frente y salió de aquella cueva, dejando atrás a la chica. La cascada cayó sobre él. El agua estaba helada, pero no le importó. Sintió en el interior una placentera sensación de plenitud. Tal y como ella había prometido, el dolor y la rabia que sentía desaparecieron por completo. Se quedó ahí parado durante unos segundos más; nunca se había sentido tan bien.

La muchacha atravesó la cortina, lo cogió de la mano y tiró de él hacia el otro lado. Cuando Kangee abrió los ojos, la vio sonriente, como si supiera que, en efecto, era un hombre nuevo.

Ashenee lo soltó y regresó a la orilla.

De repente, algo silbó junto a su mejilla. Sintió un ligero dolor en el pómulo y vio algunos cabellos volando a su lado. Se giró despacio y descubrió una víbora clavada en el tronco del árbol. El cuchillo de Kangee le atravesaba medio cuerpo. ¡Su sueño se había hecho realidad! A sabiendas de lo que venía a continuación, se apartó de inmediato. La víbora abrió la boca e intentó clavar los colmillos en su fina piel, pero él fue rápido y cogió al animal de la cabeza, arrancó de su escurridizo cuerpo su cuchillo y la decapitó. Así no atacaría a nadie.

El muchacho se acercó a Ashenee y vio que un fino hilo de sangre le recorría la mejilla.

—¡Por el Gran Espíritu! ¡Te he lastimado! —gritó él.

Ella, que no había sido consciente de ello, se tocó la cara y se manchó los dedos de sangre.

—Es un simple rasguño… —lo tranquilizó—. Ni siquiera me duele.

Kangee cortó con el cuchillo un pequeño trozo de su taparrabos y lo mojó en la orilla del río. Después, limpió la herida de la muchacha.

—Lo siento mucho…

Ashenee no contestó. Tenía tan cerca el rostro de aquel joven, ahora limpio de toda pintura… Notó que el corazón le palpitaba a mil por hora, y el rubor le ascendió desde el pecho hasta los mofletes. El estómago le daba vueltas… Era como aquella sensación que sintió al conocer a Kamali y después a Daniel, pero esta era mucho más intensa. Parecía que el simple roce de la piel de Kangee le daba vida, que su sola presencia la ayudaba a seguir adelante, como si estuvieran hechos el uno para el otro.

Las manos del muchacho temblaban demasiado, nunca había estado tan nervioso por tener a una mujer frente a él. La mirada de Ashenee lo volvía débil y su cabello, ahora algo más largo, para él era fascinante. Había notado que aquellos cabellos que su cuchillo había cortado se convertían en brillantes y finos hilos azulados. Todo en ella era mágico y misterioso, y ello llamaba a la puerta de su curiosidad.

Sentía el impulso de besarla, aunque no estaba seguro si debía hacerlo o no, pues no sabía si ella sentía lo mismo.

Ella estaba paralizada y le temblaban hasta las piernas. Tras unos segundos parada, al fin levantó el brazo y acercó la pequeña mano hacia el rostro del joven. Le apartó algunos cabellos y se los colocó tras la oreja.

—Eres tan hermoso... Tanto por fuera como por dentro —dijo ella en un sensual susurro.

Kangee no pudo soportarlo más y la besó con avidez. Ashenee le devolvió el beso mientras se abrazaba a su cuello.

En su mente sonaron de nuevo las palabras de Wanageeska: «Disfruta del viaje de la vida, pero no dejes huellas en el camino».

«A la mierda con las huellas, voy a dejarlas igualmente...», se dijo a sí misma, apretándose más a él.

—Tehichika, Nutahi. Tehichika —susurró el muchacho entre beso y beso.

—Tehichika, Kangee.

La palabra tehichika por fin tenía significado para ella. Aquella noche que le oyó susurrarla a Kangee, no tenía ni idea de qué quería decir. Ahora lo entendía todo. Él era su destino.

CAPÍTULO 16

Aquel sentimiento era tan hermoso y fuerte que ambos sentían que el puzle de sus corazones por fin acababa de completarse.

Kangee se dio cuenta de que quería a su esposa, pero amaba a esa muchacha desgarbada a la vez que valiente.

Por otro lado, Ashenee descubrió en aquel joven cuanto había estado buscando toda la vida. Aventuras, risas, amistad y un amor sincero. Podía ver en sus ojos que la quería como era, sin sus poderes, tan solo una hermana powani más. Parte de su tribu y su familia. Su abuela estaría orgullosa, muy orgullosa de que hubiera encontrado a esa persona tan especial.

—Kangee... Wanageeska me advirtió de esto —dijo ella rompiendo el abrazo.

—¿Qué pájaros te ha metido en la cabeza? —Su rostro mostraba tristeza y enfado.

—Me advirtió de no dejar huellas en mi camino.

—No es justo que diga esas palabras...

—No pienso obedecerlo —terminó ella, mirándolo desafiante. Si realmente la quería, entendería su decisión y no se posicionaría en favor de su padre.

—Pero...

—Ya advertí una vez que es mi vida y yo mando en ella, así que bésame otra vez.

No lo dudó ni por un segundo y la cogió en brazos mientras la besaba vorazmente. La llevó lejos de la orilla, la tumbó a la sombra de un castaño y se colocó sobre ella. Le apartó algunos mechones del rostro y se los colocó tras la oreja.

—Estoy convencido de que me has hechizado, Ashenee... Jamás había sentido algo así por una mujer.

—Te juro que no he hecho nada. Ni siquiera sé cómo ha podido ocurrir. Pensé que estaba enamorada de Daniel.

—Si continúas queriéndolo... No deberíamos...

—No lo quiero, Kangee. No quería admitirlo. Desde que te vi por primera vez en mis sueños, supe que eras quien me haría despertar del letargo en el que he vivido durante tanto tiempo.

—Jamás imaginé que el Árbol Sagrado me otorgaría la suerte de poder conocerte.

—Te lo ruego. No me hagas sufrir más. Te deseo, Kangee, te deseo como a nada en este mundo.

El guerrero sonrió y la besó con fervor mientras colaba una de las manos por debajo de la camisola de ella, que se estremeció al sentir sus dedos aprisionando uno de sus pechos.

—Kangee... —suspiró—. Tengo algo que decirte...

Pero él no la dejó hablar, su lengua fue en busca de la de ella, profundizando el beso.

—No soy virgen... —consiguió decir entre jadeos.

Él no respondió. No le importaba en absoluto.

Le levantó la falda, dirigió la mano hacia la ingle y la acarició con suavidad, lo que le provocó un escalofrío de placer. Kangee cerró los ojos, unidos sus labios con los de Ashenee; siguió rozando la intimidad de la joven y arrancándole sinceros gemidos llenos de satisfacción. Dejó que ella guiara sus ganas, sonriendo cada vez que le arrancaba algún conato de grito. Hundió los labios en su cuello, aumentando el ritmo de su pulso hasta que ella le clavó las uñas en la espalda bendiciendo su nombre. No pudo aguantar más: haciendo a un lado su taparrabos, dejó al descubierto el sexo de ella para poder acceder a su interior con total comodidad. Con una delicadeza inusitada la colmó las primeras veces, perdiendo el control en pocos minutos. Las miradas y los besos dieron paso a los gemidos y a las embestidas; llegó al clímax con un certero golpe de cadera, provocando en Ashenee un orgasmo muy intenso. Pensando que debía de ser un sueño, Kangee se dejó caer sobre su amante, enredando su sobrealiento con sus mechones desiguales.

De pronto notaron una suave brisa alrededor. Las hojas caídas volaban en torno a ellos, intentando rozarles la piel en una dulce caricia. Ajenos en aquel momento a lo que ocurría, las flores silvestres los acorralaron bajo el cuerpo, formando un colorido círculo mientras que las hojas de los árboles los envolvían, acariciándolos con sus suaves tonalidades, lo que les provocó una maravillosa sensación de paz. El amor que ambos sentían era la magia más fuerte que podría existir.

Kangee se puso en pie y se colocó el taparrabos para ocultar su erección y ayudó a la chica a levantarse. Esta sonrió y, cuando ambos vieron la figura del corazón en el suelo, enrojecieron, pues no tenían ni idea de qué había ocurrido en realidad. Tras lavarse en el río, subieron a la montaña donde Kangee había dejado su ropa y a Espíritu, que relinchó al verlos.

—¡Ya era hora! —se burló el animal.

—¿Por qué dices eso? —preguntó Ashenee, que inconscientemente había cogido de la mano al guerrero.

—Vuestros dedos están entrelazados.

Ella bajó la mirada y vio que, en efecto, tenían las manos unidas. Entre risas, le golpeó el trasero al animal. Cuando Kangee terminó de vestirse, ayudó a la muchacha a subir a lomos del equino y tras ella montó él, abrazándola con cariño por la cintura.

El camino de regreso al poblado fue lento y tranquilo gracias a Espíritu, que les concedía unos minutos más de intimidad antes de llegar al campamento.

Kangee se apretó contra ella mientras sus manos jugueteaban entrelazadas sobre el regazo de Ashenee, que de vez en cuando se echaba hacia atrás y apoyaba la cabeza en el pecho del joven, que le besaba el cuello con cariño. La chica se sentía feliz, tenía el corazón completo, pues las piezas rotas que lo componían por fin se habían recompuesto, Kangee se había encargado de ello.

Comenzaba a anochecer sin que hubieran sido conscientes de que ni siquiera habían comido. Las tripas de la chica rugieron con ferocidad cual cachorro de oso, arrancándole una carcajada al muchacho.

Avistaron la gran hoguera del poblado. Deberían de estar preparando algo para comer.

Pequeño Lobo, con su magnífico olfato, supo que ellos ya estaban próximos al lugar. Corrió a recibirlos y cuál fue su sorpresa verlos tan cercanos.

—Oh, perfecto, ahora habrá más cachorros humanos... —dijo el lobo son ironía.

Ashenee sonrió algo sonrojada.

—Ya te lo dije y no quisiste escucharme —la reprendió el animal.

—Hacen buena pareja —respondió Espíritu.

—Ya han yacido juntos —Pequeño Lobo fue muy directo.

—¡Eso no es asunto vuestro! —exclamó la muchacha, más avergonzada aún.

—¿Qué dicen? —preguntó Kangee. Aunque viendo el rostro rojo de ella pudo hacerse una idea.

—Tonterías. Son demasiado curiosos —dijo ella.

—Ya sois esposos, tan solo tenéis que consumar ... —intentó explicar el lobo, que obviamente no sabía que ya lo habían hecho, pero calló al ver el rostro enfadado de ella.

—No es cierto, dejad de decir tonterías —Ashenee dio por finalizada la conversación.

Cuando llegaron al campamento, Kangee bajó primero del caballo y después ayudó a Ashenee a bajar de lomos del animal. La cogió de la cintura, la bajó despacio y la besó en la mejilla.

Totomi veía aquella escena muerta de celos.

—¡Por el Gran Espíritu! —gritó esta, llevándose las manos a la cabeza, llamando la atención de todos, incluso de los recién llegados.

—¿Qué ocurre, Totomi? —preguntó Wanageeska, algo preocupado. Totomi era buena chica y no solía montar escándalos.

—¡Tu hijo Kangee y la forastera han pasado la mañana juntos en el bosque! —respondió ella, tratando de que sus palabras sonaran mal, como si lo que habían hecho fuera un terrible pecado.

El gemido que atravesó la aldea fue contenido, a medio camino entre la sorpresa y el temor. Sabían que acababan de verlos juntos, como una pareja más.

—Ya sabéis lo que eso significa —apuntó Totomi con maldad.

Ashenee no entendía nada, por lo que, tras romper el abrazo con Kangee, se acercó a Wanageeska, que se encontraba junto a su esposa.

—¿Qué significa? —quiso saber la joven.

—Kangee y tú os habéis comprometido —explicó Talutah con una sonrisa.

—¿Comprometido? ¿Te... te refieres a matrimonio? —La mujer sonrió en respuesta—. No es cierto, ¿verdad? —Se volvió hacia él, que tenía la cabeza bien alta, orgulloso de ello.

—¡Celebremos la boda! —dijo Wanageeska a regañadientes levantando los brazos al cielo. Temía que algo así pasara.

Todos imitaron al jefe mientras lanzaban gritos de alegría.

El rostro de Ashenee se desencajó. Una boda no entraba en sus planes inmediatos.

Totomi, que observaba satisfecha su acción, supo que Nutahi se negaría a ello, se lo veía en la cara. «Quizá obligándola desaparezca», se dijo.

—¡No habrá ninguna boda! —gritó esta, colérica.

Wanageeska se mantuvo en silencio y con el ceño fruncido por el enfado. No dejó de observar a Ashenee, quien no apartó la mirada. Una vez más estaba retándola. En primer lugar, por advertirle de no dejar huellas en su camino. Era algo ilógico. Era obvio que ya las había dejado, ¿o acaso no era suficiente haber llegado de una época distinta a la suya, trayendo consigo las lluvias que tanto ansiaban? ¿Acaso era otra prueba?

Todos callaron de repente, mirando con una pizca de temor a la muchacha.

Kangee la miró y ella agachó la cabeza, triste. Sin decir nada, Ashenee se marchó corriendo, dejando preocupadas a Talutah y a Wakani.

Totomi, al ver aquella escena, sonrió con malicia y se acercó a su amado, fingiendo pena.

—No te preocupes, Kangee, ella no es para ti. Algún día se marchará y te dejará aquí solo. Debes buscar a una de los tuyos —dijo ella.

Le acarició el brazo, pero él se apartó con brusquedad.

—¿Alguien como tú? —dijo en voz alta, para que todos le oyeran—. ¿Alguien que ha seguido los pasos, dejándose dominar por el lobo negro, al igual que hizo mi hermano Ohitekah? Prefiero morir solo antes que unirme a ti.

—¡Kangee! —lo reprendió su padre, sorprendido por las palabras de su hijo.

Más que sorprendido, estaba preocupado. Nunca había ocurrido nada así en el poblado. Todos se querían y nunca discutían por nada.

Wakani se acercó a Kangee y le dijo en voz baja que fuera a hablar con la muchacha. La mujer sabía que todo aquello había sido un malentendido y debían solucionarlo cuanto antes, pues Wakan Tanka le había confesado que eran el uno para el otro, la pieza que completaba el puzle de su alma.

El muchacho, tras lanzar una mirada de odio hacia Totomi, se alejó corriendo y siguió a la mujer que amaba. Pequeño Lobo, expectante, acompañó a su dueño. Kangee rezaba porque ella no se hubiese alejado del poblado.

Llegó al tipi de Ashenee y oyó ruidos dentro.

—Que nadie entre —le ordenó al lobo.

Pasó sin mediar palabra y encontró a la joven quitándose el vestido, que todavía estaba mojado. Ella se dio cuenta y, rápidamente, se tapó el cuerpo desnudo con un vestido limpio.

—¡Márchate de aquí! —gritó muy enfadada.

—No lo haré hasta que hable contigo.

—No tienes nada que decirme. Ya lo hizo Totomi por ti. ¡Fuera!

Cogió un trozo de leña y se la tiró con fuerza. Kangee la esquivó como pudo.

—¡Déjame que te explique al menos! —le pidió él, pero ella no estaba por la labor.

Lo amenazó una y otra vez, pero él no iba a rendirse tan pronto.

—¡Date la vuelta! ¡No vuelvas a mirarme! —ordenó Ashenee.

Kangee, resignado, se dio la vuelta para darle unos minutos de intimidad mientras se vestía, pero, de pronto, sintió un fuerte golpe en la cabeza.

—¡Aaau! —Se llevó las manos a la cabeza y se volvió hacia la muchacha.

Aún tenía sujeto el vestido con la mano izquierda y en la derecha tenía un gran cucharón de madera, que era con lo que lo había golpeado.

—¡Mierda! —dijo ella. Pensaba que dándole con fuerza lo dejaría inconsciente, aunque no fue así.

—¡No hacía falta golpearme! —Se miró las manos en busca de sangre, pero por suerte no tenía—. ¡Estate quieta! —gritó al ver que ella intentaba golpearlo de nuevo para echarlo fuera.

Entonces, él la cogió con fuerza de la muñeca, obligándola a soltar el cucharón, que cayó al suelo.

Ashenee sujetaba con fuerza el vestido, intentando que no se viera ni la más mínima parte de su cuerpo desnudo. Jamás volvería a tocarla, por mucho que lo deseara, así que se lo puso a toda prisa. Él, tratando de calmarla, la agarró por detrás, movió la pierna derecha tras la de ella y la hizo doblegarse hasta que cayó al suelo. Ella quedó totalmente tumbada y Kangee se sentó a horcajadas sobre ella mientras le sujetaba la muñeca por encima de la cabeza; después, la agarró de la otra mano y las unió, como si fuera una prisionera.

—¡Déjame explicarte! —dijo él de malos modos.

El muchacho pudo ver el horror en la cara de Ashenee. Enseguida entendió la razón: estaba comportándose con ella igual que lo hizo Ohitekah.

Le soltó inmediatamente las muñecas y se quitó de encima de ella.

Ashenee se incorporó y rápidamente se puso el vestido.

—Para nuestra gente, el matrimonio es el paso lógico. Te amo, me amas, hemos yacido, ¿qué nos queda, si no es el matrimonio? ¿Acaso al otro lado de la aurora boreal es distinto? Lo desconozco —intentó decir él mientras le daba la espalda.

Se volvió y vio a Ashenee frente a él muy enfadada. Con un ágil y rápido movimiento, ella utilizó la misma defensa y tiró al guerrero al suelo.

Ahora fue ella quien se puso a horcajadas de él. Le quitó de las botas el cuchillo y le acercó demasiado la afilada hoja a la garganta.

—No vuelvas a tocarme sin mi consentimiento —amenazó ella, llena de rabia. ¡No entendía por qué le había mentido después de acostarse con ella! ¡Era otro maldito impresentable, al igual que Kamali y Daniel!

—¡Por el Gran Espíritu, Nutahi! ¡Estás dejando que te domine el lobo negro sin haberme escuchado siquiera!

Ella supo que tenía razón, por lo que le apartó un poco el cuchillo del cuello y le dio permiso para hablar.

—Yo... Nutahi, nunca pensé que podía llegar a sentir lo que siento por ti. Desde el primer instante en que te vi, supe que eras especial. Esa extraña energía que siento cada vez que nos rozamos hace que me vuelva loco... Totomi lleva años enamorada de mí, incluso se me ha declarado, pero la he rechazado una y otra vez. Estoy enamorado de ti, te lo juro.

Ashenee vio la sinceridad en su mirada. Ella también llevaba tiempo sin estar con nadie y quizá no era capaz de ver todas las señales que el destino le mostraba. Si estando a su lado se sentía completa, ¿por qué le importaba tanto lo que una chiquilla celosa dejara caer? Incluso lo que el jefe de la tribu dijera. Era libre de hacer cuanto quisiera, nadie podía elegir por ella.

Ashenee se relajó un tanto, así que Kangee aprovechó el momento para arrebatarle el cuchillo. Después la agarró de la cintura y la giró sobre su propio cuerpo, colocándose sobre ella.

—Tengo la impresión de que es por lo que te dijo mi padre —dijo él—. No celebraremos las nupcias si no lo deseas. Jamás te obligaré a hacer nada que no quieras.

—¿Lo juras?

—Lo juro. —La besó delicadamente—. Te amo, muchacha de las estrellas.

Ashenee le devolvió el beso, se abrazó a su cuello y se apretó contra él.

—Siento haberme enfadado, me pilló por sorpresa. Lo que me molesta es que me has ocultado una tradición —recalcó—, tan importante... ¿De verdad deseas unirte a mí? —susurró entre sus labios.

—Deseo unirme a ti en todas las formas posibles. —Kangee la besó de nuevo mientras su cuerpo volvía a sucumbir al placer. Una vez más, estaba tan excitado que no podía soportarlo—. Nutahi... —gimió.

Seguía sin entender cómo podía sentir algo así por alguien, pues ni siquiera lo había sentido por Imikeka. El corazón le latía desbocado y apenas podía respirar. Tener su pequeño cuerpo bajo el suyo lo volvía completamente loco.

—Kangee... —susurró ella, presa del deseo—. Creo... —intentó decir, tratando de recuperar el aliento—. Creo que deberíamos volver...

—Que esperen —respondió él besándola en el cuello.

—Por favor... Van a pensar que te he matado...

Lo apartó un poco y lo miró sonriente. ¿Cómo iba a Kangee resistirse a esa sonrisa tan hermosa?—No creas que esto va a quedar aquí. Celebremos o no las nupcias, esta noche serás mía una vez más. —Le dio un beso fugaz y él se hizo a un lado para que se levantara. Después, él se puso en pie y ambos salieron del tipi. Aunque habían hecho las paces, Kangee vio que en su rostro que continuaba molesta, aunque ya no estaba seguro de si era por su culpa o por Totomi.

Ashenee lo adelantó y se dirigió hacia la hoguera, donde todos esperaban cuchicheando entre ellos. Wanageeska, temiendo por la vida de su hijo, había estado a punto de ir en su busca, pero su esposa Talutah no se lo permitió: eran cosas entre ellos dos, no tenían por qué meterse.

Kangee consiguió alcanzar a la muchacha, que se quedó completamente quieta frente a los miembros de la tribu.

Imaki se había escapado de brazos de su abuela, corrió hacia su padre y se agarró a sus piernas, contenta de verlo bien. Su abuelo le había dado un buen susto, pues creía que Nutahi iba a hacerle daño.

Nadie se atrevió a decir nada.

El rostro de la joven cambió por completo, hasta que una gran sonrisa se dibujó en él.

—Quiero una ceremonia especial —dijo al fin, mientras cogía con fuerza la mano de Kangee.

Él, que no se esperaba en absoluto aquella revelación, sonrió como nunca lo había hecho.

—Juro que te amaré hasta mi muerte y nuestro enlace será la primera parte de esa promesa —habló Ashenee.

La abrazó y besó con pasión delante de todos a modo de respuesta, algo que a todos los alegró tanto que aplaudieron y soltaron gritos de felicidad.

Sin embargo, Totomi apretó los puños, muerta de rabia y envidia. ¡Pero ¿quién se creía que era esa desgraciada para robarle al amor de su vida?! ¡Iba a pagarlo muy caro!

A Wanageeska tampoco le hizo gracia aquella decisión. Miró a su esposa, que observaba a los dos jóvenes con auténtica felicidad, tanto que incluso pudo ver que una lágrima le resbalaba por la mejilla. Después miró a la pareja y soltó un suspiro. A pesar de saber que algún día ella regresaría a su mundo, ¿quién era él para negarle la felicidad a su hijo? Si Wakan Tanka los había unido, él no iba a separarlos aunque les quedase poco tiempo, pues ambos se merecían el uno al otro.

De repente, cientos de luces amarillas los rodearon, bailando entre ellos y por encima de su cabeza.

—¡Papi! ¡Las estrellas han bajado del cielo! —dijo la pequeña Imaki mientras correteaba tras los brillantes destellos intentando cogerlos.

—Tan solo son luciérnagas. —Ashenee rio ante la inocencia de la niña.

—¿Por qué las has llamado, Nutahi? —quiso saber Wakani, fascinada con aquellos diminutos y brillantes seres. Hacía años que no veía ninguna y aquella era una gran señal.

—Ha sido inconscientemente. Tal vez han aparecido al sentir la felicidad que recorre por mi interior —respondió ella, mientras una pequeña luciérnaga se le posaba en el hombro. Acarició su diminuto cuerpecito y esta salió volando de nuevo—. Creo que están de acuerdo con mi decisión.

—Un momento… —dijo Wakani haciendo que todos callasen de inmediato—. Hay un dato importante que debemos saber. La Madre Tierra debe bendeciros. ¿Notasteis alguna señal allá donde os hallabais?

—Las hojas volaron a nuestro alrededor —respondió Kangee mientras miraba ensimismado a Ashenee—. Fue algo especial. Sentí un cosquilleo que me recorría el cuerpo.

—¡La naturaleza ha obrado a vuestro favor! —gritó la chamana con una gran sonrisa. Miró a Wanageeska y este asintió, contento—. ¡La celebración será al salir el sol!

El lugar se llenó de gritos, aplausos y cánticos de agradecimiento al Gran Padre aquella por gran noticia. ¡Por fin su mejor guerrero volvería a ser feliz!

El rostro de Totomi se volvió rojo de la cólera. Debía hacer algo, pues no iba a permitir que Kangee se desposase frente a toda la tribu con esa desgraciada extranjera. Le daba igual que fuera la *elegida* por el Wakan Tanka, como todos pensaban. No permitiría que esa boda se celebrase. Antes, moriría tirándose por los acantilados.

Kangee tomó de la mano a la muchacha y se dispuso a llevarla a su tipi, donde dormiría hasta la mañana siguiente, pero Wanageeska no se lo permitió: los futuros esposos debían dormir separados.

—No podéis yacer juntos antes del matrimonio, es la tradición —dijo el padre del muchacho.

Los dos jóvenes se miraron en silencio. Kangee sonrió. Si su padre supiera la verdad, estaba seguro de que lo colgaría del árbol más alto que encontrara.

Tras una rápida despedida, la pareja no volvió a verse en toda la noche. El guerrero intentó escabullirse de su tienda para ir a visitar a Ashenee, pero Keli, otro guerrero, se lo impidió.

—Mañana será tuya, hermano. Debes aguantar el deseo o acabarás solo en el río, sacándote el calor del cuerpo —bromeó Keli, dándole un codazo amistoso.

Kangee, entre risas, le devolvió el empujón. Más valía que nadie se enterara de lo ocurrido entre ellos en el bosque.

Las horas pasaron lentamente para Ashenee, que no dejó de darle vueltas toda la noche a su repentina decisión. ¿Estaba completamente segura de lo que iba a hacer? ¿En serio quería comprometerse con un hombre al que no volvería a ver jamás? Una vez más, la tristeza se instaló en su alma: echaba de menos a su familia. Deseaba que su madre y su abuela estuvieran allí con ella, dándole consejo, aunque estaban demasiado lejos...

Tirada sobre su camastro, jugueteaba con una flecha que había hecho hacía ya días. Wakani la miraba con una mezcla de pena y admiración. Podía ver la duda en sus ojos, pero también amor, el mismo que la chamana sentía por Ashenee; en su corazón sentía que era la hija que el gran Wakan Tanka le había negado. Ahora fue ella quien entristeció; iba a echarla mucho de menos. Soltó un suspiro y salió del tipi.

—¡Nutahi! ¡Ya ha amanecido! —le gritó desde fuera.

Ashenee se levantó a toda prisa y se asomó por la entrada de la tienda. Vio que el sol despuntaba desde lo alto de las montañas. Los más madrugadores comenzaron a preparar el gran banquete, que se celebraría a media mañana. Los niños gritaban de alegría, pues les encantaban las fiestas fuera por la razón que fuese.

Kangee llevaba horas despierto y, al ver salir el sol, fue rápidamente en busca de Ashenee, que en ese mismo momento salía del tipi acompañada por Wakani.

—Hoy, Wakan Tanka me concede una visión de extraordinaria belleza —saludó él, entusiasmado.

—Buenos para ti también, Kangee —respondió la chamana—. Os dejaré solos un momento. —Les guiñó el ojo.

Tras alejarse de ellos, el muchacho rodeó la cintura de su futura esposa con los fuertes brazos y la atrajo hacia él para besarla con cariño.

—Creí que nunca llegaría este momento... —susurró entre sus labios.

—Kangee... Nunca he asistido a una ceremonia, no sé qué he de hacer.

—Eso no importa. Tan solo quiero que no te alejes de mí jamás.

—Sabes que no puedo prometerte eso. Algún día me marcharé...

—Mientras tanto, vivamos el presente. No debemos pensar en el pasado y mucho menos en el futuro. Y si solo nos queda el hoy, voy a vivirlo como si fuera mi último día a tu lado. —La besó una vez más, mientras ella enredaba los dedos en el largo y oscuro cabello de él.

Talutah, Wakani y tres jóvenes más cogieron a Ashenee del brazo y la apartaron entre risas de su futuro marido. Wanageeska y dos guerreros más se llevaron a Kangee al lado opuesto de donde se llevaron a la futura novia.

Cubrieron a la muchacha con un elegante vestido de pieles con flecos en las mangas y cuentas de colores cosidas a ellas. El pecho del traje tenía hermosas flores bordadas, con algunas piedras preciosas. La prenda pertenecía a Talutah, era el mismo vestido con el que ella se casó. Le quedaba un poco ancho, pero se lo apañaron con un cinturón de cuero adornado con turquesas. Le peinaron el cabello con dos trenzas y le pintaron la raya con pintura roja. Sobre la frente le colocaron una diadema de cuero, de la que colgaban plumas de águila. Todas las mujeres de la tribu le regalaron, como tradición, collares y pulseras hechos de cuentas y huesos de colores. Aquello era todo un honor para una futura esposa; significaba el respeto de sus hermanas. Recibió presentes de todas, excepto de Totomi, que ni se acercó a darle sus bendiciones.

Mientras terminaban de colocarle las pulseras en las manos y los pies, Wakani le pintó el rostro, como toque final, con una franja azul bajo los ojos y por encima de la nariz.

Ya estaba lista para la ceremonia.

Al otro lado del poblado, Kangee cambió su taparrabos y perneras por un bonito traje de dos piezas. Tenía flecos en las mangas de la larga camisola y también en el pantalón. Aquel había sido el traje ceremonial que llevó primero su abuelo, luego su padre y ahora él, por segunda vez. Le dejaron el cabello suelto y con algunos mechones le hicieron una fina trenza, donde pusieron plumas de águila y halcón.

—¿Estás seguro, hijo mío, de lo que estás a punto de hacer? —dijo Wanageeska mientras pintaba el rostro del guerrero con una línea roja bajo los ojos y otra azul en la raya del pelo, al contrario que los colores que llevaría su futura mujer.

—Es todo tan extraño... Jamás pensé que después de perder a Imikeka volvería a enamorarme.

—Es normal, Kangee. Sé que la querías y que la echas de menos, pero también mereces ser feliz. Necesitas a alguien que esté a tu lado, velando por ti y por Imaki, que necesita el cariño de una madre.

—Sé que le dijiste a Ashenee que no dejara huellas en el camino —le dijo con tristeza.

Wanageeska se sorprendió de que supiera eso. ¿Se lo habría dicho ella? ¿O acaso los había oído?

—Lo hice —confesó—. Y lo siento. Tan solo necesitaba saber si te merecía. Nunca había visto una mujer tan testaruda como Nutahi.

—Creo que por eso me enamoré de ella. Por todas las cosas que nos ha contado de su época, sigo maravillado de que las mujeres sean independientes y hagan lo que desean de corazón.

—Hijo, ¿estás seguro de que quieres comprometerte con ella hasta que Wakan Tanka os lleve a su lado? Ella se marchará pronto...

—Lo deseo, padre. Deseo compartir el resto de mi vida con ella —dijo con el corazón en un puño. Era la mayor verdad que había dicho nunca—. Tampoco sabemos con exactitud cuándo se irá. Tal vez nunca. —La esperanza sería lo último que perdiera.

Wanageeska sonrió, satisfecho y feliz por él. Si aquella mujer era la enviada del Gran Padre, iba a ser una gran honra estar a su lado.

Al terminar, se dirigieron al Árbol Sagrado, donde celebrarían las nupcias. Allí los esperaban todos, alrededor de una pequeña hoguera ceremonial.

Poco después llegó Ashenee.

Kangee no pudo articular palabra. Estaba tan hermosa que comenzó a temblar de felicidad. Tenía el estómago revuelto entre los nervios y que no había podido probar bocado.

Ashenee estaba todavía más nerviosa. Tenerlo allí para ella le provocó una taquicardia. El corazón le latía tan deprisa que podía oír el tum tum en su pecho a través de la ropa.

Se miraron a los ojos y sonrieron inquietos, pero felices.

Wanageeska inició la ceremonia pidiéndoles a los futuros esposos que se colocaran uno frente al otro, rodeando el círculo de fuego, tendiendo así como testigo al hermoso sauce, que bendeciría su matrimonio.

Kangee fue el primero en comenzar el ritual. Dio un paso hacia la derecha y, tras detenerse, recitó el juramento:

—Wakan Tanka, Padre de todos. Me dirijo a ti como tu hijo, aquel que ruega tu bendición para unirse a su hermana, la que es parte de su ser.

Después, Ashenee fue quien dio el paso hacia la derecha y recitó el mismo juramento.

—Gran Espíritu, Padre de todos. Me dirijo a ti como tu hija, aquella que ruega tu bendición para unirse a su hermano, el que es parte de su ser.

Repitieron los pasos y el salmo seis veces más, uno por cada uno de los elementos que adoraban: tierra, agua, aire, fuego, espíritu, luna y trueno.

Poco después se pusieron uno al lado del otro y entraron en un círculo de piedras formado junto al ancho tronco del sauce. Sujetaron cada uno un extremo de una gran pluma de águila que Talutah acababa de bendecir con humo, prendiendo hojas y ramas del Árbol Sagrado.

Wakani colocó sobre los hombros de los novios una bonita manta y los unió bajo ella con una sonrisa de felicidad. Después, les entregó una pluma de cuervo que sujetaron entre los dos.

—Espíritus guardianes, deberéis cuidar no solo a vuestro protegido, sino también a quien hoy se une a él —prosiguió la chamana—. Sicun, Niya, Nagi, vosotros guardáis a Kangee; Sicun, que representa a Wakan Tanka encarnado; Niya, venido de las estrellas; Nagi, el alma, reflejo inmaterial e inmortal del cuerpo. Dinos, Ashenee, que vienes de lejanas tierras más allá del tiempo, ¿en tus sueños aparecían animales a menudo?

—Vi... He visto algunos en sueños... Un halcón, una víbora y cuervos —respondió la muchacha, enumerando cada animal que apareció en sus visiones.

—Otra razón más para ver que sois almas gemelas —dijo Talutah sonriente.

Ashenee no entendió a qué se refería.

—Mi nombre significa cuervo —le explicó Kangee—. Ellos también son mi espíritu guardián. También lo son el lobo y el caballo. Ellos nos protegen de los malos espíritus.

—Wakani, prosigue, por favor —pidió Talutah.

—Por supuesto. Espíritus guardianes Sicun, Niya, Nagi, deberéis cuidar, no solo a vuestro protegido, sino también a quien hoy se une a él —continuó Wakani, moviendo otra gran pluma sobre el humo sagrado, dirigiéndolo hacia la pareja. Les impregnó el cuerpo, el rostro y la cabeza—. Mostradles el camino hacia la felicidad junto al seno de Wakan Tanka, el Gran Padre.

Gran Espíritu, únelos como uno solo hasta que se reencuentren contigo.

Talutah llevaba una cinta de cuero pintada de rojo, que pasó por encima del humo para bendecirla. Después ató las manos de los dos jóvenes y terminó haciendo un lazo con los extremos.

—Ahora no sentirás ninguna lluvia, ya que Kangee será tu refugio. No sentirás ningún frío, pues Nutahi será tu calor. Ya no hay más soledad, cada uno de vosotros será el compañero del otro. Ahora sois solo dos cuerpos, pero cuando ya no estéis aquí, al fin seréis uno solo. Que vuestros días sobre la tierra sean largos y felices —concluyó el jefe powani.

La pareja soltó a la vez la pluma de cuervo, dejándola caer al suelo. Kangee se colocó frente a ella y le acarició la mejilla con la mano libre. Tan solo restaba un beso para ser esposos hasta la muerte.

Se inclinó hacia ella con una gran sonrisa y Ashenee cerró los ojos esperando su beso.

Cuando Kangee posó los labios sobre los de ella, aquella electricidad que sentían cada vez que se rozaban fue mucho más intensa. Les dolía, les hacía daño y aun así ninguno de los dos se apartó. Despacio, aquel dolor iba remitiendo hasta convertirse en una sensación de tranquilidad. Los temblores habían desaparecido y el corazón de cada uno de ellos latió al mismo ritmo, como si fuera uno solo.

Las ramas del sauce, repletas de verdes hojas, comenzaron a bailar sobre su cabeza, sin ninguna brisa que las moviera. Aquel sonido creó una dulce melodía, lo que provocó un suspiro generalizado. Aquello significaba que el Árbol Sagrado y, por lo tanto, Wakan Tanka, habían aceptado aquella unión.

Imaki corrió hacia su padre, orgullosa de lo que estaba haciendo. El muchacho la cogió en brazos y la besó en la mejilla.

—Nutahi, ¿vas a ser mi mamá? —preguntó la pequeña.

Ashenee se quedó en *shock*, sin saber qué decir.

—Por supuesto que lo será —comentó su padre dirigiéndose a la niña.

Lágrimas de felicidad que se mancharon de pintura azul recorrieron las mejillas de la novia. La niña saltó a los brazos de la joven, que la abrazó con fuerza. Le plantó un cariñoso beso en la mejilla y sonrió.

Los novios, cogidos de las manos, invitaron a sus hermanos a unirse a ellos formando un círculo alrededor del fuego.

Comenzaron los cánticos y los tambores para celebrar todos con alegría aquel enlace.

CAPÍTULO 17

La ceremonia terminó tras un gran banquete en el que todos cantaron y bailaron. La pareja recién unida debía encerrarse en el tipi que compartirían de entonces en adelante. Talutah se llevó a su nieta Imaki a su tienda para dejar a los jóvenes solos.

Ashenee se mostró un poco reacia, pues, según la tradición, no podrían salir de la tienda en un día completo, de sol a sol, pero Imaki la hizo cambiar de idea.

—Nutahi, ahora que vas a ser mi mamá, tienes que hablar con mi papá sobre cómo viviremos, porque yo quiero estar contigo y peinarte todos los días —dijo sonriente la pequeña.

¿Cómo iba a negarle algo a aquella niña de mofletes rosados que le daban ganas de morder? Ashenee tuvo que contenerse de no hacerlo más de una vez. Para la edad que tenía, era una niña muy pizpireta.

—Imaki tiene razón —habló Wanageeska—. Tenéis mucho de qué hablar. —Les guiñó un ojo y la chica enrojeció al darse cuenta de a qué se refería. ¡Si supiera que se habían acostado antes del matrimonio le daría un infarto!

Kangee la cogió de la mano y tiró de ella hacia el tipi donde se recluirían. Era cierto que tenían que hablar de muchas cosas y no quería perder más tiempo.

Ashenee se dispuso a entrar en la tienda bajo la atenta mirada de la tribu, pero Totomi no estaba dispuesta a que consumaran su unión. ¡Antes muerta que permitirlo! La jovencita, que portaba un caldero con agua hirviendo, se acercó hasta ellos.

—Nutahi, Kangee —los llamó—. Os traigo agua caliente, quizá os haga falta.

—Gracias —dijo ella. Aunque en el fondo seguía sin fiarse de la chiquilla.

Totomi fingió tropezarse y tiró el caldero sobre la recién convertida esposa, que fue rápida y se apartó, aunque el agua le cayó sobre la pierna izquierda y le abrasó la piel. Gritó de dolor y todos fueron en su ayuda, en especial Wakani, que corrió a su choza para coger sus ungüentos.

—¡Lo siento! —mintió Totomi. Su plan no había funcionado. Creyó que si le caía el agua sobre la cara y dejaba de ser tan hermosa, él no la querría a su lado.

Kangee entró con rapidez en la tienda, seguido por Ashenee, que metió la pierna en un balde de agua fría que allí tenía de la noche anterior, lo que calmó un poco el dolor.

—¡Voy a matar a esa estúpida niña! —amenazó con furia el joven, gritando para que todos lo oyeran.

—No, Kangee, no puedes hacerlo. —Se miró las manos. Estaban tan rojas que le dolió hasta mirarlas—. Ha sido un accidente.

—¡No lo ha sido! Desde el momento en que Imikeka se marchó con Wakan Tanka, su familia ha tenido interés en nuestro enlace. Han estado tanto tiempo presionándola que creo que los celos la han poseído. No la mataré, pero sufrirá un buen castigo por osar hacerte daño. —Estaba tan enfadado que no se le ocurría ninguno. Ya lo haría en otro momento, en ese le importaba ella.

Kangee se sentó frente al fuego y le pidió a su esposa que se pusiera a su lado. Cogió un trozo de piel y lo mojó en el agua fría. Después, se lo colocó suavemente sobre las ampollas que le habían salido en la pierna.

En ese momento, Wakani entró en la tienda sin molestarse en avisar. En la mano llevaba un ungüento que le entregó al chico y, sin decir nada más, se marchó dejándolos solos de nuevo.

Mientras su esposo se ocupaba de ella, Ashenee miró la estancia de arriba abajo. Era lo más cómoda posible: suaves pieles y mantas para arroparse, un fuego encendido, leña, agua y alimento para varios días, y atrapasueños colgados por todos y cada uno de los palos de la estructura cónica de la tienda. Wanageeska se había encargado de que no les faltara de nada.

—Quiero que me lo cuentes todo de tu tiempo —le pidió él con una sonrisa mientras le aplicaba con cuidado la pasta.

A ella le hizo ilusión que se lo pidiera, pues, aunque se había acostumbrado a aquella paz, en parte echaba de menos la ciudad de la que procedía.

Ashenee se lo contó todo, dónde trabajaba, cómo vivían, qué eran los coches, los ordenadores, internet, el café, la comida basura...

Kangee la escuchaba con expectación. ¡Sí que habían evolucionado tras tantas primaveras!

Cuando le habló de su familia, no pudo evitarlo y un torrente de lágrimas de tristeza le anegó los ojos.

—Ni siquiera han podido asistir a nuestro casamiento... —susurró entre sollozos.

—No llores, te lo ruego. Algún día volverás con ellas —dijo él, borrando con los pulgares aquellos amargos surcos.

—No solo estoy triste por eso... Algún día me marcharé de aquí e Imaki ya no podrá peinarme ni Wakani podrá enseñarme su magia. —Hizo una pausa y soltó un suspiro—. No... no volveré a verte más... —Y comenzó a llorar de nuevo; apartarse de él iba a ser una de las cosas más dolorosas que iba a hacer en toda su vida. Lo quería. Lo deseaba. Lo necesitaba.

—Entonces... Habrá que hacer algo para que haya valido la pena habernos conocido, ¿no crees? —Kangee sonrió y la besó mientras la atraía hacia él.

Ashenee lo miró con devoción. ¿Cómo podía ser posible querer a alguien tanto como ella lo amaba? De nuevo notó un cosquilleo en el estómago, más intenso que el que había sentido tiempo atrás hacia Kamali o Daniel. Si le hubieran dicho que iba a ser tan feliz, jamás lo habría creído. Puso la mano sobre el pecho de Kangee y cerró los ojos: podía oír el frenético latir de su corazón.

Se tumbó y le hizo un gesto con el dedo para que se le acercara. Deseaba besarlo, sentirlo dentro de una vez. Kangee sonrió y se colocó sobre ella. Su largo cabello le hizo cosquillas en la cara y el cuello.

La muchacha jugueteó con su melena mientras se mordía el labio, tentándole.

Se incorporó un poco y se quitó la camisa ceremonial, dejando el pecho al desnudo. Ella no pudo resistirse y estiró el brazo para rozar delicadamente con los finos dedos las cicatrices que tenía, causadas por el mismo ritual al que ella había sido sometida.

Se estremeció ante sus caricias. Si seguía tocándolo así... caería en la tentación de nuevo: le haría el amor otra vez más.

No esperó más, se puso en pie y se desnudó por completo. Ashenee, en cuanto él se levantó, se quitó por la cabeza el vestido de Talutah.

Él se acercó gateando, como un león en celo, mientras la miraba con picardía.

—Bésame —dijo ella, colocándose de rodillas frente al guerrero.

Kangee no dudó ni un instante y cumplió sus órdenes. Con un rápido movimiento, se la sentó sobre las piernas y comenzó a besarla con pasión. Comenzaron un rápido baile con la lengua; Ashenee enredó los dedos en su cabello y tiró cuando la boca de él atrapó y mordió uno de sus pezones. Gimió y lo agarró de la mano para dirigirla a su entrepierna. Estaba húmeda, pero quería más, más caricias. Kangee introdujo los dedos en su interior y arrancó de su garganta otro gemido de placer. Él estaba tan excitado que no aguantó más. Así, a horcajadas sobre él, la penetró con suavidad. Sus movimientos fueron aumentando de velocidad, pero no quería que aquel momento tan íntimo terminara pronto, así que le hizo el amor lentamente, mientras la hoguera se consumía poco a poco.

—Cuéntame otra historia de esas que conoces y tanto me gustan, por favor —le pidió Kangee, que le acariciaba el brazo con cariño.

Ashenee descansaba con la cabeza apoyada sobre el pecho del chico, que había echado una piel sobre ellos para arroparlos.

—Déjame que piense… —Se mantuvo en silencio unos segundos—. Tekani y Mika eran dos hermanos muy diferentes —comenzó—: Tekani era alto y fuerte, el mayor de los dos. Era rápido y certero con el arco, mientras Mika, dos años menor, prefería ayudar a su madre; era más tranquilo y le encantaba perderse solo en el bosque. Todos se burlaban de él, pero Mika los ignoraba. Lo llamaban cobarde, pero él tenía muy claro que había muchas formas de demostrar valentía.

»Llegó el día en el que debían pasar diversas pruebas para convertirse en guerreros. Esa prueba era sencilla y difícil de llevar a cabo: tenían cuatro lunas para marcharse del poblado y regresar con plumas de águila. Si no lo conseguían, demostrarían no tener coraje y seguirían siendo críos, no guerreros. Otros muchos lo habían intentado y se habían ganado heridas graves e incluso la muerte.

»Ambos hermanos marcharon, el mayor corriendo rápidamente y el pequeño andando con su paso tranquilo, como si fuera uno más de los muchos paseos que acostumbraba a dar por el bosque. El primero arrancó algunas ramas, con las que hizo un fuego y después se construyó un arco para poder cazar pequeños animales para alimentarse. Sin embargo, Mika construyó un pequeño refugio también con ramas y se alimentó de bayas y raíces.

»Hecho eso, se separaron, cada uno por un lado, para explorar el bosque en busca de su preciado trofeo. Últimamente no se veían demasiadas águilas, pero tuvieron suerte y encontraron un magnífico ejemplar.

»Tekani se apresuró a cazarla con un suculento cebo: un conejo que había encontrado. Lo colocó sobre las verdes hojas de un arbusto y se escondió debajo de sus ramas; cuando el águila se posase para comer, le arrancaría las plumas de la cola con los dientes mientras le sujetaba las peligrosas y afiladas garras con las manos, que interpondría entre él y el puntiagudo pico. Pero no tuvo éxito. El águila, que se dio cuenta de la trampa, atacó a Tekani, que tuvo que salir corriendo y refugiarse, herido, en una grieta entre dos grandes piedras.

»El chico, rabioso, cogió el arco y, cuando el águila volvía hacia él para atacarlo de nuevo, le apuntó. Esperó hasta tenerla lo suficientemente cerca y disparó, atravesándole un ala. Con rapidez, le pisó el cuello y le arrancó con fuerza un par de plumas.

»Mika había visto horrorizado toda la escena, preocupado por su hermano, que sonreía con el premio en la mano. Tekani corrió victorioso de vuelta al poblado con sus plumas. Mika sintió lástima por el ave e intentó socorrerla, pero esta lo atacó. Aun malherida le lanzaba feroces picotazos que le dañaron la piel, así que acabó quitándose la ropa y echándosela encima al ave a modo de red.

»Con cuidado, la inmovilizó y le arrancó la flecha. Vendó como pudo la herida con jirones de su ropa. Después, fue en busca de agua y algunas plantas medicinales para curar la herida.

»Estuvo las cuatro lunas cuidándola, dándole alimento y agua con pericia, evitando más heridas. Trató de ganarse su amistad hasta que por fin le permitió al muchacho darle de comer de la mano. El ave, por su parte, no lo atacó más.

»Había pasado el plazo y tenía que regresar al poblado, aunque le daba pena dejar allí al águila sin saber si estaba curada o no, por lo que, el último día, la cogió con cuidado en brazos y la llevó al borde del barranco.

»—Tienes que volar, yo tengo que regresar ya y no podré si no sé que tú estás bien... ¡vuela!»Su nueva amiga extendió las alas y se lanzó al vacío; al principio cayó como una piedra, pero luego se elevó y empezó a trazar majestuosos círculos en el cielo.

»—Misión cumplida —dijo en voz baja—. Es hora de regresar a casa.

»Cuando llegó al poblado todos lo vieron llegar sin las plumas. El jefe de la tribu, quien sentenciaría si Mika y su hermano eran considerados guerreros, al verlo con las manos vacías le preguntó:»—¿Dónde están tus plumas de águila?

»Arriba, en lo más alto en el cielo, se oyó el graznido del águila que Mika había curado. Este, al verla y reconocerla, se quitó lo que quedaba de la camisa, hecha jirones, se envolvió el brazo derecho y con un silbido la llamó.

»—Aquí están mis plumas —dijo Mika mientras el águila se le posaba mansamente en el brazo.

Ashenee terminó su relato con un bostezo. Pensó que Kangee se había quedado dormido; sin embargo, no era así.

—Si eres bueno con cualquier ser, acabarás obteniendo tu recompensa —dijo él, que estuvo atento al relato.

—Exacto.

—Mañana quiero llevar a Imaki al río, me gustaría que viera la cascada. ¿Nos acompañarás? —preguntó él, cambiando de tema.

Ella tan solo lo besó. Aquello era un obviamente, sí.

Los primeros rayos de sol se colaron en el tipi a través de un pequeño hueco entre las pieles de la entrada. Ashenee abrió los ojos y se desperezó con un suave gemido. Había dormido de maravilla; hacía tanto tiempo que no lo hacía que le resultó extraño. Ni siquiera había soñado o, al menos, no recordaba nada, cosa más rara todavía. Se dio la vuelta y se encontró con el apacible rostro de Kangee, que aún dormía.

Sonrió. Tenía el cabello pegado a la cara y la frente. Cogió unos mechones y se los apartó, lo que provocó que él se moviera y abriera los ojos unos milímetros. Esbozó una sonrisa al verla. Levantó el brazo, la agarró por la cadera y la atrajo hacia él para terminar apoyando la cabeza sobre su estómago, que rugió de hambre. Frunció el ceño y abrió un ojo para mirarla. Ashenee estaba aguantándose la risa, pero no pudo evitar soltar una carcajada cuando a él también le sonaron. Se habían despertado hambrientos.

Se levantaron y recuperaron sus ropas, que estaban calientes tras haberlas dejado toda la noche junto a la hoguera, que él se encargó de mantener encendida. Se asearon un poco con el agua de una tinaja a la que echaron una de las piedras ardientes del fuego para calentarla un poco y que no estuviera tan fría. Tras eso, salieron de la tienda y saludaron a Pequeño Lobo, que esperó junto a la puerta aquel día que estuvieron sin salir y los saludó con un cabeceo.

—¿Ya habéis consumado? ¿Cuándo tendré otro pequeño para jugar? —dijo el animal mientras giraba la cabeza, curioso.

Ashenee sintió que se le paraba el corazón. ¡¿POR QUÉ NO HABÍA PENSADO EN ESO ANTES?! ¡No podía quedarse embarazada! ¡No debía! ¡Era una completa inconsciente! ¡Debía hacer algo para evitarlo! Se le secó la boca y comenzó a temblar. ¡Pero ¿qué podía hacer?! ¡Tenía que hablar con Wakani de inmediato, antes de que fuera más tarde!

Kangee, que no podía oír al animal, no se dio cuenta de la cara desencajada de su esposa, ya que esperaba a Imaki con los brazos abiertos. La pequeña, que en ese momento se encontraba con su abuela, al verlo corrió hacia él, lo abrazó y lo besó. ¡Llevaba un día sin verlo!

—¡Ahora vengo! —gritó Ashenee con evidente preocupación.

Él se asustó, pues no tenía ni idea de qué pasaba.

—¿Adónde va, papá? —preguntó la niña.

—No lo sé, cariño. Seguro que vuelve enseguida.

—Es que quiero decirle una cosa... —dijo en voz baja, como si fuera un secreto.

—No te preocupes, enseguida podrás hacerlo.

Mientras intentaba ver hacia dónde se dirigía, fue a darles los buenos días a sus padres.

—¡Wakani! ¡Wakani! —bramó Ashenee, entrando de sopetón en el tipi de la chamana.

Esta se encontraba sentada en el suelo, separando los pétalos de unas flores para coger las semillas.

—¿Qué ocurre, Nutahi? ¡Por el Gran Espíritu! ¡Estás pálida como la nieve! —Dejó a un lado las plantas y se levantó rápidamente. Se aceró a ella y le tomó el rostro entre las manos, confirmando que no se encontraba bien—. Tienes la piel fría ¿Qué ocurre?

—¡Dime que tienes algo para evitar que traiga al mundo una criatura! ¡Dime que puedes evitarlo!

Wakani entendió de inmediato a qué se refería.

—¿Estás…? —preguntó esta, pensando que podría estar embarazada de muchas lunas.

—¡No! —chilló—. No puedo estarlo, ¡no puedo!

Ashenee se agarró del pelo y tiró de él mientras daba vueltas por la tienda. Tenía un nudo en el estómago y tantas ganas de llorar que no iba a tardar en soltar un buen torrente de lágrimas.

—Tranquilízate, Nutahi. Si habéis yacido juntos esta noche, es pronto para saberlo. —La agarró por los hombros y la obligó a sentarse. Le observó la quemadura de la pierna. No había restos de herida o ampollas, tan solo tenían un feo color rojizo. La miró a los ojos y se quedó fascinada. Tenía tanto poder en su interior que inconscientemente sanaba—. ¿Te duele?

La chica la miró extrañada, ¿en serio, con lo que podía pasarle, le preguntaba por la pierna? ¡Eso le importaba una mierda bien grande!

—No —respondió secamente. Abrió la boca para decirle que se dejara de gilipolleces y le buscara una solución para su problema real.

—Tranquila, tengo algo que puede ayudarte —dijo al verle la desesperación en el rostro. Lo cierto era que Wakan Tanka no le habló de un bebé, por lo tanto, estaba segura de que no sería nada bueno si se quedaba encinta—. Pero, te aviso, no es totalmente fiable.

—¡Da igual! ¡Lo necesito!

—Te lo daré. Prométeme que jamás se lo dirás a Kangee o a sus padres. A nadie en realidad. Me tienen prohibido dárselo a ninguna mujer de la tribu.

—Te lo juro. Será nuestro secreto.

—Voy a prepararlo, pues requiere mucho tiempo. Vuelve antes del anochecer. Ahora, vete. Deben de estar esperándote.

Ashenee la abrazó, ya más tranquila, y salió de la tienda, rogando que nadie las hubiera oído; no tenía ganas de darle explicaciones a nadie. Regresó a toda prisa hasta su tipi, pero Kangee no estaba allí, así que lo buscó en el de sus padres. Al verla, la cría, que estaba sentada en el regazo de Wanageeska, corrió hacia ella y, de un salto, se le enganchó a la cadera y le dio un fuerte abrazo.

Kangee, con una sonrisa, también se acercó y la besó en la mejilla.

—Creo que Imaki quiere preguntarte algo —comentó él.

La muchacha le apartó algunos cabellos del rostro a la niña y se los colocó tras la oreja .

—Ah, ¿sí? ¿Y qué es eso que quieres decirme? —preguntó Ashenee.

—¿Te duele la pierna? ¿Se ha curado? ¿Ya eres mi mamá? —preguntó atropelladamente la pequeña, que jugueteaba con el colgante de punta de sílex que le había regalado a Ashenee su madre en aquella visión que había tenido hacía ya tiempo.

Imaki la miró, esperando una respuesta a sus preguntas. Ella se dio cuenta y carraspeó. Seguro que habían pensado que le había dado un telele o algo parecido.

—Puedes llamarme como quieras —respondió ella, sonriente, mirando de soslayo a Kangee.

Él asintió, también sonriendo. Talutah y Wanageeska se interesaron por la herida de la chica. Se sorprendieron al ver que no había rastro de heridas, ni siquiera iba a quedarle cicatriz. El matrimonio, fascinado, se miró sin poder creerlo. ¡Desde luego que era única y especial! Si hubiera sido un ser humano corriente, habría tenido tales ampollas que habrían tardado muchas lunas en cicatrizar.

Kangee les había dicho a sus padres que tenía intención de pasar el día con Imaki y Ashenee junto al río. Prepararon un tentempié para tomar allí, bajo la sombra de uno de los árboles. Los tres montaron en Espíritu, el caballo negro, con Imaki delante de su esposa, que se sentó tras él, quedando la niña en el medio, entre los dos. Tras la orden del guerrero, el animal se dirigió a la cascada seguido por Pequeño Lobo, que trataba de seguir sus rápidos pasos.

Cuando llegaron al río, cerca de la pequeña catarata donde Imikeka estaba enterrada, dejaron que los animales camparan a sus anchas. La pareja descansó bajo la sombra de un frondoso árbol, apoyados en el grueso tronco mientras Imaki corría tras unas mariposas entre risas y grititos de frustración al no poder alcanzarlas. Ellos reían ante tal escena, pues era muy divertida.

Justo en ese momento, una preciosa mariposa de brillantes colores azul y negro se posó en la rodilla de Kangee. Este estiró el dedo y el pequeño insecto caminó hasta subir en él y se acercó el animal al rostro.

—Si tienes un deseo y quieres de corazón que se cumpla, para que se haga realidad, en un susurro cuéntaselo a una mariposa. Como las mariposas no hacen ningún sonido, no pueden revelárselo a nadie. Déjala libre y el Gran Espíritu, que será el único a quien le confesará tu secreto, y en gratitud por liberar a la mariposa, te concederá el deseo —le explicó Kangee mientras miraba con fascinación el insecto.

—¿Se te ha concedido algún deseo? —quiso saber Ashenee, que ahora era quien tenía el colorido animalillo en la mano.

—Le pedí ayuda al Wakan Tanka a través del Árbol Sagrado y, bueno, aquí estás. —Sonrió—. ¿Puedo hacerte una pregunta?

—Claro —respondió ella, extrañada.

—¿Cuál es la misión que el Gran Padre te ha encomendado? Quisiera saberlo para poder ayudarte...

Ashenee no tenía muy claro si contarle toda la verdad o no... Pero, él era su esposo, ¿qué problema habría en contarle su misión? O al menos parte de ella...

—El Padre de todos me encomendó buscar algo muy valioso. Como al parecer yo controlo algunos elementos, podré encontrarlo sin problemas —confesó.

—¿Y sabes qué es eso que debes hallar?—No. Tan solo me dijo que sabría qué es cuando lo encontrara.

—Sea lo que sea, lo descubriremos juntos. —Se acercó a ella y la besó con dulzura. Después se fijó en el extraño colgante que le colgaba del cuello—. ¿Qué es? —dijo cogiendo el frasquito entre los dedos.

—Me lo regaló Kora, el espíritu de l Agua.

—¿Y para qué sirve? —Ya no le parecía nada raro que ella hablara con los espíritus o con los animales.

Ashenee iba a contestarle, pero, de repente, se quedó inmóvil, con la mirada fija y perdida. El corazón comenzó a latirle frenéticamente, tanto que le dolía como si estuvieran clavándole agujas en el pecho. Quería hablar, pedir ayuda, pero no podía moverse, ni siquiera pestañear, y el dolor de cabeza que sentía era terrible, jamás había sentido nada parecido.

—¿Ashenee? ¿Te encuentras bien? —La miró preocupado.

Sin embargo, no obtuvo respuesta.

—¡Nutahi! —La zarandeó un par de veces, pero ella seguía sin moverse; estaba en trance.

Kangee corrió hacia donde se encontraba Imaki y la cogió en brazos y después la montó a lomos de Espíritu.

—¡Regresad al poblado! —les dijo a Espíritu y a Pequeño Lobo—. ¡Buscad ayuda! ¡Avisad a Wakani! ¡Apresuraos!

Los dos animales echaron a correr mientras la pequeña se agarraba con fuerza a las oscuras crines del caballo.

Cuando los perdió de vista, Kangee se arrodilló frente a su esposa, que seguía sentada en la misma postura, completamente inmóvil.

—¡Vamos, Ashenee! ¡Despierta! ¡Estoy aquí contigo! —Le dio suaves golpes en las mejillas, tratando de hacerla volver, sin éxito.

Con el corazón a punto de salírsele por la boca y con los ojos inundados en lágrimas , la miró fijamente a los ojos, creyendo que así podría ver en su interior. ¡¿Pero qué le pasaba?! ¡¿Por qué no podía moverse?!

Sin dejar de llorar, le cubrió las mejillas con las manos y la besó.

De repente, un terrible dolor de cabeza lo obligó a apartarse de ella; era tan intenso que sentía que le iba a estallar. Sintió deseos de arrancarse el cabello, pensando que tal vez eso lo calmase, pero no pudo. Era tan fuerte que se llevó las manos a las sienes y gritó.

De inmediato, cayó inconsciente junto al cuerpo de Ashenee.

CAPÍTULO 18

Kangee parpadeó unas cuantas veces y abrió los ojos, dolorido. Por suerte, aquel tormento había desaparecido, aunque se sentía algo desorientado. Miró a su alrededor. Se hallaba en lo alto de una montaña, sin árboles ni cuevas, pero no reconocía dónde se encontraba. El sol despuntaba en lo más alto y el cielo estaba completamente cubierto de nubes. A cada lado había una caída al vacío de más de mil metros. Ni siquiera podía ver el pie de la montaña. Dio unos pasos en busca de algo o alguien que pudiera decirle dónde estaba y dónde podía encontrar a su esposa. Entonces vio una figura femenina que reconoció sin dudar.

—¡Ashenee! —Corrió hasta ella, que se volvió hacia él al escuchar su voz.

—¡Kangee!

La muchacha lo abrazó con fuerza. Sentía que habían pasado meses sin verse. Lo besó, creyendo que era una ilusión, pero no, era él de verdad, de carne y hueso.

—¿Qué haces en mi visión? ¿Cómo has conseguido llegar hasta aquí? —preguntó ella, totalmente sorprendida.

—¿En tu visión? Eso es imposible. Te quedaste paralizada y me asusté mucho, más que en toda mi vida. Luego sentí un terrible dolor de cabeza, como si me clavaran mil flechas y creo que después me desmayé.

—Yo también tuve ese dolor, incluso hubo unos segundos en que mi corazón dejó de latir y todo se volvió oscuro. Después aparecí aquí.

—¿Dónde estamos? —Kangee levantó la vista al cielo, temiendo que descargara una tormenta sobre ellos.

—No lo sé, así que no te separes de mí —le ordenó ella, mirando a su alrededor.

—¿Qué ocurre?

—Todo esto es muy extraño, tengo un mal presentimiento. No te alejes, ¿entendido?

Kangee asintió. A él también le daba mala espina aquel lugar.

De repente, se formó un pequeño tornado frente a ellos, que los rodeó levantando un muro de arena y hojas que los obligó a cubrirse la cara para evitar tragarlas.

—Al fin —dijo una voz a su espalda.

Se giraron a la vez, tratando de ver algo, pero había tanto polvo que les fue imposible. Un fuerte trueno retumbó sobre su cabeza. Ashenee gritó, pues no se lo esperaba. Después, un gran rayo cayó junto a ellos, cegándolos momentáneamente.

Ella tenía miedo. Mucho. Kangee también sintió el pánico recorriendo cada poro de su piel; lo sentía más de lo que jamás admitiría. Aquello se le escapaba de las manos. No era lo mismo que enfrentarse a otra tribu o un oso que a la furia de los espíritus.

En ese mismo momento, otro rayo cayó cerca de ellos y el suelo tembló bajo sus pies. La roca se partió en dos y los obligó a separarse.

—¡Salta! —le pidió Ashenee, desde el otro lado de la piedra.

El muchacho cogió carrerilla y con un fuerte impulso saltó hacia donde ella se encontraba. Ella lo abrazó, pensando que así no volverían a separarlos.

De pronto, el sol desapareció y dio paso a la estrellada noche. Si no hubiera sido por la gran luna llena, se habrían encontrado en la más absoluta oscuridad.

—¡Mostraos! —ordenó ella, pero su voz se quebró, exponiendo así su más que evidente miedo.

Kangee no sabía que el hielo que le cubría las venas era terror, ya que no lo había experimentado hasta entonces. El dolor y la frustración le eran conocidos, pero no el miedo; estaba experimentándolo en su estado más puro y no sabía cómo hacerle frente. Lo que sentía en ese momento era algo que no podía explicar, algo tan horrible que notaba un molesto cosquilleo por todo el cuerpo. ¡Todo aquello solo podría ser obra de los espíritus! Se abrazó más a Ashenee, que parecía no temer tanto como él a aquellos seres poderosos.

—¿Qué harán con nosotros? —preguntó él en voz baja, tratando de no temblar; no quería que pensara que era asustadizo.

—No pueden hacernos daño, es una simple visión —explicó ella más que convencida.

—Estás muy equivocada —respondió una suave voz de mujer.

Frente a ellos apareció una hermosa mujer, con un aura blanca y brillante, que la rodeaba. Supo enseguida que se trataba de Limeka[4], el espíritu de la Luna.

—Tu espíritu se encuentra en la visión. Si acabamos con él, tu cuerpo mortal también morirá —dijo de nuevo la mujer, mientras su aspecto cambiaba por completo.

—¿Ma... Magaki? —El corazón de Ashenee comenzó a palpitar con fuerza. ¿Limeka era su mejor amiga? ¡Eso era imposible! ¡No podía ser verdad!

Una fuerte ráfaga de viento similar a un pequeño tornado intentó separar a la pareja, confirmando así que no se trataba de un sueño. Kangee abrazó a Ashenee con fuerza; no iba a permitir que ningún ser los separase.

La fuerte brisa se convirtió en un ser de piel azulada con cuerpo humano, al igual que Limeka. Inmediatamente, ella lo

4 Limeka, espíritu de la Luna, es invención de la autora.

reconoció como Malawi[5], el espíritu del Viento. Pero su rostro no era aquel con el que había soñado hacía tiempo. Aquel cuerpo inmortal, con aquel ridículo corte de pelo, rapado por toda la cabeza excepto por la coronilla, que adornaba con plumas enganchadas con cuero a alguno de sus mechones y su largo taparrabos hasta las rodillas sonreía con desprecio.

Ashenee se quedó petrificada, pues aquel espíritu que acababa de llegar no era otro que Kamali, su primer amor, aquel que la dejó plantada tiempo atrás y del que jamás volvió a saber nada.

—¿Kamali? —quiso cerciorarse, aunque bien sabía la respuesta.

—Ese es mi nombre mortal. Mi nombre real es Malawi —respondió el espíritu.

—No puede ser cierto...

Pero, entonces, una deidad más hizo acto de presencia: Kekeli[6], espíritu de la Tierra.

Creyó que iba a desmayarse de un momento a otro. Aquel espíritu no era otro que Daniel, que lucía el cabello largo y moreno, muy diferente al largo y rubio que siempre llevaba.

La muchacha no daba crédito a lo que veía. Le temblaron las piernas y sintió que se derrumbaba. Si no hubiera sido por Kangee, que aún la tenía entre los brazos, habría caído al suelo. De pronto, algo le hizo clic en la cabeza. ¡Ahora lo entendía! ¡Ahora sabía por qué todos la habían traicionado! ¡Todo había sido una mentira, una trampa para acercarse a ella!

—Sigues tan hermosa como siempre —dijo Daniel mientras caminaba hacia ella.

Ashenee se sintió por completo hipnotizada por sus iris azules. No quería mirarlo, incluso trató de cerrar los ojos, pero

---

5 Malawi, espíritu del Viento, invención de la autora.

6 Kekeli, espíritu de la Tierra, invención de la autora.

estaba usando su poder con ella, que era mucho más intenso que el suyo, ese que aún no era capaz de controlar. El espíritu alargó la mano para acariciarle el rostro, pero su esposo lo apartó de inmediato, dándole un fuerte golpe en el brazo.

—No te atrevas a tocarla —le advirtió el guerrero.

—Estúpido mortal, ¿no te han dicho nunca que jamás te metas en conversaciones que no te incumben?

Daniel, o mejor dicho, Kekeli, trató de nuevo de rozarle la mejilla; sin embargo, fue ella quien le apartó la mano de un fuerte manotazo.

El espíritu se dio cuenta de la fuerza que tenía. La miró a los ojos y sintió un pequeño escalofrío al perderse en sus ojos marrones; estaba enfadada.

—Así que todo ha sido una trampa, ¿no? —dijo ella.

—Llevamos años siguiéndote —respondió Malawi—. Cuando conseguí acercarme a ti, algo cambió dentro de tu ser, algo que jamás conseguiré averiguar, porque estás atrapada en esta visión y jamás saldrás con vida de aquí. —Rio con malicia.

—Estaré atrapada, pero aún puedo defenderme —sentenció ella, con el ceño fruncido y una sonrisa en los labios.

Cerró los puños con fuerza y el cielo se cubrió de oscuras nubes que comenzaron a descargar ráfagas de agua. Las gotas se convirtieron en afiladas agujas que se les clavaron en el cuerpo. Si podían matar su espíritu, ella también podría hacerlo. Y lo intentaría con todas sus fuerzas.

—¿Qué harás ahora? —susurró Kangee, también calado hasta los huesos, al igual que ella, pues como la lluvia la había invocado la chica, a ellos solo los mojó—. Tan solo están heridos.

—Estoy pensando...—No tenemos demasiado tiempo, Nutahi —le hizo ver su esposo.

Ella lo miró con pesar; lo había metido inconscientemente en una batalla de la que él saldría mal parado si no hacía nada. Tenía que salvar la vida de Kangee como fuera.

—¡Vaya! Era cierto. —Rio Malawi.

—¡Está enamorada del guerrero! —afirmó Limeka.

Ashenee entendió entre líneas: iban a matar a Kangee.

—Yo soy vuestra enemiga, no él, un simple mortal, un cobarde. Solo yo soy digna de enfrentarme a vosotros en igualdad de condiciones.

Kangee se separó de inmediato de ella. Acababa de herir gravemente su orgullo llamándolo cobarde.

—Entonces, no te importará que me deshaga de él —le espetó Malawi.

—Está bien, aceptamos. Aunque, Nutahi, al final tendrás que hacer lo que te ordenemos —dijo de nuevo el espíritu de la Luna.

—No. No obedeceré vuestras órdenes. Y lucharé hasta la muerte —los amenazó ella.

—No es necesario —habló Malawi—. Tan solo queremos aquello que estás buscando. Entréganoslo y te dejaremos vivir.

—No tengo lo que anheláis. Ni siquiera sé qué debo buscar. Wakan Tanka jamás me lo dijo.

—¡Mientes! —gritó Kekeli.

—Dejadlo ir. Esto es entre nosotros —pidió ella de nuevo, creyendo que así estaría a salvo.

El espíritu del Viento, con una sonrisa triunfante, creó un fuerte vendaval que intentó separar de nuevo a la pareja. Ashenee, con un gesto de la mano, obligó a Kangee a agacharse y ella lo cubrió con el cuerpo, creando, inconscientemente, una especie de escudo frente a ellos.

Kekeli, el espíritu de la Tierra, aprovechó para golpear el suelo con la fuerza de su puño, creando así otra enorme grieta bajo los pies de la pareja. El guerrero cayó por ella, pero la joven fue rápida y consiguió agarrarlo del brazo.

—¡No te sueltes! —le rogó mientras trataba de sujetarlo con fuerza, aunque pesaba demasiado para ella.

—¡Te lo ruego! ¡Haz algo! —pidió él, mirando hacia abajo. ¡Ni siquiera podía ver el fondo! Intentó asirse a la piedra, pero los pies le resbalaban por la pared.

Las lágrimas acudieron a los ojos de Ashenee, que apenas podía sujetarlo, toda vez que trataba de mantenerse ella misma sobre la roca. Entonces Kangee lo supo. Iba a soltarlo. Iba a dejarlo caer al vacío.

—Lo siento —dijo ella—. No puedo hacerlo... —susurró mientras derramaba lágrimas de dolor.

Aflojó las manos haciendo que el joven resbalase un poco.

—¡No lo hagas, Ashenee! ¡Tenemos que hacer esto juntos! —gritó el guerrero mientras intentaba agarrarse a las paredes de la grieta para evitar caer.

—Busca ayuda, te lo ruego —susurró—. Tehichika, Kangee.

Y lo soltó.

—¡Noooo!

Kangee cayó al vacío con un gran grito. Sintió el corazón latirle frenéticamente en el pecho, tan rápido que, de repente, se paró. Se estrelló con fuerza contra el suelo formando un gran estruendo, como si estuviera hecho de piedra.

Entonces, despertó.

—¡Ashenee! —gritó incorporándose, sintiendo un gran dolor en la pierna derecha.

Miró en derredor mientras respiraba con dificultad y observó que se encontraba en su tipi. Se miró la pierna y comprobó por qué sufría aquel dolor: tenía la pierna rota, casi podía verse el hueso, que le había rasgado la piel y los músculos. Giró la cabeza y vio que junto a él yacía el cuerpo de su esposa. Tenía el rostro apacible, como si durmiera.

Wakani entró de inmediato en la tienda con ungüentos y telas para vendarle la herida mientras continuaba inconsciente, pero al verlo despierto, se agachó con rapidez y lo abrazó mientras él le devolvía el abrazo.

—¡Kangee! ¡Has despertado! ¿Qué ha ocurrido? ¿Por qué está en este estado? —Señaló a su esposa—. ¡Tienes que contármelo!

Ignoró a la chamana, se colocó a duras penas cerca del pálido cuerpo de Ashenee y la zarandeó tratando de despertarla.

—Ashene, ¡vuelve conmigo! ¡No puedes luchar tú sola! ¡Necesitas mi ayuda! ¡No puedes contra ellos, son más poderosos que tú!

Pero no despertó.

En ese momento, Wakani lo entendió todo: los espíritus habían descubierto su poder y querían arrebatárselo. Lo que no entendía era cómo Kangee había conseguido entrar en su visión y salir de ella.

Kangee lloraba mientras abrazaba el cuerpo inerte de su esposa.

—¡Tenemos que salvarla! —gritó, intentando ponerse en pie, pero la fractura se lo impidió.

Soltó tal grito de dolor que asustó a Pequeño Lobo, que vigilaba la tienda.

Wakani lo obligó a tumbarse para poder curarle la herida. Poco después, Wanageeska y Talutah entraron en la tienda, alertados por los gritos que salían del interior. Se llevaron una gran sorpresa al ver que su hijo estaba consciente.

Tras un efusivo reencuentro, Kangee les contó todo lo que había ocurrido en aquella extraña visión.

—¿Qué podemos hacer? —preguntó Talutah, muy preocupada por todo lo sucedido. ¡No podían dejar que luchara sola contra aquellos seres!

—Debéis llevarme a la Montaña de los Espíritus, he de hablar con Wakan Tanka —ordenó Kangee.

—Pide ayuda al Árbol Sagrado —respondió su padre, pensando que aquello serviría de algo.

—¡No es suficiente! ¡He de contarle lo sucedido! ¡De haberlo sabido, no habría permitido que ella quedase atrapada allí! —explicó el joven, muy alterado—. ¡Necesito ir de inmediato! ¡Preparad mi caballo, os lo ruego!

Los adultos pudieron ver el temor que el chico sentía por Ashenee. La amaba tanto que haría cuanto pudiese.

—Sabes que él te pedirá algo a cambio... —le informó Wakani. Aunque él ya lo sabía.

—Estoy dispuesto a sacrificarme por ella. Sabéis que Imaki es mi corazón, lo que más quiero en mi vida, pero Nutahi es... Es parte de mi alma, deseo despertar una y otra vez a su lado, es parte de mi ser, mis ganas de vivir. La amo tanto que solo pensar que puedo perderla... No temo a la muerte si con la mía ella sobrevive —confesó Kangee con lágrimas en los ojos.

Sus padres no dijeron nada más. No podían impedirle que luchara por aquello que tanto quería, no eran quienes para arrebatarle tal decisión. Rápidamente prepararon a Espíritu y lo ayudaron, entre varios y con mucha dificultad, a subir en él, pues la herida no dejaba de sangrar.

—Eeeh, ¡que te olvidas de mí! —dijo Pequeño Lobo, que corría hacia él.

Enseguida recordó que él no podía oírlo. Soltó un aullido y Kangee lo vio.

—Vamos, Pequeño Lobo. Acompáñame. ¡Necesitaré ayuda!

Tiró de las negras crines del caballo y este cabalgó a toda velocidad, seguido por el lobo gris. Llevaba a su espalda un macuto con alimento, agua y ungüentos para que, al descansar, comiera y se curara un poco la herida, que por suerte no había sido tan grave como pensaban al principio.

El camino hacia la Montaña de los Espíritus le resultó agotador, ya que tanto movimiento estaba causándole un terrible dolor en la pierna. A pesar de ello, no dejó a Espíritu parar, pues incluso el animal sabía que debían llegar cuanto antes y pedirle ayuda al Gran Espíritu. Incluso el equino rezó para que el Gran Padre lo escuchara y le ofreciera auxilio.

Faltaba poco para anochecer y ante ellos apareció la Montaña Sagrada.

Kangee bajó con cuidado del animal, por el lado de la pierna buena. Al rozar el suelo, le pidió a Pequeño Lobo que buscara una rama fuerte, pues la necesitaría. El animal obedeció y de inmediato llegó con una gruesa rama. Una vez que se hubo curado la herida, el muchacho la colocó en la pierna rota y se la ató con trozos de tela que cortó de su camisa con un cuchillo, a modo de guía. No le serviría de nada, tan solo impedía que el riego sanguíneo fluyera con normalidad; además, con toda la sangre que había perdido hasta el momento, la pierna estaba ya sentenciada. Pero no le importaba; al menos, de momento, le valdría para evitar que la herida se abriera más.

Intentó escalar la pared hasta el estrecho sendero, pero con una sola pierna era complicado y muy doloroso.

Espíritu se acercó hasta la pared y le ofreció su lomo para alcanzar el camino. Kangee, agradecido, se puso en pie sobre él y alcanzó así el sendero.

Caminó despacio por la estrecha senda, arrastrando la pierna rota.

A punto estuvo de caer al vacío por segunda vez aquel día, pues a causa de las lluvias, parte de la pared había caído, estrechando aún más aquel atajo.

Al alcanzar la cima, se sintió exhausto; tenía muchísima sed, por lo que, antes de prepararse para el ritual, bebió hasta saciarse.

Pequeño Lobo, que subió tras él, se restregó en su pierna buena, dándole ánimo. Kangee, agradecido de que lo acompañara, le acarició la peluda cabeza.

El muchacho caminó hacia el círculo de piedras del suelo donde, a punto de desmayarse, cayó. Se arrastró como pudo hasta el lugar. Allí se sentó a duras penas. No pudo cruzarse de piernas, por lo que la mantuvo estirada la rota y dobló la rodilla de la buena. Encendió la pequeña hoguera, pero de repente sintió un frío terrible. Se sentía muy muy débil y sabía que era a causa de haber perdido tanta sangre.

Pequeño Lobo se tumbó cerca de él, fuera del círculo, ya que no podía entrar era un lugar sagrado.

Kangee cerró los ojos y soltó un suspiro. Su instinto de supervivencia le decía que no le quedaba mucho tiempo. Se moría. La fiebre comenzó a subirle con rapidez a causa de la terrible infección que tenía en la pierna.

Estaba asustado, mucho, pues no sabía si el Gran Espíritu escucharía sus plegarias y si, en caso de hacerlo, llegaría a tiempo de ayudar a Ashenee.

—Oh, Wakan Tanka, Gran Padre, soy tu hijo Kangee y ruego tu ayuda. Solicito ayuda para tu hija Ashenee, la mujer que vino de más allá de las estrellas. —Tomó aire. Apenas podía respirar—. Nutahi está atrapada en una visión y temo por su vida. Limeka, Kekeli y Malawi la han capturado; anhelan algo que ella posee. A cambio, entrego la vida que me queda... Gran Espíritu, te ruego que aceptes el sacrificio que te ofrezco —pidió casi sin voz.

Las fuerzas le fallaron. La cabeza comenzó a darle vueltas y se mareó.

Pequeño Lobo estaba asustado, viendo que su amo caía de lado, hasta que su cabeza tocó el suelo y perdió la consciencia.

El guerrero oyó en su subconsciente el chillido de un águila. Intentó abrir los ojos, pero no tenía fuerzas ni para levantar los párpados; incluso le costaba respirar...

El lobo también oyó aquel graznido, levantó la peluda cabeza y la vio. Un águila de oscuro plumaje y cabeza blanca descendía a gran velocidad hacia ellos.

Una vez más, al posarse en el suelo, el águila se convirtió en aquel anciano de blanca cabellera, pero esta vez no llevaba trenzas, sino el cabello suelto, que le caía sobre los exquisitos ropajes, adornados con hermosos bordados y piedras preciosas.

Pequeño Lobo se postró a los pies del Gran Espíritu, que le acarició el lomo con cariño.

—Ponte en pie, hijo mío —pidió aquel poderoso espíritu, apoyando la mano sobre la cabeza de Kangee.

—Oh, Wakan Tanka, no tengo fuerzas ni para respirar —respondió mentalmente el guerrero, sin poder levantar los párpados, por mucho que insistía.

—Ni siquiera lo has intentado —dijo el anciano con una sonrisa en los labios.

El muchacho abrió los ojos y se encontró de pie frente al Gran Espíritu. Se miró la pierna y no vio herida alguna. Tampoco sentía ningún dolor.

—Eres un hombre fiel, joven guerrero. Has decidido entregar tu vida a cambio de la de Nutahi. Eso es digno de respetar, por eso has de seguir aquí, a su lado. Y no creas que no recibirás recompensa, Kangee, porque la tendrás. Te lo prometo. Ahora, cuéntame qué ocurre.

Ambos hombres se sentaron uno frente al otro con las piernas cruzadas, mientras Kangee le contaba todo lo sucedido.

El muchacho vio preocupación en los ojos del anciano, que no sabía nada de lo ocurrido.

—Saben que solo en los sueños pueden causar daño… Has de llevarme allí, muchacho. Debo ayudar a mi hija Ashenee —dijo Wakan Tanka.

—¿Y cómo lo haré? Es imposible que nos reencontremos en un sueño.

—De eso me encargo yo. Pequeño Lobo, que nada ni nadie interrumpa el sueño de Kangee —ordenó el anciano.

El lobo movió la cabeza a modo de asentimiento.

El espíritu pasó las ancianas manos por el rostro de Kangee y le cerró los ojos. El chico cayó en un inmediato y profundo sueño. Lo último que recordó fue el rostro y los grisáceos ojos del Gran Espíritu.

CAPÍTULO 19

Kangee abrió los ojos y se encontró junto al anciano que le había salvado la vida. Una espesa niebla se alzaba frente a ellos, impidiendo ver dónde se encontraban. Pero el muchacho reconoció el lugar; estaban junto a la grieta por la que él había caído después de que Ashenee lo soltase. Sus recuerdos estaban algo borrosos, pero sucediese lo que sucediese, tenía que ayudar a la mujer a la que amaba.

La niebla fue disipándose y el guerrero se escondió tras una gran roca, desde la que, sin ser visto, podía observar qué sucedía.

Kekeli, espíritu del Viento, con el aspecto del rubio muchacho, jefe en la cafetería donde Ashenee trabajaba en Sioux Falls, se burlaba de ella, atrapada entre gruesas raíces que la elevaron unos centímetros del suelo.

Kangee quiso avisar al Gran Espíritu, que se encontraba a su lado, aunque de repente este desapareció. ¡Pero ¿dónde se había metido?! Dejó de pensar en el anciano y trató de escuchar la conversación entre los espíritus y Ashenee.

—¿Qué es lo que tanto deseáis tener? —preguntó ella, intentando deshacerse de las raíces, sin éxito.

—El poder absoluto. Wakan Tanka tiene una forma de ayudar muy diferente de la nuestra. A él, los mortales le importáis hasta tal punto que cumple vuestros deseos y ruegos, mientras que nosotros, teniendo ese gran poder, haremos lo contrario: vosotros cumpliréis todas y cada una de nuestras órdenes —respondió Malawi.

—¿Y por qué yo? —quiso saber la muchacha, observando con cautela el rostro del que había sido su primera pareja, Kamali. Seguía sin entender qué querían de ella. ¡Si no tenía ni idea de cómo controlar ese supuesto poder que todo el mundo se empeñaba en decir que tenía!

—Hace mucho mucho tiempo, cuando el universo se creó, un chamán predijo una profecía: «Caerá una estrella del cielo portadora del gran poder» —dijo Limeka, con el rostro de Magaki.

—¿Un gran poder? ¡Si ni siquiera sé usarlo! —intentó explicar la joven, pero parecía que nadie la creía.

—Por eso queremos que nos lo entregues o te unas a nosotros; te enseñaremos a usarlo. —Kekeli, con el cuerpo de Daniel, se acercó a ella. Intentó besarla, pero ella le escupió en la cara. Un segundo después, él la abofeteó.

Kangee salió rápidamente en su ayuda, pero descubrió que no podía levantar los pies del suelo. Maldijo en sus pensamientos. ¡El anciano lo había hechizado! ¡No podía moverse de allí!

—Los mortales sois tan fáciles de doblegar... Eres amable, cariñoso, un buen amigo o, en este caso, amiga —dijo Kekeli, dirigiéndose a Limeka—, y caéis rendidos inconscientemente. Vamos, dinos dónde lo has escondido.

—¡Os repito que no sé qué estáis buscando! —gritó Ashenee. Comenzaba a enfadarse—. Soltadme u os mataré uno a uno —los amenazó con el rostro rojo de la rabia.

—¿Matarnos? Pequeña, no puedes matarnos, somos espíritus —respondió Malawi.

—En mi visión sois simples y estúpidos mortales como yo —apuntó la muchacha, cada vez más enfadada.

Malawi estiró con rapidez el brazo, la cogió por el cuello y apretó con fuerza.

—Si fuéramos solo espíritus, como bien dices, esto no debería dolerte, ¿cierto?

Ashenee, aún atrapada por las raíces, no podía apenas respirar. Abrió la boca para conseguir que algo de oxígeno le entrara en los pulmones, pero cada vez le costaba más. Le ardía el pecho y el corazón le latía más lento que nunca.

Por encima del hombro de Malawi, la muchacha pudo ver a su amado, escondido a unos metros de ellos.

—Hu... Huye —consiguió decirle en un susurro con el poco aire que le quedaba.

Todo se tornó oscuro y los ojos se le cerraron.

—¡Noo! —gritó el joven powani—. ¡Ashenee! ¡No te dejes vencer! ¡Tu misión aún no ha terminado!

—¡Hacedlo callar! —ordenó Malawi, los iris se le tornaron rojos como el fuego, presos de la ira que sentía.

Limeka caminó lentamente hacia el guerrero, que, muy asustado, intentó levantar los pies del suelo una y otra vez sin éxito. De repente, vio que tenía las piernas libres y corrió rápido, lejos de ellos. Notó un peso en la espalda y descubrió que llevaba un arco y un carcaj con flechas. Se lo quitó mientras corría, cogió una flecha y apuntó hacia la mujer, que paró frente a él. Apenas había distancia entre ellos para que la flecha tuviera la velocidad suficiente como para herirla; aun así, disparó.

Ella apartó el proyectil con una mano, como si de una mosca se tratase.

—¿En serio? —Rio Limeka—. ¿Acaso eres tan estúpido que no sabes que no pueden hacerme ningún daño?

Kangee cogió otra flecha y notó que le quemaba en las manos. Corrió unos metros más y disparó de nuevo, esta vez con algo más de velocidad. Ella intentó apartarla otra vez, pero la flecha le atravesó la palma de la mano y se le clavó en el hombro derecho. Profirió un grito aterrador que heló la sangre del muchacho.

—¡¡Me arde la mano!! —gritó intentando quitarse la flecha con la mano izquierda, pero tan solo rozarla, su piel también sintió la misma quemazón.

El guerrero aprovechó y disparó una vez más, y acertó en el pecho del espíritu, que, en lugar de quemarse, —como Kangee pensó que ocurriría—, se quedó paralizado, como una estatua de piedra. No podía hablar ni moverse, tan solo podía mover los ojos de un lado a otro, observando todo lo que ocurría a su alrededor.

Kekeli fue en ayuda de la mujer, pero Kangee fue rápido y clavó una flecha en el muslo izquierdo del espíritu, que profirió un grito de dolor. Este golpeó con el puño el suelo, que tembló con furia. Enormes raíces crecieron de la tierra e intentaron atrapar al guerrero; sin embargo, este fue rápido y ágil y saltó hasta una alta roca, desde donde disparó de nuevo hiriendo a Kekeli una vez más.

—¡Te destruiré lentamente, estúpido e ignorante humano! ¡No sabes quiénes somos! —bramó el espíritu.

Kangee abrió la boca para contestarle y, de repente, se le desdibujaron los rasgos. Kekeli no entendía qué le pasaba, no hasta que descubrió que los negros ojos del muchacho se volvían grisáceos con rapidez. Saltó de la roca al suelo y creó un profundo socavón en la tierra, bajo sus pies.

—No puede ser… —El espíritu de la tierra retrocedió unos pasos, atemorizado, alejándose de él.

Malawi soltó a Ashenee, cuyo corazón dejó de latir para siempre y las raíces desaparecieron. La muchacha cayó al suelo como un muñeco de trapo, sin vida. Malawi la miró y sintió algo extraño en el pecho; no supo decir si se trataba de resentimiento, lástima, pena o qué otro sentimiento humano.

Se volvió hacia Limeka, que continuaba sin poder moverse, paralizada con aquel extraño hechizo. Se acercó a ella y le rozó con los dedos su mejilla, lo que le provocó quemaduras en las yemas de los dedos.

Kekeli había retrocedido hasta chocarse con el cuerpo paralizado del espíritu de la Luna y miró a su compañero, presa del miedo.

—Kekeli, ¿qué ocurre? —preguntó Malawi sin entender por qué huía del humano.

—Los ojos... —Señaló a Kangee.

Malawi abrió la boca a punto de gritar. El Gran Espíritu los había descubierto. Y ellos, tan estúpidos como eran, habían acabado con la vida de la única persona que podía haberles entregado aquello que tanto ansiaban.

De repente, el espíritu de l Viento notó un terrible dolor en el pecho, tan fuerte que le costaba incluso respirar. Bajó la mirada y se encontró una mano que le había atravesado el pecho desde la espalda. Ese no fue el único tormento que sintió. Fue mucho peor cuando aquella mano le arrebató su kame[7], su esencia, y lo dejó sin poder alguno. Se volvió y se encontró frente a frente con el Gran Espíritu.

—Tu poder ha desaparecido. Ya no volverás a hacerle daño a nadie más —sentenció con voz grave.

Malawi se convirtió rápidamente en ceniza y voló con el viento.

El Gran Espíritu, aún poseyendo el cuerpo de Kangee, desapareció y apareció de nuevo junto a Kekeli, al que le arrancó el kame del pecho. Su cuerpo se transformó en fina arena que cayó a los pies del muchacho.

El Gran Espíritu caminó con tranquilidad hacia Limeka, que intentaba gritar sin éxito.

—Habéis traicionado mi confianza. A vuestro propio padre... —Wakan Tanka estaba decepcionado con ellos, sus hijos, a los

7 Kame significa «esencia, el poder que habita en su interior». Invención de la autora.

que él mismo creó—. Me duele todo esto, pues sois parte de mí, pero no me queda otra alternativa.

De pronto, ambos seres celestiales sintieron un gran poder a su alrededor. No podían ver de dónde provenía, hasta que vieron un resplandor rojizo que rodeaba el cuerpo sin vida de Ashenee. Entonces, aquel esplendor, cálido y dulce como el amor de una madre, desapareció al entrar en contacto con la punta de sílex que colgaba del cuello de la joven.

Abrió los ojos de repente, pero ya no tenían aquel color castaño, sino que eran rojos al igual que el fuego. Se puso en pie como si nada y los miró.

Limeka comenzó a temblar presa del pánico. Jamás habría podido imaginar que Ashenee tuviera tan magnífico y a la vez peligroso poder.

La muchacha levantó el brazo derecho y otro potente fulgor carmesí le cubrió la mano y en ella aparecieron un arco y una única flecha.

Limeka no tuvo tiempo ni de pestañear cuando la flecha le atravesó el pecho, arrancándole su esencia, que el Gran Padre recogió con su propia mano. El cuerpo de Magaki se convirtió en un rayo de luz, al igual que el flash de una cámara de fotos, y desapareció de la misma forma que sus hermanos.

El Gran Espíritu posó las mortales manos sobre los hombros de Ashenee.

—Hija mía, siento mucho lo que has tenido que hacer —dijo el hombre.

—Era necesario. Y no me arrepiento de ello, padre. No podíamos permitirlo —respondió ella.

Ashenee cogió el bote de cristal que le pendía del cuello y se lo entregó al espíritu. Este lo abrió y metió dentro las poderosas esencias. Después, lo colgó del cuello de ella.

—¿Qué pasará ahora? —preguntó la chica, acariciando el frasquito, que brillaba de tal manera que parecían millones de estrellas.

—Tan solo tú puedes dictar tu propio destino —le dijo Wakan Tanka acariciándole la mejilla con cariño, como solo un padre puede rozar a su hijita—. Ahora, él debe despertar.

Kangee abrió los ojos y se encontró de nuevo en su tipi. A su lado aún yacía Ashenee. Pensó que había soñado todo aquello. Se frotó los ojos y después se miró la pierna rota, que no tenía herida alguna.

—No ha sido un sueño…

Se arrimó a ella y le puso la cabeza sobre el pecho, intentando oír su corazón, aunque no notó absolutamente nada. Le rozó el rostro con cariño; su piel estaba helada.

—Nutahi… No te vayas, te lo ruego… Después de todo lo que hemos pasado juntos, ahora no puedes abandonarme… Si no lo haces por mí, hazlo por Imaki. Ella te quiere mucho. —Levantó el cuerpo y lo envolvió con los brazos—. Te lo ruego… Vuelve conmigo…

No obtuvo ninguna respuesta.

El nudo de su garganta se hizo más grande; no podía hablar ni apenas respirar. Las lágrimas le escapaban de los ojos mientras luchaba por no aceptar que se había ido para siempre. ¡No podía acabar así!—¡¿POR QUÉ LO HAS PERMITIDO, WAKAN TANKA?! ¡No has cumplido tu promesa! —gritó al techo del tipi, como si el Gran Espíritu estuviera de pie junto a él.

Abrazó con fuerza a Ashenee y lloró cuanto pudo mientras algo se rompía en su interior.

—*Tehichika,* Nutahi. *Tehichika. Tehichika. Tehichika* —repitió una y otra vez en un hilo de voz.

Acarició su pálida mejilla y la besó dulcemente en los labios. Aquel sería su último beso. Un beso de despedida.

Alertada por los gritos, Wakani entró en la tienda y vio al muchacho meciendo entre lágrimas el cuerpo de Ashenee.

—Kangee… No. No puede ser verdad…

El guerrero la miró con los ojos y el rostro húmedos de tanto llorar. Él meneó la cabeza a modo de negativa.

—Se ha ido, Wakani. El espíritu del Viento acabó con su alma. Ya no volverá jamás.

—El Árbol Sagrado me ha contado que los espíritus ya no están, que se han marchado. —La mujer se agachó a su lado y apartó el pelo del rostro de Ashenee—. ¿Es cierto?

—Lo es. Wakan Tanka los venció. —Era obvio que, al estar *poseído* por el Gran Espíritu, no recordaba nada más—, pero ella ya estaba muerta… ¡No pude hacer nada para salvarla! ¡Ha muerto por mi culpa!

Kangee no pudo seguir hablando. De su garganta salió un fuerte grito de odio, odio hacia sus espíritus, aquellos a los que tantas veces había venerado y a los que les había ofrecido su sangre a cambio de su ayuda. Incluso su fe en el Gran Padre había desaparecido.

Pequeño Lobo, que custodiaba la tienda, asomó la cabeza por la puerta.

—¿Han despertado ya? —dijo el animal, aunque no pudieran oírlo y, al ver aquella escena, soltó un lastimero quejido.

Entró en la tienda, se acercó a la chica y le lamió la mano mientras gimoteaba de tristeza. Wakani salió rápidamente del tipi en busca de Wanageeska y Talutah.

—Oh, Nutahi… Lo lamento mucho… —dijo el animal.

Kangee miró al lobo, asustado.

—Pequeño Lobo, ¿has hablado tú? —preguntó Kangee, creyendo que se lo había imaginado.

—¿Quién va a ser si no? Tan solo estamos nosotros tres... Espera, ¿puedes oírme?

Los ojos se le abrieron como platos; después, se limpió las lágrimas, incrédulo. ¡No podía ser cierto! ¡¿Cómo iba a hablar un lobo?!

—¡Por el Gran Espíritu! ¡Me estoy volviendo loco! —Apretó a Ashenee contra su pecho y se apartó unos centímetros del animal.

—Kangee, ya estás loco, loco de amor por Nutahi. Veo que aún no crees lo que oyes. Si no hablara, ¿cómo iba yo a saber que sueñas cada noche con ella o que has hecho otro atrapasueños para vuestro tipi?

Kangee no daba crédito a lo que sucedía... ¿Así que eso era lo que Ashenee sentía al oír a los animales? ¿Podía oírlos mentalmente, sin que movieran la boca? ¡Era fascinante! Lo que no le entraba en la cabeza era cómo podía oírlos ahora y antes no... ¿Sería cosa de Wakan Tanka?

—Lo que no entiendo es cómo puedes entender lo que digo —repuso el animal.

—Yo tampoco...—Ella era especial, pero tú...

En ese momento, sus padres entraron en la tienda. Wakani se lo había contado todo y ellos querían comprobar que era cierto.

Talutah comenzó a llorar al ver a Ashenee sin vida. Aquella que no solo se había convertido en esposa de su hijo, también iba a ser una madre para Imaki y una hija para ella... Wanageeska se unió al llanto de su esposa y la abrazó con fuerza.

Pequeño Lobo lloró con ellos.

—Debemos preparar el funeral —dijo Wakani, rompiendo aquel triste y lastimero momento.

Wanageeska se acercó a su hijo y lo ayudó a ponerse en pie, mientras Wakani y Talutah sujetaban el cuerpo sin vida de la mujer que los salvó de morir de hambre hacía meses.

—Ve a ver a Imaki, lleva días llorando porque no ha podido venir a verte —le pidió Wanageeska. Tal vez así se tranquilizara un poco.

Kangee miró por última vez a su esposa y, tras secarse las lágrimas con el dorso de la mano, salió de la tienda seguido por su padre y por Pequeño Lobo.

Toda la tribu y su hija estaban allí, con cara triste. Ya sabían lo ocurrido, excepto los más pequeños, que no entendían lo que pasaba.

Imaki, que estaba en brazos de la joven Lakiya, saltó al suelo y corrió a abrazar a su padre, que la esperaba con los brazos abiertos. La estrechó con fuerza, luchando por no echarse a llorar delante de ella.

—¿Dónde está mamá? —preguntó la pequeña.

Kangee no supo qué decir. Le partió el corazón la forma en que lo miró. Era como si supiera la verdad, como si estuviera esperando a que su padre se lo confirmara. Imaki hizo un puchero y él estuvo a punto de derrumbarse. No podía hacerlo. No podía perder otra madre. No era el guerrero que todos creían que era, no tenía el valor de enfrentarse a eso, de hacerle daño a su pequeña, a su otra mitad. Se le escapó una lágrima y el puchero de la niña fue mayor.

—Está dormida. Debe descansar —respondió Lakiya, en lugar del muchacho. Incluso ella pudo sentir el dolor de Kangee. No podía hacerle eso a su hija—. Vamos, Imaki, es hora de ir a dormir —ordenó la joven, cogiendo a la pequeña de la mano y apartándola de su padre.

Pero la pequeña se zafó y corrió hasta su padre, al que le dio un fuerte abrazo.

—Te veré por la mañana —se despidió la niña.

Kangee les dio la espalda y dejó salir las lágrimas acumuladas mientras se marchaba corriendo de allí.

No podía aguantar más el dolor del corazón.

CAPÍTULO 20

Las mujeres llevaron a los más pequeños a dormir, pues tenían que preparar un funeral.

Wanageeska y otros hombres de la tribu se encargarían de preparar la pira, donde velarían el cuerpo de Ashenee hasta el amanecer, momento en el que le prenderían fuego, para su ascensión al seno de Wakan Tanka.

Mientras tanto, Wakani y Talutah aseaban, entre lágrimas amargas, a la hermosa muchacha que tanto les había dado sin pedir nada a cambio.

Le pusieron un bonito vestido de piel color marrón, adornado con muchas cuentas de colores y flecos en las mangas, bordados de colores y piedras preciosas; la mayor posesión que tenía Talutah, como esposa del jefe de la tribu. Le decoraron el pelo con algunas trenzas con cuentas y plumas. Talutah se quitó los collares de cuentas y huesos y se los puso a la muchacha. Wakani hizo lo mismo con todas sus joyas. Después, le pintaron el rostro con pinturas rojas, color de la vida, tal y como Ashenee había hecho tiempo atrás con la anciana Mekeki, que murió en sus brazos.

Al amanecer, Wakani salió de la tienda y les pidió a algunos hombres que llevaran en brazos el cuerpo sin vida de la joven. Kangee se unió a ellos, pues no quería separarse en ningún momento de su esposa.

Colocaron a la joven sobre las suaves pieles dispuestas sobre un gran camastro de madera, repleto de regalos y ofrendas del resto de los miembros de la tribu.

Todos se despidieron de la muchacha, mientras, uno a uno, entre lágrimas, le dejaban flores sobre el cuerpo. Las canciones funerarias sonaban mucho más tristes en aquel momento que cualquier otro día. Wakani colocó sobre la cabeza de la muchacha algunas hojas del Árbol Sagrado.

—Kangee, ¿quién procederá a la guarda del espíritu? —preguntó Wanageeska, abrazando a su hijo, que no dejaba de mirar el cuerpo inerte y marmóreo de la mujer a la que el muchacho amaba.

—Yo lo haré —respondió el guerrero con apatía. No tenía ni fuerzas para caminar. Desde que el alma de Ashenee se había marchado, no quería ni siquiera vivir.

Su padre le entregó un cuchillo afilado, con el que Kangee, con los ojos inundados en lágrimas, cortó una de las trenzas del pelo de su esposa.

Al rasgar con rapidez el mechón de pelo, algunos cabellos se convirtieron en finos y brillantes hilos azulados. El chico observó la trenza que tenía en la mano y los destellos, incluso la trenza también brilló con ese extraño color.

Tan solo él lo había visto, pues todos le habían dejado algo de intimidad para llevar a cabo el ritual. Apretó con fuerza el mechón contra su pecho y después lo envolvió en una suave piel marrón, acompañada por hojas del sauce sagrado, y lo ató con una cinta de cuero.

Se guardó aquel objeto sagrado bajo la camisola; él no lo enterraría bajo el Árbol Sagrado, sino que lo llevaría consigo para siempre. Jamás pensaba deshacerse de él, por mucho que dijeran sus tradiciones. Ashenee era única y su espíritu tendría una guarda especial.

El andamio de gruesas ramas ya estaba preparado para alzar el camastro, pero Kangee se tumbó a un lado en él, junto a ella. Tampoco iba a completar aquel ritual. No pensaba elevarlo, así que su padre le permitió dejarlo como estaba, a más de medio metro del suelo; al menos así evitarían que los malos espíritus atrapasen el cuerpo de los amantes y los enterraran bajo tierra.

El guerrero abrazó el frío cuerpo de Ashenee pensando que con el calor de su piel ella reviviría, aunque no fue así. Ya jamás volvería a abrir los ojos. Ya nunca sonreiría o se enfadaría con él por gastarle bromas. Ya no volvería a besarla nunca más o rozar su suave piel y notar aquel extraño dolor al tocarla, algo que intentó en ese momento, y no, no sintió ningún cosquilleo. Tampoco podría ver crecer a Imaki o quizá tener hijos o nietos.

Durante toda la noche estuvo pensando. No quería vivir, no sin ella. La tenía tan dentro de su ser que no era nada sin aquella esmirriada chica, la que le alegraba las mañanas con tan solo sonreír. La misma que trataba a Imaki como si fuera su propia hija, al igual que al resto de niños de la tribu. Ayudaba a todos, hombres y mujeres, sin pedir nada a cambio. No, no quería ver pasar los días si ella no estaba. Sabía que tarde o temprano ella regresaría a su mundo, pero no así, no muriendo prácticamente en sus brazos. Pensó durante mucho tiempo subir a la Montaña de los Espíritus y dejarse caer por el barranco; así acabaría con su vida y se reencontraría con ella allá donde estuviera, pues ya no tenía muy claro hacia dónde irían sus almas al morir. Entonces pensó en Imaki. Si él también se marchaba, ¿qué sería de ella? Ya perdió a su madre al nacer, ahora a Ashenee… ¿y a él? No, no podía hacerle eso a su hija, no se lo merecía en absoluto. Tenía que verla crecer, convertirse en mujer, ser madre, abuela… Podría vivir, aunque a duras penas, sin su esposa, pero no sin su pequeña. Se sintió un auténtico monstruo por haber pensado en dejarla sola, al cuidado de sus padres. Era un egoísta. Si superó la muerte de Imikeka, lo haría con Nutahi, aunque le dolieran el alma y el corazón. Además, sabía que si Ashenee le hubiera escuchado decir que quería morir, no se lo habría permitido, no le habría dejado cometer tal locura, y mucho menos por ella. Y eso era lo que más le gustaba de ella.

—*Tehichika,* Nutahi, mujer que vino a través de las estrellas, aquella que se ha convertido en parte de mi vida, mi alma gemela... —Se acurrucó contra ella—. Te amo, Ashenee.

Una vez más, las dolorosas lágrimas que luchaban por escapar lo hicieron en forma de torrente, interrumpiendo sus palabras.

Abrazó una vez más a su esposa sin dejar de llorar.

Ashenee se sentía como si flotara. Notaba su cuerpo ligero al igual que una pluma que caía lentamente, balanceándose, hacia el suelo. Abrió los ojos. Allí no había nada, tan solo una inmensa oscuridad, únicamente iluminada con millones de pequeñas luces.

—¿Dónde estoy? —dijo sin necesidad de mover los labios.

Dejó de caer y se mantuvo quieta en aquel manto de estrellas.

—¿Hola? ¿Alguien puede oírme?

Por respuesta solo obtuvo silencio.

No tenía miedo; al contrario, aquel lugar no le era desconocido. Tampoco sentía ningún dolor. Se miró el brazo derecho, donde comenzaba a sentir un terrible tormento, como si le tatuaran algo a fuego lento, aunque no observó nada extraño.

Entonces, una de aquellas estrellas comenzó a brillar con mayor intensidad, tanto que la luz la cegó por un instante.

Cuando su vista se fue acostumbrándose de nuevo a aquella oscuridad, descubrió una aurora boreal idéntica a la que la había hecho retroceder en el tiempo. ¿Aquellas olas bailarinas de mil colores la llevarían de nuevo a casa? No pensaba quedarse allí quieta, así que intentó desplazarse en aquel mar de oscuridad, pero no pudo moverse ni un ápice.

—Nutahi...

Se volvió en busca de aquella voz. A su alrededor volaban espíritus con formas de animales: ciervos, caballos, osos, aves, panteras, serpientes... Todos y cada uno de ellos rozaron su piel, haciendo que en cada una de las partes donde la tocaban, notara un extraño y reconfortante calor.

—Nutahi —habló de nuevo aquella voz.

Ashenee la reconoció por fin.

—¡Wakan Tanka! Gran Padre, ¡no puedo verte! —respondió ella.

Frente a él apareció el espíritu de un águila que se posó sobre la nada.

—Hija mía, al fin despiertas. Pensé que te había perdido para siempre, antes de que completaras tu misión.

—Padre, ¿estoy muerta?

—Sí, pequeña.

Sintió unas terribles ganas de llorar; ya nunca más podría ver a Kangee, y mucho menos volver al lado de su madre y de su abuela. Pero de sus ojos no salieron lágrimas.

—No llores, pequeña mía, aún tienes una oportunidad de terminar la misión que te encomendé.

—¿Y cómo lo haré? No tengo cuerpo mortal...

—Nadie ha dicho que lo necesites. Tan solo necesitas tu espíritu y tu mente. Ahora, haz lo que te pida.

Se cruzó de piernas, como si estuviera sentada en el suelo y cerró los ojos.

—Imagina que estás allí, en la Montaña de los Espíritus o en aquel lugar que para ti sea especial —continuó el espíritu.

Se imaginó sentada en el suelo, frente a la cascada donde Kangee y ella se besaron por primera vez.

—Tienes que sentir la hierba crecer bajo los pies, escuchar al viento y abrir el corazón. Tienes que sentirte parte de la Madre Naturaleza, descubrir la magia de esta tierra. Escucha el rumor del agua, tiene algo que decirte.

Respiró hondo y no abrió los ojos en ningún momento. Poco a poco comenzó a oír mil y un sonidos diferentes: el agua caer, los pasos de una cierva y su cría, los peces nadando en el río, la ardilla comiendo frutos secos, la suave canción del viento y las hojas y el batir de alas de las mariposas. Aquel sonido de flores abriéndose le inundó los sentidos.

De repente, se vio convertida en cuervo; su espíritu Nagi, su alma, reflejo inmortal e inmaterial del cuerpo. Alzó el vuelo con rapidez y voló por encima de aquel hermoso lugar, y notó que el viento le nublaba la vista y mecía su pequeño y negro cuerpecito.

—Eso es, hija mía. Vuela hasta tu destino, cumple tu misión —retumbó en su mente la voz del Gran Espíritu.

Batió las alas con velocidad y siguió aquel camino que posiblemente llevaba hasta algún poblado. Observó con atención intentando reconocer a alguno de los powani, pero no pudo identificar a nadie.

Cayó en picado hasta allí y se posó sobre una roca, buscando por todas partes. No sabía realmente a quién quería encontrar, aunque se sentía muy unida a aquel lugar. Dio un saltito hacia el suelo y se convirtió de nuevo en humana. Caminó entre la gente de aquella tribu, sin que nadie pudiera verla, pues era un espíritu.

Encontró a una jovencita de unos trece años peinando a una anciana de cabello blanco. Ambas sonreían. Eran felices.

Había algo en aquellas mujeres que le resultaba familiar, pero no podía recordar de qué.

Se agachó hacia ellas sin temor a que pudieran descubrirla y observó detenidamente el rostro de la anciana, que acariciaba el lomo de un cachorro de lobo gris.

—Padre, ¿por qué me suena tanto la cara de esta mujer? —preguntó ella mentalmente, esperando una respuesta del Gran Espíritu.

—¿Los reconoces? —quiso saber Wakan Tanka.

—¿Debería?

El Gran Espíritu no respondió a su pregunta y ella tampoco se interesó más. Se puso en pie y continuó caminado por el poblado, observándolo todo con una sonrisa, como si nunca hubiera conocido más nativos iguales a ella.

Entonces, algo le llamó la atención. Eran plumas blancas. No sabía a qué ave podían pertenecer y se acercó a ellas sin vacilar. Se sentía totalmente atraída hacia una de ellas en particular. A simple vista eran todas iguales, pero había una que brillaba con mayor intensidad.

Alargó la mano hacia ellas cuando, de pronto, un círculo de fuego rodeó aquel hermoso plumaje y la obligó a apartarse de allí.

Tenía miedo, y aun así, no podía dejar de mirarlas. Debía cogerlas, pasara lo que pasara, por lo que estiró de nuevo el brazo y atravesó las ardientes llamas. Creyó que por ser un espíritu no sentiría dolor alguno, pero se equivocó.

Gritó con fuerza; aun así, no se apartó del fuego. Cogió aquellas plumas y rápidamente se alejó de allí.

Las dejó en el suelo y se observó el brazo. Tenía unas horribles quemaduras y unas grandes ampollas. En ese instante dejaron de dolerle, por lo que se olvidó de ellas y cuando desvió la mirada de nuevo hacia las blancas y suaves plumas, estas habían desaparecido.

Las buscó por doquier; no había rastro de ellas.

Ahora sí estaba asustada. ¿Por qué se sentía totalmente atraída hacia esas plumas? ¿Por qué habían desaparecido?

—Nutahi...

Una dulce voz llamaba a alguien incesablemente, pero aquella no era la del Gran Espíritu; era una mujer.

—Padre, ¿quién es Nutahi? ¿Por qué la nombran sin parar?

—Pequeña, ¿no sabes quién es? —La voz de Wakan Tanka sonaba triste.

Ashenee negó con la cabeza.

—Estás olvidándolos —resonó de nuevo aquel espíritu en su mente.

—¿Olvidar a quién? —No entendía nada.

¿A quién se refería Wakan Tanka? Él estaba triste, pero ella no sabía la razón. Sintió la desazón del Gran Espíritu en el pecho y la muchacha se convirtió de nuevo en cuervo, y echó a volar con rapidez.

—Hija mía, ¿no recuerdas tu misión?

Ella intentó recordar, pero le costó mucho. Dejó de volar y se posó sobre la alta rama de un árbol, donde se convirtió de nuevo en espíritu.

— Yo... ¡Lo he olvidado, padre! ¡Lo he olvidado todo!

Dio un salto y cayó de pie en el suelo, con la gracia y equilibrio de un pequeño gato.

Sintió un picor en el brazo derecho y se rascó, notando que cada vez le picaba y dolía más y más. Se miró la piel y encontró una extraña marca en ella. No supo distinguir qué forma tenía, aunque le resultaba familiar.

«¿Tah'li?», pensó para sí misma.

De repente, oyó a alguien gritar, pidiendo ayuda. Era una voz de mujer. ¡Estaba en peligro! Corrió en busca de aquella voz. ¡Debía ayudarla como fuera!

Rápidamente la encontró. Era aquella muchacha que peinaba los cabellos de la anciana; había ido al río a llenar unas tinajas y había caído en sus rápidas y frías aguas. No podía nadar a contracorriente, pues la velocidad y la fuerza eran demasiadas para ella.

Ashenee se tiró al agua y buceó hasta ella. Cuando estuvo a su lado, intentó cogerla de los pies y elevarla, ya que comenzaba a hundirse, pero recordó que tan solo era un espíritu: no podía tocarla. A pesar de eso, lo intentó una y otra vez. La joven cada vez se hundía más y sus fuerzas se debilitaban con cada brazada. Sin embargo, al ser un espíritu, no necesitaba respirar.

Cerró los ojos y se concentró bien. Deseaba ayudarla, no podía dejarla morir, así que cogió aire y lo soltó despacio. Una vez más intentó agarrarla por las piernas y esta vez lo consiguió. Con fuerza, la empujó hacia la orilla, donde la muchacha trató de coger aire una y otra vez.

Aquella joven seguía resultándole familiar; sin embargo, no podía recordarla.

—¡Gracias, Wakan Tanka! —agradeció la recién salvada, que recuperaba el aliento.

Ashenee rozó la mejilla de aquella jovencita y esta sintió una especie de escalofrío.

De repente, se encontró de nuevo en aquella oscuridad en la que había despertado.

—Hija mía. —El espíritu del Gran Espíritu, convertido en águila, estaba frente a ella—. Eres digna de lo que posees en tu interior. Incluso como espíritu eres buena de corazón.

—No podía dejarla morir allí, padre...

—Lo sé. Aun así, otro en tu lugar no se habría preocupado de esa joven. Fue una sabia elección elegirte, pequeña.

—Padre... ¿Qué ocurrirá ahora?

—Cada uno de nosotros ha sido puesto en este lugar y este tiempo para decidir el futuro de la humanidad. ¿Creías que estabas aquí para algo menos importante?

—No entiendo...

Ashenee pudo distinguir en el pico del espíritu una pluma blanca, como aquella que había visto en el poblado. Estiró la mano hacia ella sin ningún temor. Cuando sus finos dedos rozaron la pluma, esta brilló con intensidad. El ave la dejó caer y cayó sobre las manos de la muchacha. En ese mismo instante, recordó. Se acordó de Sioux Falls, de la cafetería, del río, la montaña, su abuela y su madre.

—¡Los recuerdo, padre! ¡Había olvidado a mi familia!

Estuvo a punto de echarse a llorar. Entonces, la suave y blanca pluma brilló aún más, creando un halo irisado que recorrió las manos de la joven hasta su brazo derecho. La pluma desapareció de sus manos y se le tatuó en piel mientras aquel fulgor le cubría el cuerpo por completo.

Recordó aquella historia que su abuela le contó sobre Tah'li, el guardián de la Pluma del destino, pero ella no sintió dolor alguno, sino todo lo contrario; notó una completa paz interior.

Sabía que aquello era el fin. Había conseguido completar su misión, ahora podría descansar en paz.

—Ve y haz el bien, hija mía, tal y como lo hicieron Tah'li y sus descendientes, sé mi mensajera y haz que la paz habite en la Tierra. Ahora, despierta, te están esperando.

Su cuerpo inmaterial se convirtió en un peso pesado y cayó al abismo.

No supo en qué momento se había quedado dormido, pero despertó antes del amanecer. Miró al cielo y aún pudo ver las brillantes estrellas bailar en el cielo. Observó algo extraño en el firmamento; era algo parecido a una ola que bailaba sin cesar, de varios colores y muy hermosa.

—El Gran Espíritu viene en tu busca, Nutahi. —Se acopló al lado de Ashenee, como si ambos observaran las estrellas, y cogió su pequeña y fría mano—. Pero antes, es mi turno de contarte una historia. Cuenta una leyenda que cuando la Tierra era todavía muy joven, un indio envió a sus siete hijos al bosque para que aprendieran a escuchar al viento. Ellos, obedeciendo a su padre, se adentraron en el bosque y anduvieron en silencio, mientras escuchaban cada uno de los sonidos del viento. Cuando el cielo se cubrió de brillantes estrellas, buscaron un buen lugar donde descansar.

»Encontraron un pequeño recoveco entre las rocas, donde durmieron juntos. Entonces, un extraño sonido despertó al hermano mayor: el viento estaba cantando. No podía entender aquellas palabras, pero al mirar a las estrellas, vio un reflejo brillante en ellas. Se quedó ensimismado; parecía que aquellas brillantes luces bailaban al ritmo de la dulce canción del viento.

»Rápidamente despertó a sus hermanos para que escucharan la canción del viento. Se cogieron de las manos y empezaron a bailar igual que lo hacían las estrellas. La intensidad de la canción creció y su baile se intensificó, tanto que de repente comenzaron a elevarse hacia el cielo, donde habitaban las estrellas. Llegaron hasta la estrella más brillante, que era la más joven de las siete que forman ese cucharón. Esa joven estrella se había enamorado de Mizar, el hermano más pequeño. Desde entonces, Mizar y su amor, alcanzado gracias a la canción del viento, pueden ser vistos, por aquellos que gocen de buena vista, en el mango de ese cazo, el hogar de los siete hermanos.

Kangee terminó el relato y el silencio se hizo de nuevo, roto con el llanto del guerrero.

—Te voy a echar tanto de menos, Ashenee... —intentó decir, ahogando las lágrimas, que no dejaban de salir—. Jamás he amado a nadie como te amo a ti, ni siquiera a Imikeka la amé de la misma forma. Eres bonita y especial y haces que mi corazón palpite tan deprisa que creo que va a salírseme del pecho... —Se limpió las lágrimas con el dorso de la mano—. Sabía que algún día te marcharías, pero no así, no de esta forma... —Le colocó con cuidado en el cuello un collar de cuero, del que pendían un pequeño atrapasueños y un colmillo de oso. Aunque ella tenía otros dos colgantes más: el frasco que Kora le había regalado y una punta de flecha hecha con sílex—. Jamás lo pierdas. Yo tengo otro idéntico —dijo el joven—. Con él, nunca me olvidarás. Tampoco te olvidaré yo, eso tenlo por seguro. Incluso, quizá, si lo aprietas con fuerza y piensas en mí, podamos encontrarnos en un sueño. Prefiero verte en ellos antes que olvidarte, Nutahi.

Los primeros rayos de sol comenzaban a iluminar la oscura noche. Comenzaba el día en el que ya nunca volvería a verla.

Talutah se levantó la primera y se acercó para ver cómo se encontraba su vástago, al que encontró abrazado al cuerpo de la muchacha.

—Hijo mío. —Posó la mano sobre el hombro de su primogénito—. Es la hora.

Kangee bajó del camastro y miró a su madre. La mujer pudo ver que su primogénito había envejecido de la noche a la mañana. Amaba tanto a esa muchacha que el dolor de su muerte estaba consumiéndolo con rapidez.

Abrazó con fuerza a su madre mientras lloraba de nuevo.

—Cariño, si amas de verdad a esa mujer, jamás la olvidarás, pues tu corazón tiene una gran memoria. Al igual que nunca olvidarás a Imikeka, tampoco lo harás con ella. Hubo una vez en que gané dos nueras, pero a la vez dos hijas. Yo también la echaré de menos.

En ese momento llegó Wakani con una antorcha en la mano. Estaba exhausta. Había pasado toda la noche en vela intentando que el Gran Espíritu le diera una razón para todo aquello que estaba pasando.

—Wakan Tanka se ha quedado mudo de repente... —dijo triste la chamana—. No ha respondido a ninguna de mis preguntas ni ruegos. Ni siquiera he sentido su presencia. Es... Es como si el Gran Padre hubiera desaparecido.

—¡No puede ser! —Talutah ahogó un grito de pánico—. ¡¿Quién escuchará ahora nuestros ruegos?!

Wakani agachó la cabeza con tristeza. No tenía respuesta para esa pregunta. Le Entregó la antorcha a Kangee, incapaz de mirarlo.

Poco a poco los adultos fueron levantándose, dejando a los pequeños dormir.

—Gracias, Wakani—dijo él, tomando la antorcha.

El joven se acercó a Ashenee y la besó por última vez en los labios.

—*Tehichika,* Nutahi. Jamás te olvidaré. Por mucho tiempo que pase entre nosotros, siempre soñaré contigo. Te prometo que volveremos a encontrarnos, más allá de los sueños y del tiempo.

—La echaré mucho de menos —dijo el animal.

—Yo también, pequeño, yo también. —Le acarició la cabeza—. Hoy regresa junto al Gran Padre una parte de mi alma.

—¿Sacrificarás algún caballo? —quiso saber el lobo—. Es la tradición. Además, tengo hambre.

—No lo haré. Nutahi vino de las estrellas, ella regresará hasta ellas sin un guía, de eso estoy seguro.

Los cánticos y tambores funerarios comenzaron a sonar, a la espera de que Kangee completara el ritual prendiéndole fuego al camastro.

Los rayos de sol ya iluminaban el firmamento, por lo que el joven procedió a quemar la madera, pero, de repente, una flecha prendida en fuego cayó a los pies de Kangee, creando el pánico en el poblado.

El muchacho miró hacia todos lados sin ver de dónde había salido la flecha. Otra más cayó junto al camastro y prendió el lugar donde Ashenee yacía sin vida.

Pequeño Lobo olisqueó el aire.

—Ese olor me resulta familiar —comentó el animal sin dejar de olfatear.

Las mujeres corrían en busca de los niños, pensando que se trataba de un ataque de otra tribu, cosa que no había ocurrido jamás en los años que llevaban allí asentados. ¡Ni siquiera sabían que había más clanes! Los hombres empuñaron las armas dispuestos a combatir al enemigo.

Wanageeska corrió hacia su hijo, al que le entregó su arco y su carcaj repleto de flechas. Si su pulso no temblara tanto debido al paso de los años, él mismo se habría hecho con otro arco; tendría que conformarse con defender a su pueblo con el filo de su hacha.

Kangee, que se encontraba con Imaki, le ordenó a Pequeño Lobo que la protegiera. Le dio a la pequeña un último beso y, junto a dos guerreros más, se dirigieron a la linde del bosque, buscando el origen de aquel ataque. Cuando llegaron, Kangee no podía creer lo que veía.

—Ohitekah...

—Me alegra verte, hermano —respondió el recién llegado, saliendo de su escondite—. Aunque no, no es cierto que me alegre.

—¡¿Cómo osas regresar?! ¿Qué pretendes?

—Me desterrasteis por culpa de esa mujer y, ahora que está muerta, regresaré. Recuperaré todo lo que me pertenece.

—Primero tendrás que matarme.

—Será un placer.

Ohitekah desenfundó con rapidez el cuchillo, soltó un grito y atacó a su hermano. Por suerte, Kangee fue más rápido que él y evitó que le clavara la hoja en el pecho.

Los otros dos guerreros corrieron en dirección al poblado, para alertar a todos del regreso de Ohitekah.

El mayor, con el arco y el carcaj a la espalda, peleó contra él y lo golpeó en la mandíbula, lo que hizo que retrocediera unos pasos. Le dio dos más, uno en el estómago y una patada en la rodilla. Trató de rompérsela, pero no le dio tan fuerte como esperaba. Parecía que Ohitekah seguía débil por la herida que le causó Pequeño Lobo en el brazo.

Entonces, oyó disparos en el campamento. Un gran número de hombres salieron de entre los árboles. ¡Era una emboscada! ¡Los atacaban! Los proyectiles volaron por todas partes, de un lado para otro, sin importar a quién daban. Totomi recibió una en la garganta, que la mató al instante. Otros tantos powani perdieron la vida a manos de aquellos despiadados *blancos*.

Kangee se distrajo y, en una milésima de segundo, su hermano le clavó el cuchillo en el muslo. Cayó al suelo, presa del dolor, mientras Ohitekah lo miraba con cara de satisfacción. No, no lo mataría. Aún no.

Lo agarró con rabia del cabello y lo arrastró con mucho esfuerzo, pues la herida se había abierto y volvía a sangrar, hasta llegar al campamento, donde reinaba el más absoluto caos.

La pequeña Imaki, aunque tenía órdenes de quedarse junto a Pequeño Lobo, sintió curiosidad por ver quién había fallecido y, sin que el animal se diera cuenta, pues se encontraba cerca de ella, evitando que ningún desconocido se le acercara, caminó hasta el camastro. Al ver que se trataba de Ashenee, soltó un grito.

—¡Nutahi!

La pequeña se echó a llorar y pudo ver que de los ojos de Ashenee caían con lentitud unas lágrimas.

Miró a su alrededor y gritó buscando a alguien que la ayudara, pero nadie acudió a su llamada, por lo que, a pesar de su corta edad, cogió con mucha dificultad un balde de agua y lo echó sobre el fuego, que le quemó las manos.

Imaki profirió un doloroso grito que inmediatamente Kangee reconoció. Sintió que la furia se apoderaba de él, se deshizo del contacto de Ohitekah y comenzó a golpearlo con toda la ira que tenía guardada en el corazón después de tantos años. Lo tiró al suelo con tanta energía que la cabeza de Ohitekah se estampó con fuerza contra la tierra. El pecho le subía y le bajaba con rapidez. Quería matarlo, pero no era el momento.

Ohitekah lo miró con sorpresa mientras se limpiaba la sangre de la comisura de la boca. Había subestimado a su hermano; no era tan débil como pensaba.

Kangee corrió hasta la pira en busca de su hija, que lloraba sin consuelo mientras se sujetaba las manos abrasadas.

—¡Imaki! —gritó él.

Ohitekah aprovechó que su hermano estaba ocupado buscando a su hija y corrió hacia él con el cuchillo en la mano. Pero Kangee no lo vio venir.

—¡Kangeee! —gritó Wanageeska al ver lo que iba a ocurrir, intentando que él se volviera.

Cuando lo hizo, fue demasiado tarde. El cuchillo que Ohitekah portaba sobresalía ya del hombro del joven.

De repente, Ashenee se despertó y se incorporó de inmediato con una gran bocanada de aire y un fuerte dolor en el pecho. Se llevó la mano al corazón intentando calmar el tormento que sentía.

Wakani vio que Ashenee había regresado de entre los muertos. No podía creer lo que sus ojos veían...—¡Nutahi! ¡Estás viva! —dijo la mujer con alegría.

La joven se puso en pie y tropezó. Por suerte, la chamana la cogió a tiempo, antes de que cayera al suelo. Los gritos la hicieron despertar por completo del letargo y entonces se dio cuenta de lo que ocurría. ¡Un grupo de soldados atacaba a los powani sin piedad!

Buscó desesperada a Kangee, pero no lo vio por ningún lado. De pronto, uno de los soldados apuntó a Wanageeska y a Talutah. Ella les chilló, pero no pudo hacer nada más por ellos: se desplomaron sin vida contra el suelo.

Imaki gritó y trató de ir con ellos, pero Wakani la protegió con su cuerpo.

Ashenee apretó los puños con tanta fuerza que se clavó las uñas en las palmas. Las gotas de sangre cayeron al suelo y mancharon sus mocasines.

Se oyó por todo el campamento un fuerte grito cuyo eco retumbó hasta en el cielo, que se cubrió de nubes negras. Los ojos de Ashenee se tornaron rojos como el fuego y sus manos comenzaron a emitir un brillo blanquecino.

Wakani e Imaki, que veían aterrorizadas a la muchacha, se apartaron de ella, tratando de esconderse, pues la chamana tenía la impresión de que algo terrible iba a ocurrir.

Y así fue.

Al cabo de unos angustiosos segundos repletos de gritos, llanto de niños, caballos huyendo a toda prisa y aquellos truenos que partían el cielo en mil pedazos, el tiempo se detuvo. Los relámpagos comenzaron a caer a cada paso que ella daba, desintegrando a cada soldado que se encontraba de su camino sin herir a los powani. Los últimos enemigos intentaron huir sin éxito.

Ohitekah, completamente paralizado por el poder de la joven, la miró aterrorizado.

—Mi energía no puede herirte, Ohitekah. Es un regalo de Wakan Tanka, la protección de los powani, y tú eras uno de ellos; pero no te preocupes, no te mataré. Otros lo harán por mí —dijo Ashenee, mirándolo con tanto odio que era incapaz de evitar el deseo de acabar con él.

La muchacha fue en busca de Kangee, al que encontró tras una roca herido y desangrándose.

—¡Kangee! —El fulgor de sus ojos desapareció y volvió a ser la muchacha que había sido minutos antes.

—¿Ashenee? —No, no podía ser cierto...—. ¡Estás viva! ¡Prendí el camastro! ¡Deberías estar con Wakan Tanka!

—No era mi hora. Tampoco la tuya. —Se agachó frente a él y se fundieron en un fuerte abrazo.

Kangee no podía creer que tuviera a la mujer que amaba con vida frente a él. Le cogió el rostro entre las manos y la besó, creyendo que era una visión del Gran Padre, una hermosa visión para poder despedirse de ella.

—Eres real...

—Claro que lo soy. Tenemos que curarte. —Tiró del cuchillo y Kangee profirió un grito de dolor—. Hay... —Lo miró con ojos vidriosos—. Hay que preparar un gran entierro. Lo siento, Kangee. No pude hacer nada por ellos.

Kangee desvió la vista y vio a sus padres sin vida, tirados en el suelo. Pero no solo los vio a ellos; todos estaban muertos. Ancianos, niños, jóvenes... Algunos bebés lloraban desesperados y presas del miedo, sin entender qué había pasado.

—¡¿Dónde está Imaki?! —gritó, buscándola por todas partes.

—Tranquilo, está a salvo. Wakani está con ella.

Ashenee oyó un ruido tras ellos, se puso en pie y lanzó con fuerza el cuchillo que había dejado caer. Este voló a toda velocidad hasta clavarse en el pecho de Ohitekah, que se desplomó, muerto al instante.

—Todo ha terminado. —Kangee sonrió. Aquella pesadilla había acabado.

En ese momento un grupo de tres soldados dispararon a la vez.

Ashenee notó que se movía del sitio y sintió tres fuertes golpes en el pecho que la dejaron sin respiración. No podía moverse. No podía levantar siquiera los párpados del tormento que estaba sintiendo. Tan solo oyó un chillido, una especie de explosiones junto a ella.

Cuando por fin consiguió abrir un poco los ojos, se encontró a Kangee frente a ella, que la abrazaba con fuerza.

—Kangee... —dijo en un susurro. Ni siquiera tenía fuerzas para hablar.

—Lo siento... —respondió él, con un hilo de voz.

Bajó la mirada y vio tres heridas de bala en el pecho del guerrero y después se miró el suyo, que también estaba manchado de sangre. Los proyectiles los habían atravesado a los dos. El frasquito de cristal que le colgaba del cuello, donde custodiaba las esencias de los espíritus, se había roto y aquel líquido azulado rodaba por su piel.

El guerrero tosió y escupió sangre. Ella sintió que desfallecía y, con esfuerzo, levantó la mano para acariciarle el rostro.

—Tehichika, Kangee.

—Tehichika, Nutahi.

Ella lo besó por última vez.

Wakani se llevó lejos a Imaki, que lloraba desconsoladamente al ver aquella triste y dolorosa escena. Pequeño Lobo las custodiaba, tal y como le había prometido a su amo.

El cuerpo de Kangee se desplomó sin vida y ella, mareada, se dejó caer a su lado. Giró la cabeza mientras tosía sangre y miró por última vez a su esposo. Le faltaba el aire; no podía respirar. Tomó la mano de Kangee como pudo y entrelazó los dedos con los de él. Tosió de nuevo y sintió que el corazón dejaba de latirle.

Entonces, sus ojos se cerraron para siempre.

EPÍLOGO

Ashenee abrió de inmediato los ojos, se los frotó con las manos y se incorporó. Cuando se habituaron a la luz, miró alrededor. Estaba un poco desorientada, pero, de repente, reconoció el lugar: ¡aquella era su habitación! ¡Su cama, su escritorio y su viejo ordenador! ¡Incluso el atrapasueños que aparecía cada noche en sus fantasías!

Miró hacia la puerta y vio a su madre y a su abuela apoyadas en ella y con cara de sorpresa.

—¡Mamá! ¡Abu! —Se levantó rápidamente y corrió a abrazarlas—. ¡Sois reales! ¡Puedo tocaros! —dijo Ashenee con lágrimas en los ojos. Entonces, recordó que ella debería estar muerta—. ¡Es imposible! ¡Tenía una flecha clavada en el pecho! —Se llevó las manos al lugar donde debía estar el proyectil. Se abrió la camisa, pero no vio herida alguna.

—¡Mi pequeña! ¡Creímos que te perderíamos para siempre! —Mapiya no pudo evitar derramar sus lágrimas al ver bien a su hija.

—Lo has conseguido, nieta —respondió Wakanda, orgullosa de su nieta—. Sabía que lo lograrías.

Ashenee se miró el brazo; allí seguía el tatuaje de la pluma.

—¿Ha sido todo real? —preguntó la muchacha, rozando el dibujo con los dedos, haciendo brillar el contorno del tatuaje.

—Durante generaciones hemos sido los guardianes de la Pluma del Destino. Mi tatatatatarabuelo fue Tah'li —explicó la anciana—. Todo lo que has vivido ha sido una prueba para ver si eras digna de continuar con la guarda de la Pluma. Y, por lo que veo, lo has sido. Has sido merecedora de tan magnífica tarea.

—¿Siempre habéis sabido que esa era mi misión?

—Así es —habló su abuela—. No podíamos prevenirte; si lo hacíamos, quizá rechazaras tu destino. Sabemos que lo has pasado mal y que has sufrido mucho, más de lo que nos habría gustado, pero era necesario. Nosotras también pasamos por ello.

—Y... ¿sabéis todo lo que ha pasado allí?

—No con detalles, hija. Sabemos de él —recalcó— y de Wakani. Ella también estuvo a nuestro lado cuando nosotras nos convertimos en guardianas. Es una de las hijas de Tah'li, una antepasada nuestra.

—¿En serio? —Su abuela asintió—. Mamá, ¿por eso me negabas una y otra vez que me interesara por nuestras costumbres?

—Teníamos que saber si de verdad te sentías atraída por ellas; insistir fue una de estas pruebas —explicó Wakanda—. Incluso tus sueños eran señales que te mandaba Wakan Tanka.

—Tienes un gran poder recorriendo tus venas, hija mía. Tu abuela fue guardiana, al igual que lo fui yo —explicó Mapiya—. El Gran Espíritu ha confiado en ti para que continúes con el legado hasta que lo haga alguno de tus hijos. No lo decepciones —le pidió con una sonrisa de esperanza.

—Nunca —respondió ella, orgullosa de lo que había conseguido—. Cumpliré mi misión hasta que Wakan Tanka crea que debo delegar en alguien.

—¡Al fin despiertas! —dijo una voz a su espalda.

Ashenee se volvió y vio a una jovencita de unos doce años. Su rostro le era familiar. ¡Era la muchacha a la que había salvado de morir ahogada en el río! La chiquilla corrió hacia ella y la abrazó con fuerza.

—Bienvenida a casa, mamá —respondió aquella chica.

—¿Mamá?

Ashenee miró bien a la joven. En el cuello llevaba un collar que reconoció de inmediato: cuentas de colores y varias plumas de paloma.

—¿Imaki? —La muchachita sonrió. Con una inmensa alegría y los ojos como platos, la abrazó rápidamente—. ¡Estás enorme! Pero... ¡¿cómo es posible?!

—Ya he pasado los trece —comentó la recién llegada con una sonrisa.

—¿Cómo puede ser? Tenías cinco años cuando te vi por última vez...

—Hija mía, llevabas inmersa en una visión tantos años que ya perdí la cuenta. Allá donde te encontrabas el tiempo pasaba más lento que aquí —comentó Mapiya.

—¿Qué ocurrió con Daniel, Magaki y Kamali? —se interesó Ashenee.

—Los espíritus tomaron sus formas, pues sabían que eran personas a quienes querías. Eso sería un punto a favor, ya que pensaban que te rendirías y no les harías daño, que harías cuanto deseasen —respondió Wakanda.

—No entiendo nada...

—Ya te lo explicaremos en otra ocasión.

Todo era demasiado complicado para ella, en especial si aquellos espíritus malignos no habían existido nunca en Sioux Falls, lo que quería decir que Daniel seguía siendo su compañero de trabajo y Magaki su mejor amiga... ¿no?

Por otro lado... ¿cómo Imaki había viajado en el tiempo hasta la actualidad? En realidad, prefería no saber la verdad. Se alegraba mucho de que su hija adoptiva estuviera allí con ella.

Ashenee se llevó la mano al cuello y rozó algo en él. Era un colgante de un atrapasueños. Entonces lo recordó.

Salió con rapidez de la habitación y buscó por toda la casa, pero allí no había nadie. Triste, salió al pequeño patio del apartamento, pero no estaba sola. Allí le daba la espalda un hombre alto, con el cabello largo y negro, tan oscuro como la noche, adornado con algunas trenzas y plumas de águila. Este acariciaba la cabeza de un gran perro con pinta de lobo.

—¿Kangee?

Él se dio la vuelta con una gran sonrisa en los labios.

—Te dije que te encontraría más allá de los sueños y más allá del tiempo —respondió él—. Wakan Tanka me debía una. —Sonrió.

Ashenee corrió hacia él y lo abrazó. Era él, el mismo del que se había enamorado; sus facciones y sus ojos no habían cambiado en absoluto.

—¡Estás vivo! Pero... ¡te vi morir! —Las lágrimas le nublaron los ojos—. ¡Incluso yo perdí la vida!

—Tu amor incondicional y el poder de nuestra promesa me devolvió a la vida. Prometimos amarnos más allá de la muerte. —Kangee le tomó el rostro entre las manos y la besó con dulzura—. Wakan Tanka nos encomendó una misión a Imaki y a mí.

—¿Una misión?—Juramos protegerte hasta el final de nuestros días.

—Nunca vuelvas a dejarme, te lo ruego —le pidió ella, con lágrimas en los ojos.

—Jamás.

Ella fue ahora quien lo besó.

La nieve se fundía con rapidez mientras la verde hierba crecía lentamente dando paso a la colorida primavera. Algunas hojas volaron con el viento y rodearon a los jóvenes enamorados, bendecidos por el mismísimo Gran Espíritu.

—¡Eh, papá! ¡Deja algo para mí! —dijo Imaki, acercándose a ellos.

Kangee sonrió y rompió el abrazo con su esposa dejando hueco para que ella se uniera a ellos, aunque enseguida se apartó.

—Tenemos mucho que hacer —respondió la cría, mirando el tatuaje que su madre lucía en el brazo.

Esta asintió. No iba a ser fácil, desde luego.

El joven guerrero cogió en brazos a Ashenee, que no se lo esperaba, y la besó una vez más.

—Tehichika, Nutahi.

—Tehichika, Kangee.

Y así los tres cumplieron las órdenes del Gran Espíritu. Protegerían a los mortales y les mostrarían la verdad a todos aquellos que la buscaran de corazón.

Fin

AGRADECIMIENTOS

Cada vez que tengo que hacer una dedicatoria, temo dejarme a alguien fuera. Tengo tanto que agradecer a tantas personas, que tardaría una eternidad, así que solo puedo darles las gracias, de corazón, a Laura López Alfranca, María Cabal y María Gardey. Sin vosotras esta novela estaría metida dentro de un cajón, pues ya sabéis que ha sido un *parto* muy largo, lleno de dudas e inseguridades. También tengo mucho que agradecerle a esa otra personita que no nombraré, pero que ella sabe perfectamente quién es.

Gracias, de verdad.

Y quiero agradecerle, por supuesto, a Teresa, mi editora, que me haya dado otra oportunidad de publicar con Ediciones Kiwi y que le haya puesto cara a mi novela con esa portada tan preciosa.

Por último, te doy las gracias a ti, lector, que tienes esta obra en las manos. Espero que la disfrutes y sientas la magia en cada página.

Cuando llegue el asfixiante calor a nuestras tierras, el oscuro cielo de la noche se cubrirá de grandes olas de color que danzarán junto a la luna llena.

Entonces, una estrella caerá y con su presencia regresarán las lluvias. El mismísimo Wakan Tanka la enviará en nuestra ayuda en respuesta a nuestras plegarias.

Profecía powani.